Gaea

Gaea

Gaea

Gaea

為什麼相信文學有力量

筆桿接力
創作發聲45選

筆桿接力作者群

導讀　介入社會是文學的絕對自由

蘇碩斌（臺灣大學臺灣文學研究所教授）

文學人，正在以現在的自由書寫，訴諸未來的書寫自由。「筆桿接力」看似附屬於「大罷免」政治運動之下，然而相較於百工百業各種公民，文學人運用他們的專業技能（aka 書寫文學作品）來操作罷免行動，確實獨樹一格。甚至不論罷免結果如何，「筆桿接力」這場行動都指向了「文學應否介入社會」這個大哉問，也迫使台灣文學界深思一遍。

這次行動，遠因是在野黨仰仗過半席次濫權立法，導火線是年底的無腦式刪凍預算——其中刪凍文化部預算高達百分之十五，還伸手刪除特定施政項目，表現頗佳的文學預算也亂凍一番。而早前審查預算的多個惡意提案、事後「要飯的碗」之譏諷論調，整個在野黨都在顯露了一種既不予肯定、也不想支持台灣文化的蔑視心態。

文學人緊接著覺醒公民的抗議，二月初迅即提出「作家連署聲明」，聲明中有一段傳達了文學人最深沉的憂心，是「明日之後的台灣文學創作者是否會遭遇更多難以預測的掣肘與戕害」。

大罷免的主要訴求是淘汰不適任立委、回歸憲政體制。但文學人更在意的，是書寫自由的保障。畢竟台灣文學花了三十年才治好戒嚴的內傷、近十年更是元氣充滿到多元書寫、多點開花，甚至搏得世界注意。這樣的文學，怎容許走回頭路？

因此，「筆桿接力」雖是政治大罷免的外掛，但意義不同於連署。文學人參加連署，是理念支持的政治動作；但「筆桿接力」卻是書寫嘉年華，則將政治訴求又拉回文學行動——兩個月間，一個廣泛大主題，迅速的三百篇多作品，自由書寫投稿的形式，表達出訴求書寫自由的內容。自由書寫投稿的形式，讓台灣再次確認一種珍貴的文學民主化——不是只有文學家才有自由去書寫，而是自由的書寫匯聚成台灣的文學。「文學介入社會」在此不只是「文學應否介入社會」的疑問句，而是「文學應該介入社會」的實作範例。

*

「文學介入社會」並不是台灣文學界普遍接受的主流概念。若先回看台灣文學書寫的歷史發展，就可深感那種必須「不干擾政治、就被政治干擾」的憂慮。

台灣現在是極度自由開放的社會，思想和書寫都很隨心所欲。但這不是自動就擁有的權利。台灣在一九四九年至一九九九年整整五十年，現在視爲理所當然的各種文學，很多都不能寫。管制，是來自國民政府一九四九年退守台灣就帶來的《戒嚴法》和《出版法》，以及更具體的《臺灣省戒嚴期間新聞雜誌圖書管理辦法》，再加上一九五四年「文化清潔運動」設定「赤、黃、黑」的掃蕩方向，具體落實在警備總部一九五一到一九八四年每隔幾年就不定期印行《查禁圖書目錄》當作查核指南，構成整個文學的白色恐怖時期。

白色恐怖的最恐怖，其實不是掃蕩查禁，而是不敢書寫。有自由思想的文學人，少數探頭一寫的成爲烈士，效應是更多的人噤若寒蟬。寫政論的柏楊、李敖，寫小說的吳濁流、陳映眞，寫情愛的郭良蕙，都是查禁來警告文學人不要自由奔放。台灣以白色恐怖爲題材的文學作品，幾乎在一九六〇年代一片空白到一九九〇年代，就是這個道理。歷史上執政的黨國體制，也就是書寫不自由的源頭。

很慶幸今天的台灣文學長得這樣子。形式自由、內容不斷創新，勇於挑戰主流思維，永遠知道應多花心思在弱勢的人事物。不論是文學界挺罷免的連署名單、筆桿接力的作品群，都極明顯不同於戒嚴期的文學風貌。

然而台灣的塵封歷史，竟在現今的海峽對岸進行中。中國先在二〇一七年有BL小說《攻占》作者遭控涉及同性「淫穢情節」判刑十年。二〇一九年小說改編的《延禧攻略》和《如懿傳》等宮門劇遭官方媒體批爲「違背社會主義核心價値觀」而遭禁播。二〇二一年涉及娘炮、嘻哈、刺青的偶像次文化現象都全面被打壓。二〇二三年同性情色與耽美文學創作者遭到「遠流捕撈」的爭議行動。

台灣原本已快忘卻的不堪過往，竟然跨越時空又出現，而台灣過往壓抑文學創作的執政黨，就與中國當前的執政黨在實質和精神都密切相通。既視感造成危機感，是基於歷史與現實的合理聯想。如果想要保有未來的書寫的自由，現在就有不得不「介入社會」的急迫性。「筆桿接力」發生在這個時空，而且以作者的書寫行動召喚讀者的反饋，凝聚成行動迴圈，更是爲介入社會做了優質示範。

事實上，「文學介入社會」，就是起始於想要捍衛書寫不遭入侵、再發展爲文學是人類社會自由根基的一論點。

＊

文學介入社會（littérature engagé）是法國存在主義哲學家沙特《什麼是文學》（*Qu'est-ce que la littérature ?*）一書的主要論點。他寫下這本書的一九四八年，二次大戰甫結束，法國文學界還在療傷。傷痛是來自一九四〇年至一九四四年間遭到納粹德國占領，文學失去書寫自由，各種反抗、自由或左翼的思想都遭查禁，文學作家噤聲、出走，或刻意寫一些歷史、抽象的形式主義作品以規避現實。

一九四四年八月法國獲得解放，文學界迎來表面的復興，主張「文學超脫政治」的中立審美姿態繼續主導文學界。沙特此時生出憤怒與感嘆，不只是對法西斯的惡意壓制，還有那些才華橫溢、卻只關注內在感官而無視政治壓迫的逃避式文學家（例如波特萊爾和福樓拜）。

這也難怪。文學向來是作者的「自我」高度發達的一種活動。沙特提出「文學介入社會」，必須對抗西方十八世紀擺脫封建體制、塑造現代文學之後，文學界就生出一種浪漫主義幻想，將作者尊奉爲「繆思附身的天才」，並瀰漫著文學追求普世永恆、最好遠離世俗的價值觀。

但是這種只顧自身自在的孤高文學思想，可能的結果，就是整個社會都一起失去文學的自由。

沙特的推論，是將文學視爲一種「慷慨的契約」（contrat généreux），作家以自由之姿態書寫世界，毫不留私、極端慷慨，邀請讀者以自由的意識回應文本，雙方互不受迫、進入一種彼此召喚的關係。文學，是溝通的行動，需要書寫與閱讀的雙重自由。反過來推論，有人自由書寫、有人自由閱讀，就有文學。

因此，文學和其他專門職業（如律師醫師）不同。成爲文學人沒有學歷門檻、不用考試證照，唯一條件，是願意自由書寫。即使一名作家選擇「文學不應該介入社會」的立場，其實也需要在自由環境書寫、獲得讀者自由回應才能成立。

這種書寫自由，既已是台灣的現況（不論綠藍白各方，其實都在享用之中），沒有道理要放棄。所以，眞正「文學介入社會」保障書寫自由的方法，不是停在理論上的呼口號，而是行動。必須有作家自由的書寫，召喚讀者自由的回應。

筆桿接力，正是書寫和閱讀相互召喚的行動，眞正文學介入社會的案例。而當「文學介入」是在抵抗特定的文學自由之威脅，也就指向一種社會運動了。

*

文學圈關心政治的人不少，經常參加社運連署的人也司空見慣。「筆桿接力」的有意思，在於文學界在大政治運動裡構築了一個嘉年華式的小宇宙。

若依照浪漫主義的設定，文學世界是少數作家孤高在上、大量沒有臉孔的讀者簇擁在下。這其實是文學的主流潛規則，作家一直是「自我」高度發達的一類人種，因為寫作需要原創性，總是必須自我挑戰自我。也因此，擅長精神活動的文學人，就相對缺少集體行動（一般社會運動最常見的攜手街頭）。

筆桿接力的集結，在書寫網頁而不在街頭，一樣展現有如嘉年華的氛圍。而更有意思的，是作者紛紛卸下強大的自我、轉換為一種「沒有人」的社會運動。沒有人，當然不是眞的沒有人，而是曾參與多項社會運動的「g0v 零時政府」的諧趣座右銘：「不要問為何沒有人做這個，先承認你就是『沒有人』」。沒有人，是英文 Nobody、希臘文 Outis 的直譯，也就是不特別標記大寫姓名的普通人。

「沒有人」故事始祖是荷馬史詩《奧德賽》。特洛伊戰爭以木馬詭計聞名的英雄奧德修斯（Odysseus），返鄉路過西西里島，誤闖獨眼巨人波利菲莫斯（Polyphemus）的洞穴。他與隨行十餘人受困，並有幾人遭到獨眼巨人生吞活食。奧德修斯哀痛之餘不忘心生計謀，先獻上手邊的神醪烈酒給獨眼巨人，酣飲之際詐稱自己名字叫作「沒有人」。果然弄昏了他，並將削尖的橄欖木樁刺入巨人的獨眼。劇痛的波利菲莫斯狂呼求援，卻喊出：「沒有人攻擊我！」聽者莫名其義、當然也未相助，奧德修斯一行於是藏在羊腹之下逃出……

明明是英雄，卻讓自己成為 Nobody。「沒有人」是高級的語言策略，以符號的「自我否定」換取實質的生存勝利。暫且不論霍克海默與阿多諾在《啓蒙的辯證》把這一段視為人類語言工具化的啓蒙理性起點，Nobody 確是對於現代過度強大主體的發人深省。「筆桿接力」的作者群都把「我」藏進到「我們」之間，是如同嘉年華的節慶，參與者卸下強大的自我，進入一個與他人拼接、共構的空間。

台灣並不只有文學人在擔憂那樣的未來，所以才有一起站出來的理由。但文學人的筆桿接力，卻眞的實踐出一個頗富哲理的行動創意。文學的「沒有人」在搞政治運動，非常專業而且有力生猛，並提醒我們記得，介入社會，是文學尋求絕對自由的必要路徑。

導讀　勇敢的理由那麼多

——記台灣文學圈為大罷免而寫四十五篇

張亦絢（小説家）

文學改變了。

散文十四篇：親自出面的藝術

如果眞誠是散文最一般的標準，用「推心置腹」來形容這十四篇散文並不夠。

〈餘命〉（石牧民）寫的是有時間感的南投。在説出「這裡有命，我命就在這裡」不久後，結束在「連把我帶大的杯杯的份一起不准」一句。「杯杯」是本省小孩稱外省老人，我禁不住熱淚盈眶——因爲那給人的衝擊是，作者突然「童子上身」了，從兒時穿越到今朝。不過，衝擊波沒完——我回頭看署名，終於想起，上次我提這個名字，是因《台語解放記事》——對，那麼「台」的人竟藏那麼深的「外省情」——難怪我一開始對不上。違和嗎？或者，每個人都「攜帶著別人」，才是生命的實情。

「讓我的尷尬成爲你的釋放」，並不只是「懺悔體」的發揚光大。雖然〈小羽，對不起，你是對的〉（吳子雲／藤井樹）把這個要旨放在篇名裡了。文章常起於「自我介紹」，包括了精細的地理定位如〈火車是在憲法訴訟法三讀通過時停下的〉（風獅爺）呈現「從桃園往鶯歌途中」至「立法院」，與〈Kakacawan 的星期六回收日〉（Cidal 嚴毅昇）的台東長濱等。這兩篇致力的工筆都較少被開發，微觀備忘錄蘊含創新精神。

也有以職業爲出發點的如〈色彩詮釋權〉（游詠慈）的設計師——楚影定錨於「在澳洲墨爾本看選舉開票」（〈信從遙遠的未來〉），才二十五歲的C南從四川九寨溝寫起（〈觸電〉）。〈信從遙遠的未來〉，寫出與愛詩友人對台灣命運的愛和思索，打破了時空限制，甚至生死。〈觸電〉以「比喻」將「語言與制度若被奪」的痛苦與不堪設想，以「一個巴掌的掌風」劈開——是「說得最少卻也最好」的例子。同樣以簡潔取勝，設計師自我調侃「成爲服務極權的設計師」能「保命」嗎？輕快口吻中，令人一讀驚心。

〈那是我的孩子，也可能是你的〉的作者黃天豪是早產兒的父親。文中敘述了一定程度的「當事人」，對不同制度瞖臟（器官）移植手術進行的比較——由於發聲位置的臨近感，使人印象深刻。〈我有兩個爺爺，你也許也有類似的故事〉（秦客）、〈我在想，當你讀到這封信時，你身在何處？〉（謝金魚），是柔情的「爲你細說」。前者敘述家族故事同時，寫出「民主的選舉制度」是「攔住專制的洪水」的「一道水壩」。後者懷想下一代，寫「台灣母親想像子女未來」的心情。但令我差點從椅子上跌下來的，卻是謝金魚述及自我的兩句——「此生不應入華夏」與「（我）甚至想過是否前世曾在大唐帝國生活」——寫到這，我還是忍不住掉淚：吐槽王也有過純情的過去。余豈好抗中？余不得已也。對某個文化豎起心防，從來不是容易與完全自然的——誰不希望，引用《唐詩三百首》時，不會被偷襲或占便宜，嫁接到「兩岸一家親」上？迫使我們清醒的，是中國藉文化掩護的侵略。

追本溯源，袒露的都不是什麼光榮個人史。每個人都有瘡疤——不吝於談論一己羞慚或祕密，顯示我們正處於「在感情民主上更為成熟」的社會：能接受參差不齊與彼此的艱難。於是，〈拉斯科洞窟的心理師〉（傅筱婷）將對「表達」的思考拉到史前時代，說出「活著的創作者，不只是畫牛、畫星星，也必須畫出正在發生的不義」。〈擲筊〉（雙杺）是多病者，鄭重其事於「我在連署單上簽下名字」——這兩篇都深思「表達的行動」，一在遠古洞窟，一在當下台灣，兩者卻可說「雖遠實近」。

幾乎碰觸了上述每個點的，當屬〈媽媽的生日〉（黃崇凱）與〈我在想我還能說什麼〉（黃麗群）。兩個一流小說家都選了散文，且把散文的「親身性」綳緊到臨界，幾變成「破掉親身性」。

黃崇凱不只請出了過世十七年的媽媽，更自爆選舉時「亂蓋」的自己。過去在散文中，一直有些追尋卡繆殘酷性的他，終於走出不同的路——小說家的冷靜依舊在，但不再只是令風格顯著——因為注入了等量的感情，費茲傑羅所謂同時駕馭矛盾力量的技巧，全然到位。並非只是「不肖子」變得「聽媽媽的話」的這篇，以太宰式的「能亂體」，存儲了珍貴的階級檔案。

善將生命滋味，以百無聊賴的皮／痞態改頭換面的黃麗群，令人驚艷的，並不只在文章前八分之七「我是誰？」的纖麗告白。而是在最後八分之一，寫出「可視自己文學如無物」的「皮（痞）到最高點」。除了不修容地寫「大罷免大成功」（大剌剌之力與美的表率），更將連署的筆（「握一枝眞正的筆」），置於文學的筆之前——罷免不是與文學等價，是更無價。台灣文壇最用功與最慧黠的兩個心靈，一個不引經據典了，一個連文學都可以不要了。這是作家們看重大罷免的程度。文學如果不能維護人的尊嚴，作品或還不如糞土。

詩十五首：無懼現實來點名

如果散文展現了「我有破壞自己的藝術」，爲大罷免全體彎腰，做無形叩拜禮。詩作令人驚奇的，是呈現了鮮活的「廚房熱氣」①——詩人非僅不怕熱，似乎連火都不怕。〈群象〉（宋尚緯）說：「我們要記得自己是誰」。〈美麗島〉（柏森）結束在「黎明深深地穿越人們」。〈二〇二四〉（洪崇德）在乎包括更廣泛的社會問題，尾句沉痛如斯：「一放棄就是荒原」。〈起風咒〉（崎雲）富含「意義的表情」。向來抵抗或民間力量，易被「斥爲風，貶爲空」——「他們說我是風／但風知道自己不是」——〈起風咒〉本身也如氣流般活潑、清新，將哲理化爲「翼下之風」般的語言，護送人們前行。唯一的台語詩〈志工日誌〉（黃鈺婷）讀來暖心，幾分詼諧，很是生活。

有不少作品聚焦在「簽名」上：「所有的渺小都是浩瀚的」（鄭聿，〈寫字〉）；「練習這個國家／簽字的姿勢」（林子維，〈簽字的姿勢〉）——除了「簽」，「名字」也成爲關注點：〈悖論〉（戴翊峰）指出「是你尚還自由的名字／未成悖論」；〈有人不讓我玩一款遊戲〉（巫時）則發現「刻下名字」代表「一切都有可能逆轉」。

KURUMA 的〈遺書〉包含「空白缺字」，全詩帶有口語的輕鬆恣意，卻是關於「劫後」的無望——「所有稿子都已上繳黨/此後沒有多餘的字」。王離的〈餐肉〉：「有人將嘗到自己的孩子/有人將嘗到自己的雙親」——猶如拉警報，但不以物理性的高亢刺耳，而是令思慮中的嗚咽，變爲不絕於耳的無聲警鐘。兩首以鳥爲名之作也可觀：不似若干詩作，重音放在詩末，〈五色鳥〉（馮孟婕）開篇就擬鳥鳴重複八次的「國」字——這讓人聯想，是否「國家認同」，既「持續不懈」又險被「聽而不聞」？〈麻雀雖小〉（Lipara 蓮蓮）則歧義鮮明，「雖小，但住滿了麻雀/五臟俱全」——既爲展現台灣自足，也是對「被取器官，五臟不全」的憂懼。

但最體現「不怕熱」的「守灶之志」的，無疑是〈五星好縣長〉與〈羅智強〉——對，你沒看錯，羅智強被詩人點名了。即便散文展開「我罷免，我出列」，但從未出現大罷免對象的名字。「他的的確確是個/機會主義的好人」——在〈羅智強〉中，羅毓嘉重拾義憤與諷刺的詩路。曹馭博則在〈五星好縣長〉中，描寫傅崐萁：「——既然我的良心嚴重萎靡/何不來移植祖國/配對好的赤誠之心？」而「五星」也從「星級評比」暴露出「中國五星」。兩位詩人都曾憂國，且詩藝獨到，此次卻不約而同，爲詩注入了高劑量的「現實顯影」，直指「現實的猙獰」。

---

①「廚房熱氣」為「怕熱就不要進廚房」引申，「廚房」常為「政治」喻詞。

小說十六篇：勇敢的理由那麼多

小說出現了意想不到的多樣向度。

關注連署書可能被暴力消滅的〈芭樂〉（東雨），為志工故事加入BL之戀的〈職業操守〉（李靡靡）。〈區〉（Anonymous）寫「賺錢為先者的掙扎」，〈細細寫好〉（林楷倫）藏身參與大罷免的身障女性，在性別、立場都可若隱若現的網路裡，既旁觀也凝視，信念與人際不易咬合的寂寞。〈這不是推理故事〉（瀟湘神）除了也帶有「向大罷免志工致意」的紀實，更賦予故事「假設模組」，邀請讀者反向設想「假如大罷免不成功」。

〈沒人知道阿公的房間裡住著一隻黑貓〉（李昀修）與〈可惜我不是你們這區的〉（謝宜安）都是「罷免使我思想起……」。前者不以為大罷免只屬於理性世界，隱隱有將「有口難言黯然者」都納入的意向。〈可惜我不是你們這區的〉是感人至深的鬼故事，使「大罷免」出現歷史景深——台灣民主可說吃盡苦頭，得來不易——「大罷免」既為反制藍白毀憲亂政，較像突發的機動型任務。然而，民主也是連續體，由民主運動與政治制度，互相激盪而成。從這個角度來看，將二〇二五與一九四七共振，兼具國民情感與史感的必然，也是此篇慧眼獨具之處。

〈可樂〉（鳳梨刀）、〈進香日〉（李屏瑤）、〈食物戰爭〉（劉芷妤）與〈你要好好照顧身體〉（異吐司想），都出現「器官亂移（植）」。對失去自由的恐懼，則有借鏡香港的〈鴿子〉（謝瑜真），畫卷般展延「教育會變怎樣？」的〈沉默之後〉（秀弘），以及想知道「為何連鸚鵡都會危害社會穩定」就必看的畫龍點睛之作：〈凍蒜〉（林依儒）。

事實上，新聞報導已可說明「中國器官移植政策」的惡性重大。高比例的小說取用這個元素，並不能只以戲劇張力看待。從文學角度來看，「器官不義移植」，存在比恐怖現實更複雜的面向。雖然「不義移植」經常扮演「終結者」角色，各篇仍有特殊意涵：〈你要好好照顧身體〉中無權後的瘋狂；〈可樂〉寫「為自救而使自殘成為技術」的常態「倒錯」；〈食物戰爭〉諷刺的更是捨本逐末的台（男）人——罕見地描畫性慾和歧視，如何養成（男）人的服從性；〈進香日〉則在「未來圖」中，出現了特首、全面監控與台灣廢墟化。

中國共產黨對台灣的態度，是否根本給人想要胡亂手術的郎中印象？中國破壞界線的言行，已足以令我們感到，就算不是「器官亂移」，也只會比此更糟。「器官亂移」的暴力，成為比殺戮更具代表性的「死亡地平線」。

黨傳翔的〈拉票〉淋漓盡致地表現了「極權可以無死角到連『反抗』都成自相殘殺的手段」，一如阿多諾所言，「在一個錯的世界中，無法有對的人」。此作不停留在語言表面，而以腹語道出問題核心。對政治行為的探討，不限縮於單一事件，而已深入政治的基本前提。

文學在不同時地的夢魘性，都是歷史與文學，有必要嚴肅探討的對象。它也或是另一種祝福：「惡夢給我（作），為的是自由給你」。

大罷免志工的高素質已是衆所皆知。反對大罷免的政治人物卻曾以「母性過剩」，取笑過女性占多數的大罷免志工。〈寫功課〉（朱宥勳）應是在無意之中，反擊了此種輕蔑。除了縈繞希望與行動的品格，惹人發笑的意外結尾，給出了另一個投票同意大罷免的理由：因爲我們有信心，守護可以純眞無邪成長的，這世界。

為什麼相信文學有力量

目次

輯二——詩

輯三——小說

輯四——專題報導

為什麼相信文學有力量

輯一——散文

拉斯科洞窟的心理師

我最近常常想到拉斯科洞窟的牛。

想到的並不是那些圖像在藝術史上的位置和價值，我在想的是，當時在山壁上畫下那些動物的人們，是出於什麼樣的感覺？

有人說是宗教，有人說是紀錄，我更傾向相信，那可能是一種「你有看到牠嗎？我看見了，我想讓你也看見」的欲望。

拉斯科洞窟裡不只有牛，還有星星。在深不可測的黑暗中，有人仰望過夜空，然後選擇把那些光點畫下來，那是人類第一次，透過劃過石壁的線條和色彩，隨著心裡的節奏與感知，對尚且混沌、危險的外在世界做出一點抵抗；嘗試將星空的投影留在岩壁上，去捕捉時間，理解宇宙的運行是否有規律可循。

那是欲望的痕跡，是「我曾經看見，我希望你也看見」的聲音。

我是一位小說家，也是一位心理師。我的工作有一部分是看見別人和自己內在的山洞，也試著用文字寫下那些難以言說的牛與星星。我知道這個時代有很多人擔心這些工作被ＡＩ取代，也有人說ＡＩ心理師好像比真人心理師更懂人或更會安慰人。

我不否認，ＡＩ確實能在運算中模擬語氣、理解結構，甚至安撫某些焦慮。但ＡＩ沒有時間感，也沒有欲望。

它不知道一個人從短髮留成長髮，是經歷了多少段關係的結束；不知道浮腫的雙眼是因為剛哭過；它不會發現一個人語言的繞圈、漫談、破碎沒有重點，是因為創傷的核心太燙太痛，語言根本沒有辦法靠近。

心理師知道，小說家也知道。

我們記得變化，記得細節，因為我們自己也並非恆常不變。我們陪伴一個人經歷時間，也在時間中被對方改變，那不僅是資料的儲存，而是生命的共同歷經。

ＡＩ會畫牛、畫星星，但它不會出於某種「想告訴你些什麼」的念頭而畫，它不會被噩夢嚇醒，也不會因為聽到某個故事而落淚。它可以生成十萬個版本，但對於「你發生過什麼事？」卻沒有真實的好奇。

論技術，人類不會贏過ＡＩ。我們有的是欲望與感知，是「不寫不行」的衝動，是「我看見了你」的眼神。這樣的欲望領著人類在暗夜點火，以傷痕記事，學會觀看、聆聽，以及回應。

所以，如果有一天真的被取代，那也無妨。

一萬七千年前在岩壁上畫牛的人，大概沒想過自己會不會被後世記住，也沒預料技術會不會被更新，畫風會不會被挑戰。他們只是畫，因為看見了，因為想說出來，因為無法假裝什麼都沒發生。

我想繼續當這樣的人。哪怕我的文字被重製被模仿千百萬次，我的小說裡還會有牛，有星星，有那些我曾經看見，也想讓人看見的東西。

此時此刻，我還活著，還有愛和憤怒，這是我不甘願被取代的原因，也是我無法沉默的原因。活著的創作者，不只是畫牛、畫星星，有時也需要畫出正在發生的不義。

身為小說家和心理師，很難對人如何在結構與暴力中受傷的過程或結果視而不見，想知道人如何在斷裂與依附的縫隙裡重新辨認自己的力量，或至少沒有放棄這樣的嘗試，大概是支撐我繼續寫作，也繼續坐在諮商室裡的動力。多數時候，我願意相信語言、文字與聲響能引領一個人靠近另一個人的內心或意識深處；相信欲望與感知能穿透冷漠，也相信如果我今天不出聲，也許明天會有更多人被迫閉嘴。

所以我支持罷免，支持抵抗暴力，支持每一個願意站出來，說出「我不能再假裝沒看到」的人。

因為我還有感覺，還願意留在這些感覺裡。

我願意連署，願意聲援，在畫牛與畫星星之間，我也畫下這個當下，我們還沒被削去感覺的手，這雙手還可以握筆，也還能簽下罷免連署書。

——二〇二五年四月二日

傅筱婷，諮商心理師。喜歡寫小說、煮飯、打毛線，蔥蒜辣椒香菜都可以，咖哩飯不拌。關注物質成癮、創傷等議題。

Kakacawan 的星期六回收日

1 週五的粥午

知道「書粥」這家書店也滿多年了，但之前回長濱都沒有交通工具可以代步，這次回來有摩托車騎，就想到以前傻傻地想要走路到書粥，果然是傻傻的沒錯。

前幾天立法院記者會結束，記者們都去包圍李昂老師問問題，我慢慢地收拾我的背包、毛巾和 Alufo。插畫家林小杯走過來問：「我剛剛聽到你說，你來自 Kakacawan 長濱？」「對！我外公外婆還在。」「那你知道那邊有一家獨立書店『書粥』嗎？」「我知道好幾年了，過年的時候本來想去，但過年那幾天一直在下雨。」

上個月，在書訊看見一本書的書名叫作《在世界盡頭的書店》，我就想到書粥這家書店，對我來說，長濱就是每年的盡頭會到的最最遙遠的地方。我曾經的夢想之一，也是在長濱開一家獨立書店，所以我知道長濱有書店之後，就一直記著要找一天拜訪。但我更擔心的是獨立書店生存不易，更不用說是開在長濱這樣人口外流嚴重的鄉村了。而文化部預算被砍，也意味著書店、創作者、出版業的相關文化補助計畫申請會受影響，或者是會被刪除、被砍低。

清明連假的這幾天，從住在忠勇的這一邊騎往「鬧區」，背山面海，路旁滿是站得比人高的芒草，背山面海，也住山面海，還有初種的水田秧苗，金剛大道上的外來人下車拍照，臉上有時候充滿了疑惑，應該是想著：「就這樣。」我也是想著：「就這樣你們也要來，還有我媽媽住過的騙人民宿。」

小時候國語課本或國文都教我們「青山綠水」，我想說「青」不是藍色嗎？喔！原來是被白白的霧氣給蓋住了，翠綠的山野才看起來是延綿的青山百里長，當光天化日的時候，瞳孔中的山稜線才還以眞實的顏色。

掃墓完的午餐，我們開始聊先人們的族名是什麼，有沒有意義的單純名字，再聊到還呼吸著的人，有些人是植物，有些人是天體、動物。午後，長輩們睡午覺，我記錄、嘗試拼寫完這些名字的羅馬拼音，也準備要到書店去看看。

到書粥前需要經過「長濱一條街」，從郵局的那條路，再切過那一條街，經過阿亮香雞排繼續直行，晃過幾戶人家後，快到大馬路前的一個巷子左轉，可以看到一排磚牆很新的黑色泥房，外面有整理過的花叢，門口兩個木招牌，一個掛著一個靠牆，也許是書粥還沒搬家前的招牌。

進到書店，馬上看到左手邊是「罷免連署書」，就這麼不懼影響生意的放在路口顯眼的地方，並且寫著「挫賓行動」，很佩服書店老闆的勇敢。待在書店裡端詳選書、內部的裝潢後，看到過路客不少，我就放心地繼續翻書，也買了兩本書《海之聲》、《創作者的日常生活》，今天的店長是打工換宿的小幫手，臨走前，便托她轉交我的新書給書粥店長，算是我對書店的支持。

2 為了海洋連署

這幾天我看見長濱到成功的海岸線將規劃架設二十五座風力發電機，但包含我的阿公阿媽媽媽都不知道這個計畫什麼時候告知群衆的？我阿公阿媽就是典型不會使用智慧型手機的農村長輩，當然更不會接觸網路，很多的資訊都透過地方行政組織、教會、里長的廣播、電視、收音機這些速度較慢的資訊網來獲得資訊，更不用說得知此事之後，環境部網站的意見回饋時間已經截止。

花東地區不只是山野天然的所在，海岸的生態也十分豐富，更不用說黑潮、親潮，洋流帶來的生態風景，每年更有人在西太平洋賞鯨豚，如果沿岸種滿風電，那樣的噪音恐怕影響到沿岸的海洋生態，有些海洋物種將不再靠近東岸海灣。

不知道算是有幸不幸，在網路上搜尋新聞資訊時，曾見長濱加走灣 Kakacawan 的ＦＢ社團中鄉民們反應大多是錯愕的，地方新聞播報的鄉民反饋也多是對此計畫反對與不解的聲音，對這項「東成陸域風力發電計畫」我們不瞭解它的明白，在社團中憤而發起反對連署，邀請塡寫 Google 表單。

地方政府與鄉民之間沒有太多的說明與溝通，夾在在這中間的鄉村里長到底在思考什麼？我們台東偉大的立委黃建賓先生又在做什麼？還要把幾個杉原灣（美麗灣）送給旅遊業者霸占、縣府買單？長濱到成功的沿岸，台東縣政府也想徵收種風電，又是想把這些多餘的電給誰用？

這個連假，似乎是適合連署的連假。

回長濱這幾天，變得很易睏，幾乎晚餐完不久就睡覺，一反在都市晚睡的狀態。

雖然昨天半夜三點醒來，想起之前大學時結交的中國朋友去平潭島旅遊時傳給我一張照片，雖然她是在表達離台灣很近很開心，但照片上面寫著斗大的「祖国大陆离台湾岛最近的地方。」我感到噁心。

這個清明連假半夜，我終究是遲遲地回應了：「中國不是台灣的祖國。」畢竟她並不住在這裡，她的祖先也不住在這裡，清明時節裡，來者著實只是個過客。我想著這個心神未寧的半夜又該怎麼睡去呢？我開始回顧我睡著時錯過的罷免趣訊，直到再度睡去。

八點清晨，我聽到一個很清楚的聲音，是在都市裡我常常聽的很不清楚的聲音。蟲鳴鳥叫之間，里長廣播，提醒大家今天有垃圾車會來收垃圾。

我彷彿聽見里長在說：

「大家記得丟掉垃圾，不然垃圾會把我們丟掉。」

3 風從哪裡來？

「你說你來自哪裡？」

「Kakacawan？」

「Kakacawan 是什麼？」

「**Kakacawan** 是加走灣，是長濱。是從阿美族語 **Pikacawan** 瞭望台衍生而出，也有守望台的意涵，所以住在這裡的人便有了守望者的意味在。」

後來我聽聞地方青年述說，黃建賓趁著這波綠電議題上做了此文章，在這「風波」中削弱了「挫賓行動」的聲音，所以請大家要更努力的罷免藍白立委，如果可以，也請給台東與長濱的朋友多多鼓勵，守住彼此。

——二〇二五年四月五日

Cidal 嚴毅昇，一九九三年生，阿美族名 Cidal。曾獲原住民族文學獎新詩首獎，二〇二四年出版首部詩集《在我身體裡的那座山 *Talatokosay A Kapah*》。

火車是在憲法訴訟法三讀時停下的

風獅爺

火車是在憲法訴訟法三讀通過時停下的。

車廂門邊的ＬＥＤ面板停留在桃園往鶯歌途中十幾分鐘了，部分乘客埋在手機前的臉漸次抬起，望了望列車本應前進的方向，側臉瞥了瞥久未移動的月台，搖搖頭，垂首又讓手機螢幕內 **Youtube** 或 **IG** 介面的光線蒙上眼睛。收回視線，拇指搭上手機螢幕朝下拖動更新 **Threads** 頁面，最新的一則，我看見，一小時前，畫面是濟南路的人群，半小時前，垂將暗下的天空。再次拖動，四十分鐘前，再一次，再一次。

直到更多乘客抬起頭向外望，火車已經停在同一個月台邊三十多分鐘了，鄰側南下月台的另一列火車亦然，那裡的旅客眼神也朝這裡，彼此與彼此交換心裡的困惑。車廂廣播：本列車在此臨時停車，請各位旅客稍候。再等候，再滑動螢幕，還是暗色的天空和人群，還是三十分鐘前。

毫無動彈。

第三次廣播以後，播音器發出麥克風被輕輕拍打的聲音，列車駕駛說，浮洲站發生死傷事故，本列車在此臨時停車，開車時間未定。低下頭再看了一次手機，貼文更新，是更久以前的向晚時分，那裡的人們正在朝街頭聚集——這裡的人們還在原地不動，那個街頭離人們很遠，彼處的吶喊吆喝擠嚷也是。

一名乘客按下車門邊的緊急呼叫鈕，希望駕駛打開車門，對講機裡駕駛滿懷歉意地回絕了。低頭，排成橫列的警察，是這樣，在手機裡是這樣，還沒確認是什麼時候的事。緊急呼叫的聲音陸續又響起，似乎來自其他節車廂，直到更久以後，駕駛以全車廣播表示：本列車開車時間未定，如須換乘其他交通工具的旅客，本列車一號車廂右側車門將開啓，請依序排隊下車。列車內起了微微的騷動，結伴的乘客覷了覷自己的旅伴，彼此詢問之後應該怎麼辦？該留在車上等嗎？這附近有公車搭嗎？什麼時候能……螢幕畫面仍未更新，那裡暫時沒有答案，一切仍是懸疑，這裡有部分旅客開始朝向一號車廂移動了——這裡是八號車廂，還有一段路，去到那裡則要更遠。猶豫半晌，低頭看，手機顯示已經八點十五，院會延長到午夜十二點，車廂走道有長長的隊伍，乘客排隊依序朝一號車廂走去。沒有時間遲疑了。把握人群的空隙，稍稍側身進入隊伍，車廂一節一節，仍有許多原地等待的乘客，一位乘客正在聯絡友人前來車站接送，座位上的情侶猶仍相偎靠，帶著孩子的母親焦慮地望著移動的人潮，博愛座的長者蜷縮著瞌睡，更多的是還浸染在手機色光中的眼睛。經過一具警示燈閃爍的對講機，列車駕駛說喂喂喂，對講機前已然無人應答，大概是離開了。

一號車廂，右側車門開著，門外月台上一位站務員正在引導人潮。向他詢問南下的車班是否正常運作，他指了指軌道對面的另一座月台說，就快開了，要趕快。試著朝那裡跑，其實無法跑太遠，人太多了。仍然得排隊，上階梯，擁擠的剪票口，讓過去，通往南下月台的樓梯，列車還未發動，車廂裡都是乘客，經過數節車廂以後才找到一處空位上車。終於站定，點亮手機螢幕，更新 Threads 首頁，人們還在街頭，也許人們其實沒有太多選擇。

車門關閉，列車啓動，沒料到北上的列車也同時發動了，乘客們彼此目送彼此離開這座月台，朝各自要前往的遠方而去；我要前往的遠方卻是起點，火車看來是無法北上了，唯有回到出發的車站，另謀他法前往立法院。這是一個尋常的週末傍晚，假期剛要開始，明明是假期——接下來是財劃法的審議，街頭仍有人，即便不差我一個人，即便一個人不可能拯救任何傾頹的什麼，但任何可能性都始自一點不值一提的念想。

無論如何，一切又開始緩緩移動了；無論如何，離開了那列停止的火車。

回到出發的車站，走一段路回到下班時好不容易才找到的機車停車位，將近九點，已經晚了，但是出發還不算太晚。發動摩托車，騎上縱貫路，往台北市前進，夜晚給公路增添了和白日相異的陌生感，路燈倒退替將來的黑暗騰出空間，但更遠處仍有燈火，繼續前進，繼續前進。冬夜寒涼，經過一間薑母鴨店，湯鍋的熱氣瀰漫到街邊，聚餐宴飲的人們彼此挨近，穿越那些蒸騰的霧靄，繼續前進。前進，經過一座橋，那是一個充滿橋以及岔路的城市，每個分歧都是迷失或者前行的可能。錯過匝道，迷了路，摸索回到，越過又一條河，進到台北市，陌生的道路與陌生的城市，直到那裡，那裡開始出現警察設置的路障，車輛不得進入，那裡的街頭有人。

停車，繞遠路，街區封閉了，找不到出入的方式，所有直覺能抵達的所在都不按常理了。步行，終於能夠拿起手機，臉書和 IG 還能夠看到許多日常生活的貼文，但這條街道不是日常的一部分。路障延伸到濟南路，直到徐州路右轉，朝中山南路去，這段日子以來經常這樣走，不確定還需要持續多久，也許持續到國家終於好轉起來。到達人群聚集的街頭，宣講車泊靠在慢車道分隔島邊，車頂的宣講者請所有人跟著喊口號，擴音器的聲音撞擊遠處的大樓牆面發出嗡嗡聲。往濟南路走，立院旁設置了舞台，舞台邊架起了投影幕播放國會頻道的議事畫面，少數黨的委員正在發言，主辦單位說今晚有兩萬人參加集會；所以今晚有兩萬人擠在這裡，一起盯著小小的螢幕看立法院議事持續持續進行，也許這兩萬人也都知道最終的最終將要發生什麼，但那暫時還沒有發生，在那還沒有發生以前。暫時還沒有答案，暫時還在等待，心內惶惶然還不知道要往哪裡去。

討論結束，直播畫面，立法院長宣布開始表決，採用舉手不記名方式，群眾開始鼓譟。停止表決！停止表決！立法院的大門緊閉。停止表決！停止表決！大群警察注視著街頭的人。停止表決！停止表決！建築物間空蕩蕩的回音。停止表決！停止表決！人們都知道。表決結束，贊成多數。複議？再一次，舉手表決。表決結束，贊成多數，法案三讀通過，多數黨在畫面中發出喝采與掌聲。

夜晚仍然是夜晚，街頭仍然是街頭，主辦單位上台，說明往後的行動方針，當然還不到放棄的時候，還不到放棄的時候，只是盡頭何在？想望何在？

集會結束了。

離開眾人停駐的那個街頭，外邊的街頭還有許多車輛在移動，我們終究沒有可能停下什麼，當然是知道的，當然是知道的。在路旁的人行道有人群聚集，湊近前，原來是臺大的周婉窈老師正在以台語向群眾解說中華民國憲法和台灣的困局，在遠離立院的這裡，在一個這樣的冬夜，猶仍執倔地講說著，路燈恰巧照亮他們周圍的黑暗，有了一點光。還有一點光，還有一點堅持的可能，遠遠還不是必須停下的時候。

至少現在還不是那個時候。還有前進的機會，還有扭轉危局的機會。

——二〇二五年四月六日

風獅爺，户籍在桃園市第一選區，喜歡寫小說勝過其他。生性害羞不擅言詞及行動，於是決定試著多寫一點字。

餘命

石牧民

一九九九年，九二一大地震後，南投市中興新村入口軸線滿目瘡痍。台灣省政府凱旋門般入口左側，公路局中興新村總站倒塌。中興新村圓環傾斜。圓環參道盡頭，台灣省政府辦公大樓倒塌。二十六年前的大地震，震毀了童年記憶中的中興新村；大地震之後，中興新村還完好的部分，難掩遺跡般風流雲散的況味。

一九五六年，台灣省政府從台北遷移中興新村。中國國民黨政府在通往霧峰台灣省議會的軸線上，南投市與草屯鎮之間，平空建立起一個高度綠化的行政新市鎮。以凱旋門入口、圓環、省政府建築群爲起點，中興新村往東南延伸，形成兩百公頃的公共建築結合住宅區都市計畫區域。醫院，消防隊，圖書館，郵局，單身宿舍，學校（中興高中），游泳池，大會堂等公共建築，沿面朝西南的山麓興建。

從山腰向平地緩降的區域，建有省政府員工眷屬宿舍。多數帶有庭院的平房，以數戶門面相對並圍繞「囊底」小圓環的形式形成社區。以國家機器力量強力介入平地而起的中興新村有現代主義過度向後現代主義風格的公共建築，其中以「（蔣）夫人派」建築師修澤蘭設計的臺灣銀行爲代表。而入口處公路局中興新村總站更是台灣現代主義的代表性建築。大地震之前，那一個左右對稱，試圖融合地貌與自然的車站是所有建築科系的現地教科書。

一九八〇年前後，父親在中興新村置產，購買了位在「下庄」的透天厝。所謂下庄（ē-tsng），就是隔著中興新村的幹道中正路，與完善新市鎮都市計畫區域相對，再往西南延伸的區域；農地、農舍、新建住宅，沒有「計畫」地蔓生。中國國民黨國家機器的力量，放任中正路的西南邊恣意滋生。童年的我，在下庄與台灣人、外省人混居。下庄的台灣人多半是種地、養豬的莊稼人家。較年輕的台灣住民就是父親那個戰後嬰兒潮的世代，脫離勞動階級，依附中國國民黨政府國家機器的剩餘空間，期望繼續向社會上層流動。而下庄的外省人則是游離出外省軍、公、教星系的族群。一九八〇年前後，跟隨中國國民黨來台的第一個世代已經接近退休；我鄰居的外省「杯杯」，有退休的教官、退休的電信局職員、退休的國營事業工廠廠長。

許多年後，當我以成年的眼光回望，看見那是時間、空間上眞正的「混居」。中正路的西南邊，蔓生的農舍、民宅再過去，有佛堂，有天主教堂，有長老教會，後來還有摩門教會。天主教堂裡，我幼年時上學的托兒所，經營者甚至是一位混有日本血緣的女士。她的名字中有「子」（こ）這個字。不知什麼原因，沒有在戰後「引揚」而留在台灣。長老教會中的長老，有白色恐怖受難者，也有受難者的後代。兒童的我，就住在台灣的混雜中間。混雜中各自或躁動或吞忍的伏流，要在我成年之後才會浮現。兒童的我並不知道，以爲世界就是那樣，混居著甚至只是目視就知道各自不同的人。

兒童的我從來沒有思考過，自己是定居者或是移居者。我還不知道有「移民」也有「遺民」。我以爲所有目視可見，感知也能察覺的不一樣，都是中性而沒有雜質的常態。教我書法的外省杯杯常常滿意地摩挲我的頭，一邊看著我運筆，一邊說：「你這孩子啊，聰明。」我從來沒有思考過，杯杯和我的口音之間劇烈的迥異，藏著我成年以後才會知道的，劇烈的離散、劇烈的背叛、劇烈的殺戮。

長到入學的年齡，我開始走到中正路的另一邊，有都市計畫的那一邊，去上學。經過省政府員工眷屬宿舍的庭院，穿過那些囊底式的社區，抵達我就讀的國民小學。小學東北鄰著光華路。過光華路，再向東北，就是山腰，接近醫院，消防隊，單身宿舍等公共建築的地方。

每天，父親給我二十塊。到了中午，我會走出學校，過光華路，走向某一個省政府員工單身宿舍。那裡的食堂，三菜一湯加白飯，只要二十塊。省政府員工的單身宿舍，都是形制一樣的四四方方現代主義建築；進門左邊是食堂，右邊是陰暗的長長的廊道，廊道底部是澡堂、洗衣間。廊道兩邊是一片一片木門。每一片木門裡邊是一個一九四九年跟隨中國國民黨來到台灣，一九八〇年代前後在台灣省政府任職時因爲任何客觀因素而單身的外省男性。

食堂裡是一個一個圓桌。打了飯菜，我就跟那些陌生的杯杯們圍坐在圓桌邊吃飯。杯杯們通常不會理我一個小毛頭。他們通常邊吃飯邊盯著報紙或食堂牆上的電視機。有一陣子，我開始去食堂只買一碗白飯，當天可省下十五塊；累積四天之後，買得起一本《七龍珠》單行本。那時候開始有杯杯注意到我，一個人遮遮掩掩扒著一碗白飯。有一、兩個杯杯甚至會分一些菜給我。

我就在那些年中往來中正路兩邊，往來光華路兩邊的世界中長大。會說台語。因爲在下庄聽得到，也必須跟我的祖母說，並陪她看六點半電視裡的歌仔戲。華語說得好。因為導師是住在員工眷屬有庭院的宿舍中老杯杯的女兒。她生得美麗，聽說有許多人追求之外，說的是字正腔圓的華語。我不喜歡吃便當、自助餐。因為單身宿舍食堂中的飯菜實在難吃。但我喜歡蒸餃、燒餅等麵食。在光華路上開店的外省杯杯手底下的紅油抄手在那二、三十年間遠近馳名。我在混居的地方，學到了各處移民的樣子，也長成了一個目視恐怕哪一種移民都不是的樣子。

我是中國國民黨政府國家機器強力介入平地而起的新市鎮中長出來的人。劇烈的離散、劇烈的背叛、劇烈的殺戮混雜在一起折衝隱忍終於粉飾成無知或遺忘之後的樣子。誰都不是。沒有傳統沒有在地。到哪裡都是移民。什麼時候都是移民。無中生有的新市鎮裡長出來的，無中生有的人。

一九九九年的大地震後的倒塌，加劇了台灣民主化後政府體制的變遷改革。在一九九〇年代中期本來先消失了省政府，大地震繼而消失了為了省政府而生出的生活構成及樣貌。我也永遠地離開了中興新村。先是去到美國留學，成為移民；磨劍十年後回到台灣，成為移民。

許多年之後，當我以成年的眼光回望，總是會看見童年時，山麓邊單身宿舍裡陰暗的長廊。長廊兩邊彷彿無止盡的木門。木門後通向一個一個中年外省男性離散的悲傷和孤寂。他們唯一的慰藉很可能是把飯菜分給一個坐在他們身邊只扒白飯的小毛頭。許多年之後，我成年的眼光也看到，那樣的單身宿舍，堪稱粗暴地把所有人集中在一起，一起吃大鍋飯；在台灣這種平地而起的新市鎮裡會有，在中國也有。而中國，在約略同一個時間，全國都是那樣的公社。

唯一的不一樣是身家性命。

我童年時所遇到，某種程度上將我帶大的外省杯杯們，就是無止盡的劇烈寂寞；劇烈的寂寞遮掩住的是劇烈的離散；他們，和我，一九八〇年代前後在中興新村的靜好，遮掩住的可能是劇烈的背叛和劇烈的殺戮。但他們畢竟就是寂寞。我成長最終永遠離開以後，他們可能寂寞地死亡。而在中國，他們或者逃離或者被迫揮別的中國，長得神似的公社裡，財產和命都會莫名其妙地烏有。我所認識的杯杯都知道。有些杯杯，甚至知道他所效忠的政黨平地而起的靜好裡面有不義。杯杯沒跟我明講。我得用成年的眼光回望，才在話中知道杯杯知道……那是我離開很久很久以後。

教我寫書法的杯杯，摩挲我的頭，一邊看著我運筆，一邊說：「你這孩子啊，聰明。」我手上寫的是「劍外忽傳收薊北」，他說：「那就是我的家啊！」我問：「在這附近嗎？」「在很遠很遠的地方。在大陸。」

我還在寫，「那你怎麼會來這裡？」

杯杯說：「這裡我至少有命啊，這裡有命！」

他還在摩挲我的頭髮，眼光卻不在我的筆尖了。當我用成年的眼光回望他的眼光，猜想他當年以遙望回去了那個地方，聽起來沒命的那個地方；杯杯眞正想去的地方，沒命，於是他的寂寞沒有止境。

很多年以後，我永遠離開了中興新村的很多年以後，出國也是移民，回台灣也是移民，以成年的眼光回望杯杯，回望他的寂寞，也看見了自己。

杯杯慶幸自己有命的時代，台灣有人會因爲他們的靜好沒命。後來，我們都知道了。既然知道，便有許多人合力，將台灣扭轉成大家都能夠相安靜好地有命。即便我回台灣也是移民，但我沒有寂寞；這裡有命，我命就在這裡。

現在，竟然有人企圖把這裡變成像會沒命的中國那邊一樣，我不准——

連把我帶大的杯杯的份一起不准。

——二〇二五年四月九日

石牧民，台灣文學研究者，台語文化工作者，和菓子製作者，黑膠唱片收藏家，用台語／文、華語／文、英語／文工作的人。

觸電

小六，四川，九寨溝。一輛疾駛的接駁車上。

接連數個幾近一百八十度髮夾彎的山路，「師傅」一腳下去、猛地打滿方向盤，熟練而無有差池地，讓車身衝出去又拉回，乘客像一個個扯鈴，拋出、扯回、拋出、又扯回，幾次險些以爲就這麼飛出去，下一秒感受拉扯，腦袋嗡嗡轟鳴如扯鈴瘋狂旋轉的嗚咽聲。

接駁車內很擠很擠，我站在裡頭勉力抬眼望向中國當地導遊，導遊回給我一個「看吧我早說過了」的眼神。導遊確實早就提醒過了，山路飆車，於是乎成了中國四川的特產，熟能生巧，你得相信師傅，他會保你安全，至於你暈眩想吐，那可能是你必須克服的事了。「我這裡有嘔吐袋。」上車前導遊高舉塑膠袋像亮著某個亮燦燦的金牌。

除了我們一團台灣遊客，車上還塞著不確定來自哪裡的中國人。印象裡，跟前坐著一對母子，孩子瞇著眼，不住地往媽媽的懷裡倒臥，嘴裡喃喃著我不熟悉的語言。我不能辨析這哪個地方的語言，是摻雜鄉音的北京普通話還是四川當地語言，我只確定那不是我熟悉的華語，我只能半聽半猜，隱約撿拾他們對話的碎片，媽媽嚼著那種柔柔的陌生語言，內容大致是安撫孩子不舒服的抱怨：「睡覺吧，睡了就沒事了。」

車內嘈雜，師傅繼續冷漠地扯著方向盤，反正那是他工作的常態。於是眼前的母子對話繼續，母親一邊安撫一邊哼歌，歌同樣是我聽不懂的，卻像是柔柔的被子，不住地蓋向孩子的額頭。

忽然，母親像是觸電般坐直身板，轉成我終於聽得懂的語言：「欸不行，我們要說普通話。」字與字有了僵硬的界線，柔柔軟軟不見了，變成金屬般的方方塊塊，每一字都帶有下頷的發力，每一字都像是略帶細刺的摩擦。

孩子抗議，以那個我聽不懂的語言，母親則越發字正腔圓：「不行，說普通話。要說普通話。」

終於，孩子妥協，頭暈腦脹下：「不舒服。」來來去去這三個字。

而母親笑了：「沒事，睡覺。來，我們睡覺。睡覺就沒事了。」

母親的聲音有種刻意的拉抬與下墜，像我朗讀比賽的那種揚起，撇動舌頭，高高地捲起又放下，把口唇圍成小小的圈，讓「睡」慢速流過她的頰內嘴角。「了」極輕極巧，帶點跳躍。孩子應和著，也是標準得像藝術，夾帶母親標準的鼓勵：「對，你好棒。」只是眼睛眨巴眨巴，孩子似乎也沒辦法好好睡著了。

那時我還小，我沒有意識到這是一個怎樣的過程，我同樣頭暈，也只有餘力關注眼前這麼一段碎片，於是深深地記起那樣的畫面，剩下我怎麼下車、花了多大的勁緩過來，這都是我忘記的事了。

時隔多年，這一幕仍然清晰，只是這樣的觸電，在我慢慢接觸母語議題、國族認同問題後，似乎漫過長江、漫過台灣海峽，深切地回應我的手腳。

早前中國人對其境內的人說：「都是中國人應有共通的語言。」所以地方話都成了華語的一環，而華語獨尊北京話，那些藏在小說中的描述：「南方吳語軟軟糯糯」，此刻操著粗魯的北方口音，他國事物你我鞭長莫及，但台灣呢？

些許悲哀，一個社會要嫁接新的母語多麼困難，然而兩千年代出生的我，在家的語言也已經是華語了。作爲本省與外省二代結合家庭的孩子，我在家戶隱蔽下被保護地相當好，以致於除卻跟阿公阿媽、外公外婆的言語不通，我少有「被拔除」的實感，直至讀大學時一腳踏進台北。

小小的、輕輕微礙著的，台北的人台北的地，幾乎總是有種自信，標識著一些語言一些動作：這是台北的、這不是台北的。

點飲料他們說「ㄈㄣˇ ㄍㄨㄛˇ」，吃飯他們說「ㄎㄜ ㄗㄞˇ ㄐㄧㄢ」，當我用我彆腳的台語轉述那些台南在地的原話，甫出口的詞句立即陌異化，從他們微皺的眉頭，我讀出這些話如何不屬於台北。

而當我畢業回到台南，替代役分發到派出所，我也換位穿上那股台北人的氣息，在一個台語爲主的工作環境裡，我同警員忽然什麼話都有點談論不上了。在他們大談八卦、評論時事時，我只能在有限的台語字詞裡，傾其所有揀擇字句表現我的所思所想，但更多思考就這麼乾涸在我失去表達的言詞裡，沒能說出來，沒能傳達出來。

我忽然意會到，這就是失語。

我與台北同學們在不同的時節，依序感受到那種舌頭的麻木，難以撇動，台語與華語就這麼晃動晃動，似遠又近。

我仍然被保護得很好，這些來自語言的順與不順，我只不過感到輕礙，只不過感到微微的不安，然而發生在這土地上語言暴力嫁接的歷史裡，好多好多斷流的思考在這之中，舒展不開、傳達不開。

我不由得疊合上那台位處四川的接駁車，在這漫漫的、龐大的、有計畫的被失語中，有多少家庭也在那一次又一次的觸電下，一個個挺直的背脊與眨巴眨巴的小眼睛裡，被梳順了舌頭？

跟一位自認有中國認同的朋友聊天，聊到史觀聊到歷史課綱，我指出當中荒謬：「三十八年播遷來台的軍民，占台灣總人口不過百分之十三，何以這些人的史觀代表了全台灣的主流？其餘人經歷著軸心國的戰敗，卻歌頌著戰爭勝利，爲什麼？」

朋友聳聳肩：「因爲民族跟國家不過人造的想像共同體，你相信這樣的歷史是你的歷史，就會長出那樣的認同，我是中國認同，我自然希望有更多人跟我相同。」

我沒有回話。

沒有回話並不代表我認同，僅僅我們好像暫時無話可說。從大歷史看下來當然有餘裕去冷漠，被嫁接一個新的語言也罷，舊的語言消失與否也罷，透過國民教育，台灣有了一個共通的語言是件好事。可是把視角拉近，拉到那一個一個家戶、父母、孩子，這之中有人被拔除了根。

我腦中浮現的是一位隨機的台語寫作者，他可能飽讀詩書，有自己的思考與美學，卻在這個過程裡書寫找不出詞彙、對話嚼不出適口的發音，終究偌大的思考表達不出，只能在有限的詞彙裡被迫服從，然後頹喪地轉而要下一代只需要學著殖民者的語言就好。

時至今日我們挽救，透過補助案、文化政策。「就讓現況維持現況不好嗎？」

不好，當然不好。

閱讀台灣文學，我看到那些已經造成的傷害，結痂下仍發癢：尤其台語的書寫，小吃店招牌上關於「呷」與「食」的猶疑、口號裡關於「挖係」與「我是」的躑躅，是否要用台羅文字？如何能書寫立即被辨認為台語的文句？台語在一系列的語言演變裡被華語侵蝕，我們如何不正視，不去替歷史的錯誤止血？

時時，小六年紀的那輛四川接駁車還是駛進我的腦海。那樣的山路，那一個母親與那一個孩子。我還是認不得那樣的口音、那樣的語言，甚至早已模糊掉那樣柔軟的自然發音聽起來應該是什麼樣子，但我仍記得母子坐直腰板，捋直舌頭，搬弄那些僵硬的非自然母語的樣子。

就像一個導體，沿著畫面沿著故事，橫跨時間空間，不斷不斷接通我的痛覺神經。

至今我仍在觸電。

——二〇二五年四月九日

C南，台南人，座標台中的工程師。曾為師大噴泉詩社、臺大現代詩社社員。IG詩帳@dreamlife0607。

那是我的孩子，也可能是你的

黃天豪

那年，我的女兒在三十一週又四天出生，體重只有一千兩百四十克。

脫水後變成一千一百四十克，住進新生兒加護病房。她的手腳細得可以用兩指比ＯＫ圈起來還剩很多，整個人可以輕輕捧在雙手。那時候的她，不像是還沒長好，而是還來不及開始長大。

她在保溫箱裡待了四十天。那段時間，我每天往返醫院和月子中心，與醫療團隊緊密配合。我常在保溫箱旁邊輕撫她、唱歌給她聽。當她狀況穩定一點、可以短暫離開保溫箱時，我在病房學著幫她換尿布、洗澡，也用身體和她進行袋鼠式接觸。內心當然有擔心，但主責的醫護團隊溫柔又有信心，讓我充分信任，也能放心把重心放在陪伴上。

她活下來了。現在國三，是個有想法、會撒嬌的孩子。她常常沒來由地喊著「爸比～爸比～」要我陪她。聽到這個聲音，我偶爾會想起她當年躺在保溫箱裡的樣子——不是爲了感傷，而是提醒自己：她曾離我們那麼遠，現在卻這麼真實地存在。

但最近，我又開始感到一種熟悉的警覺感，好像那扇我以爲已經關上的門，又被什麼東西輕輕推開了。

幾天前，我看到網友「葉綠舒」分享她搜尋整理的幾篇論文。其中一篇刊登在《*American Journal*

of Transplantation》，內容是關於中國醫界進行的「極低體重早產兒腎臟移植手術」，把雙腎整顆移植到成人身上。

其中一個案例，是一名體重只有一・零七公斤、胎齡二十九週的早產女嬰。她的雙腎，在出生第二天就被家屬同意捐出，撤除維生系統後二十分鐘死亡，隨即移植到一名七十五公斤、三十四歲的女性病患身上。另一個案例也類似，一名體重一・一七公斤的嬰兒，出生後三天內即完成配對與捐贈。

我當時心裡一震，因為這些數據，和我女兒當年的狀況幾乎一模一樣。那篇論文裡的，不只是某個「個案」——那幾乎可能就是我女兒。

有國外醫師指出，這樣的配型通常需要幾週到幾個月，而這些手術卻能在嬰兒出生三到五天內完成，代表有可能是在他們「出生前」就已完成配對。

他們是怎麼被挑選的？是否真的已經無法存活？這些問題，在論文裡都沒有清楚答案。

但這些案例，如今被寫進醫學期刊，成為「技術成就」的一部分。

我們與這些事情，真的無關嗎？

這件事讓我想到台灣——

我們擁有世界上最完整的健保資料庫；有健保署前主管，曾違法下載全國健保資料。

有立委陳玉珍提案離島建設條例，欲開放醫療特區，開放未持有台灣醫師、藥師、護理師等執照的醫事人員至離島執業。

目前確實沒有公開證據顯示，有人積極推動與中國醫界進行器官移植技術合作，這點我們必須說清楚。但當醫療系統越來越開放、資料越來越集中，如果對價值與倫理問題缺乏警覺，風險就會慢慢累積。

這不只是「中國的事」，也不只是陰謀論。這是我們應該主動思考的未來問題。不是因爲我們想像得太誇張，而是因爲制度與現實之間的縫隙，往往就是問題發生的入口。

有人說：你們是在情緒動員

我知道最近有人開始說：「可以支持罷免，但應基於事實，不能反智。」說人們談中國器官移植問題，是在煽動、在情緒勒索。

我聽得懂這種說法，也願意回應：我也不希望民主被口號綁架。正因爲如此，我們才更要勇敢面對那些難以討論、但眞實存在的問題。

我們沒有指控哪位立委直接參與這些制度，但當有人長期對中國體制保持友善，卻始終避談人權與醫療倫理問題時，我們有權力問一句：他們是怎麼看待這樣的制度與價值觀？

這不叫情緒動員，這叫問責。民主不是不要價值判斷，而是要公開面對、清楚選擇。

我只是一位父親。我不是器官移植專家，也不是名人。

我只是曾經看過自己女兒全身插著管，用雙手就能捧起的父親。

所以當我看到那些數據、那些術語、那些制度與醫療合作，我沒辦法當作沒看見。因爲如果我女兒當初出生在那樣的體制裡，也許她今天就不會站在我面前撒嬌了。

這不是爲了製造恐懼，而是因爲我們不能再只靠「應該不會發生在我家」這種想法過日子。

所以我懇求看到這篇文章的你，請去簽署罷免書。

這不是藍綠之爭，也不是政黨攻防。

這是我們要不要選擇一個清楚、負責任的政治價值。

因爲那不是論文裡的數字。

那是我的孩子。

也可能是你的。

——二〇二五年四月十二日

黃天豪，是臨床心理師，也是一位父親。深愛這座生長於斯的島嶼，也期待能給孩子更好的未來。

小羽，對不起，你是對的

小羽，對不起，你是對的。

二〇一四年三月十八號傍晚，我人在高雄，接到好友小羽的訊息：「我要衝了。」他說。我當下沒看懂他什麼意思，畢竟認識他的人都知道，他性格就是衝來衝去的那種。

直到我突然把三月十七號張慶忠三十秒通過服貿這件事跟他的訊息連結起來時已經是四個小時後了，我從電腦前移動到電視前，打開新聞，學生衝進立法院了。

我打給他，沒接通，我打給別的朋友，他們說：「對，小羽在裡面。」

隔天早上我立刻回到台北，太太已經去上班，我跟她說我要去立法院，晚上應該沒辦法接你下班，她也沒問爲什麼，直到她自己看見新聞。

她是個護理師，一直以來不懂什麼是政治。

當她下班後我帶她到立法院外面跟朋友碰面，她在計程車上才小小聲地問我：「是發生什麼事？」

歷時二十三天的三一八學運，扣除三一八當天，剩下的二十二天，我除了洗澡，其他時間都在林森南八巷，我睡在八巷好幾天，馬路眞的不好睡。太太在青島東醫護站約二十天，她是下班後直接到青島東，到半夜才回家洗澡睡覺然後直接去上班。

三二四衝行政院那天的流血衝突，太太回家崩潰哭了。傷者一個個送到醫護站時，醫護每一個人秉持專業盡力救治，然後在回家時不停地問：「爲什麼警察會打手無寸鐵的民衆？」

整個學運期間我在立法院外跟小羽碰過幾次面，他希望我進去裡面幫忙，說我的功能不能只擺在八巷，我搖頭，說我的功能在八巷比較符合。

小羽跟我說黃國昌不可信的時候，三月都還沒過完。這件事我好多朋友都能證明，有趣的是當他這麼說的時候，我們沒人相信。

小羽，對不起，你是對的。

後來，服貿擋下來了。

學生離開議場。

我太太對政治有了深層的理解。

小羽幾年前走了。

去年四、五月的青鳥運動，我跟太太說我要去立法院，她只說了兩個字：「快去。」後來我看見她在自己的 IG 發了一篇限時動態：「讓隊友去立法院，我在家顧孩子，現在只能這樣分工。十年前我還沒有孩子，我可以在立法院跟你拚了，十年後我有了孩子，你們不但沒有任何長進，反而變本加厲。」

跟幾個老朋友站在立法院外面看著電視牆直播一個個離譜的法案靠著人數優勢碾過，失望難過之餘，我想起了小羽。

小羽啊，你先走了一步，我們其實都過了好久才慢慢接受。後來的海產攤跟幾次選舉，桌上少了你的聲音，我們到現在還是不太習慣。如果這些事是身為公民的工作，既然你都曠職這麼久了，在天之靈，你最好給我幫幫忙哦。

——二〇二五年四月十二日

吳子雲，曾以筆名藤井樹出版多本著作。生於高雄，如果可以，也希望死於高雄。

我有兩個爺爺，你也許也有類似的故事

秦容

有記憶開始，我家就有兩個爺爺。一個就是爺爺，另一個叫老爺爺。老爺爺跟我沒有血緣，但從我出生時他就幫忙照顧著我。

雖然沒有血緣，但老爺爺跟我們一家親如家人，他也一直都跟爺爺奶奶住在一起。他起居生活都跟爺爺奶奶在一起，一起吃晚餐、一起看電視，我們家有各式活動他也都不會缺席。只是，他的床位是在廚房，夜深了他才會去那支起行軍床。

聽爸爸說，老爺爺從他小時候就這樣，好幾次爺爺奶奶要給他一個房間，都被他拒絕了。他說住在廚房他比較舒服，說自己不能再打擾夫妻生活了。也因爲他住在廚房，所以他起得最早，每天五點不到老爺爺就起床準備出門了。向內、壓縮、限縮自己的空間，這就是他的生活風格。

聽家中長輩說，老爺爺、爺爺、奶奶，都是在逃難來台的那條船上才認識的。雖然都是山東同鄉，但在此之前素未謀面。就像三股破碎的絲線，在因緣際會下重新擰成了一繩。這條繩子，最後繫在永和國中路的一棟小房子裡，吊著他們從戰火中帶來、在台灣一點一滴積攢下來的全部。

據說老爺爺是軍人，很早就被抓壯丁帶走了，參加了很多不情不願的戰役。但沒辦法說他是哪一邊的，也許叫他準炮灰比較合理。據說，他總是多藏一套軍服，看情勢換來換去。

最後大逃難時，老爺爺跟著一起來到台灣，也許是他根本就沒被登記在冊，從頭到尾都在混飯吃。又也許是他不想再過軍旅生涯，總之就沒有再從軍。

但他依然發揮僞裝的專長，四肢健全的他，不知道怎麼弄到賣愛國獎券的資格，靠在輪椅上賣獎券過日子。愛國獎券停發後，他也就不再出門了。

而我爺爺可能上過戰場，也可能沒有。他到底有沒有開過槍，是家裡的謎，他從來不說動亂時期的事，據說連奶奶都不知道。

不過可以確定的是爺爺遭遇過戰場。一直到我讀國中時，他睡覺都還會大聲尖叫。奶奶說，那是因爲夢到戰亂的時候。

比起戰場，更適合爺爺的領地是廚房，他也是靠做麵點的技術養活這一家的。這讓我們家裡平常就是饅頭、火燒、大滷麵，節日則是糖醋松鼠魚、紅燒豬肘、牛肉冷滷。過年凌晨一定要包餃子，吃到包硬幣水餃的那個小孩，過年能多拿一個紅包。

關於這兩個爺爺的故事都是據說，那是因爲他們都不說，我甚至難以回憶起他們的聲音。沉默、失語，他們身邊總是有一股凝滯的空氣，但這兩個男人間又有種心照不宣的默契。家裡很多事，他們都是用默契在補位完成的。

當他們被迫要向外溝通時，我奶奶就擔任他們的嘴。

以前爺爺很常帶我到永和福和橋下的公園玩，但他從來不會直接叫我，都會走到我面前用眼神向我示意。當我玩得太認真，沒發現爺爺投來的眼神時，奶奶總會從遠方大喊，叫我快跟爺爺去公園。

老爺爺也是，他常常牽著我的手，跟著奶奶到市場採買食材。但他也從來不出聲，都是奶奶在跟攤販打交道，他只是東摸摸西戳戳，示意奶奶要買哪個，然後負責把菜跟我提回家。福和橋下的大市場，對小小孩來說真的太大了，我記得好幾次我撒嬌不想走，是被老爺爺揹著回家的。

他們不只對家人沉默，在外面他們也是失聲的。每天下午到了公園，爺爺會拿五十塊鈔票給我，示意我可以去玩了。自己則走向一群操著外省腔的老人堆中。有幾次，我好奇爺爺都在幹麼，就偷偷繞回看他。發現他也沒跟別人聊天，就戴著帽子，扶著拐杖，坐在那群人之中，一整個下午都沒說話。時間到了，就起身準備找我。

他們的沉默，像是對社會與命運無言以對。

我爺爺，在山東其實也有家庭，還有兩個兒子。他在中國時，是販售布匹的小販，在一次出遠門後就再也回不了家了。因緣際會下上了船，中國的家人再也聯繫不上了。

老爺爺大我爺爺七、八歲，在中國也有家庭。跟爺爺不一樣的是，他沒有在台灣生根，始終惦記著要回去。在台灣賺的錢，幾乎都省下來了，希望有天可以回家，這筆錢要給在那邊的家人。就算，他其實不知道家人還在不在。

開放探親的消息出來，老爺爺就開始準備。沒等多久，一申請到後他就馬上回去中國，臨走前跟我們道了別，說他們不會再回台灣了。回去後，不到三年他就離世了，但聽說他有找到自己的家人，人還在只是不全。那筆積攢了一輩子的錢，確實對他們家有巨大的幫助，一口氣解決了食衣住行所有問題。

我爺爺則是過好多年才回鄉探親，因爲奶奶一開始是反對的。

奶奶會這麼擔心，無可厚非。跟兩個爺爺不一樣。他們都可以說是半被抓半逃亡地上了船。而奶奶家就完全是逃亡了。她在中國沒有親戚了，她的父母應該都被鬥死的。

奶奶是富家小姐，據說家裡是做運輸的。因爲家裡有很多運輸設備，戰時被武力徵用了不少。看著共產黨發展勢頭越來越旺，家裡覺得不能再待了。花光了家底把奶奶跟他弟弟，託關係分批送上船。

送上船時，奶奶家還準備了一小箱貴金屬，給還是少女的她帶著。誰知大小姐不知人心險惡，把箱子收在床艙內人就跑去找吃的了。回來果然東西不見了。但後來我想，也還好她人就走了。那樣一箱錢放在孤身一人的大小姐身上，也許更危險。

奶奶的弟弟，因爲是遲一批送來的，所以姊弟倆到台灣沒有聯絡。一直到我出生前沒多久，奶奶才得知弟弟也在台灣的事情。奶奶可能早就不抱希望了，誰知事隔幾十年，兩人在台灣又奇蹟地相遇了。相隔這麼久，是親也不親了，但兩人還是逢年過節，努力維繫著這條好不容易接上的血脈。

因爲對中國沒有牽掛，探親的事奶奶沒有興趣。唯一擔心的就是這個一輩子相處、又常常惹她厭煩的老伴，會不會去了就不回來？心是這樣想，可是後來收到消息，先回去探親的友人找到爺爺在中國的家人了。奶奶可能也是不忍看爺爺的心一直掛著，最後還是答應了。爺爺返鄉那兩週，奶奶始終焦躁不安。

我那時還小，不懂爲什麼奶奶總是擔心一個人走了就不回來。現在才明白，那不是怕失去一個人，而是怕這條苦撐出來的繩子斷掉。

還好，爺爺最後還是回來了。

那是爺爺少見的多話時刻，他分享了回鄉時村長還拉了個紅布條歡迎他。原因是爺爺人還沒回去，買的冰箱先到了，那好像是村裡第一台冰箱（我不知道眞的假的）。

爺爺上一段婚姻的妻兒奇蹟地都還在，只是因爲動盪，輾轉遷移過很多次才會一直無法找到。是直到最後，也許是他們也懷抱一絲希望，期待自己能被找到，又搬回來原本的居住地。爺爺託的友人才有機會找到他們。

他們的生命與家庭，就這樣被時代洪流沖散。被捲進蔣家那批人反共、鬥爭、權力的拚搏之中。離散的原家庭，一渡海就是一輩子。破碎的家庭，又因爲同一批人，像施恩一樣允許他們見面，讓好不容易在台灣沉積的親情，再次出現擾動。

爺爺們跟奶奶從來不談論政治，但投票都會去，爺爺總是一開站就去投票，回家後催促著我奶奶也快點去。因爲沒人談論，所以我不知道他們都會把票投給誰。但我知道爸爸因爲在金門當三年兵，在軍中被威逼利誘入了黨。有段時間他很得意自己有黨證，但逢年過節時會交代媽媽不要跟爺爺奶奶講選舉的事，說爺爺會生氣。

我清楚記得蔣經國過世多年後，我爺爺跟奶奶在電視上再次看到蔣經國。我忘記是什麼節目，應該是新聞紀錄片之類的東西。畫面播出時，他們情緒非常激動。對著電視機哭是奶奶的日常生活，包青天就不知道讓她哭幾回了。但那是我唯一一次看到我爺爺眼眶泛紅——他們不是在哭喪，他們在說壞透了，說這些人壞透了。

而那時候，老爺爺已經不在了。爺爺、奶奶、老爺爺，三個命運原本不相干的人。被國民黨用反共旗幟，隨意打散，多少條淵遠流長的血脈就這樣破碎。那些存留下來的，好不容易在台灣留下一些微弱的支脈。

然而現在國民黨又用融共，想要打散我們在台灣好不容易建立起來的生活。

不只是同一批人，甚至是同一家人。

看著首都市長前幾天出席國民黨讓人啼笑皆非的非法聚會。國民黨最該拿膠帶封住嘴巴的，就是你。光是姓蔣這件事，就足以成爲原因。你應該感到可恥。

我的爺爺、奶奶、老爺爺。在台灣這片土地上壓縮自己的空間，封閉自己的話語。他們不是軍系，也不是權貴，他們只是被狂風吹散的飄零種子。好不容易在自己的一小片土地上生根，積攢了一點點的安生。

不只他們如此，整片土地上的人民都是如此。

我像是看到，蔣家的祖墳，又冒出了新芽。

但他的根系，並非伸向這片自由開放的土地；他汲取的，是極權的養料。

萬世萬代的，不是祖輩建立的生活，而是他個人的政治空間。

安危與共，只剩與共。

不見安，也不見我們的立場。

可恥，非常可恥。

時代的洪流沖散了我們的長輩，他們漂流、離散，在陌生的土地上重新扎根。

這片土地上的人，好不容易才剛要開始消化這種融合帶來的傷痛；好不容易，他們築起一道水壩，替我們攔住專制的洪水，建立了民主的選舉制度——這是我們日常的堡壘，也是他們一生的遺產。

如今，這道水壩正面臨裂縫。當我們目睹立法院裡那些不適任的立委踐踏憲政與人民的尊嚴時，我們不能只是袖手旁觀。

有人可能會想，一張連署書能改變什麼?但別忘了，水壩潰堤，就是從一個個小小的缺口開始的。每一位願意交出連署書的人，都是那個伸出手指、堵住裂縫的勇敢孩子。

這是我們能做的事，是我們應該做的事——也是我們希望，當未來有危機時，別人願意爲我們做的事。這是腳踩同一片土地的人，都該有的共同連結。

就剩這幾天，趁我們都還有機會。

——二〇二五年四月十九日

秦客，生於永和的山東與客家混血後代，在北台灣漂泊成長。因逃離義務教育，而形塑出天然卻非典型的本土認同。

信從遙遠的未來

致 Jason：

看著時局多舛的日子，我總是會容易想到你。特別是九年前一月的墨爾本，那個第一次出國就和母親遠渡重洋、橫跨十二個小時飛行距離的我，在那片天氣像一頁翻不完的詩的土地上，感受晨光輕盈如羽，午後熱浪與南風纏鬥成一首交響曲，至晚卻又夜涼如水，是一種難以定義的曖昧氣候。

那時，島嶼上有許多人，帶著前一次大選落敗的不甘心和堅持，準備與在野黨完成政黨更替，走向所謂的最後一哩路。那時，我寫詩，也讀詩，所有文字都像一道一道光，在我心中劃開記憶與當下的空間，從縫隙中透進來；我想從一個名字開始思索歷史的轉向，然後在海的面前寫一封信給未來。

我記得最清楚的，是開票時我們坐在你的書房，注意著島嶼的動態，在觀察之中，你指著書架，跟我說：「你感情豐富，也要多看這些書。」——那是一系列的楊牧詩集——「還有多看這個社會、國家的變化。」離開澳洲後這九年，台灣經歷太多——百年大疫、國際浪潮、戰爭煙硝，努力尋求腳步的平穩，也開始學會用自己的名字說話；我才明白，有些國家是在選舉中誕生的，而台灣，是在一次又一次的選舉中成爲自己。

我們都知道，那場大選之後，台灣會慢慢轉彎，但方向並不會因爲一次選舉而永遠安定。將近十年，我們當年的信任與希望，在某些時刻被證實，又在某些段落被推翻。而那位女總統，也走過兩任的試煉，在擁護與質疑之間，爲島嶼寫下一頁不完美但始終堅定的詩句。

原來，島嶼的詩，是要學會如何在潮流中說話。

而這樣的話語，像一面鏡子，反映出我們還不認識自己的部分，也是一次遲來的凝視，會更清楚知道國家的未來，應該要是什麼輪廓。於是，眞正的選舉，不在開票那天，而在未來的每一次立場與行動裡；那不只是權利的問題，而是責任的延續。

二〇二五年，台灣又開始見證一場自發的政治運動，立法院裡藍白兩黨的毀憲亂政，成了民主的膏肓之疾，民間的憤怒如潮水般席捲而來；民間團體紛紛發起連署，要求罷免那些失職的立法委員。這是社會對於政治體系失序後的發聲。走在街頭，我看見那些簽名的身影，或年輕或年老，都有一個共同的信念：要改變，必須從根本改起。

我逐漸知道，政治已不再是簡單的選擇，而是當國家被濫用職權的政客逼迫到深淵邊緣的時候，必須以正確的方式回到穩定的軌道；如何在理想與現實的交錯中，找到一條可能的出路。或許，這不只是上一代的事情，也是我們這一代的挑戰：堅守那些最初的信念，讓下一代能夠繼續自由地站在陽光下，不被任何恐懼的陰影，籠罩著應該有願景的未來。政治的結局不僅由權力的較量決定，更由每一個願意關愛這片土地，而衷心付出的靈魂所塑造。

Jason，如果這封信能跨越生死的河岸，我想跟你說，謝謝那些我們相處的時刻。即使你已遠行，我仍願以這封信化爲一座燈塔，把回憶與未竟的話語，輕輕放回那年澳洲夏天的書房，讓它們繼續發光。

——二〇二五年四月二十日

楚影，信仰文字，有幾本著作。曾獲優秀青年詩人獎、全球華文文學星雲獎長篇歷史小說獎。現為吉伊卡哇推廣大使。

擲筊

雙松

我在連署單上簽下名字。

一筆一畫，手因爲用力而微微發抖。友人A與她的母親爲避免錯誤，也請我代筆。於是我寫得更慢了，像是在擲筊，那樣虔誠。

從小身體不好，長輩們求觀音媽收我當乾女兒。大鍋麵，檀香氣味，龍眼糯米糕，這些交織成幼年時對觀音廟的印象。唯獨一項，長輩始終不讓我碰，就是神筊。妳還小不懂事，不要亂問，觀音會生氣喔。

擲筊是一種對世界的叩問，然而我明白，不是每一次的拋出都能被接住。剛滿二十歲，簽下第一張罷免，我很難說明那樣的心情：小學三年級，我看著電視轉播太陽花。國中一年級，歷史課本僅用兩頁帶過白色恐怖與二二八。國中三年級，補習班老師指著自修上的選舉制度，說，要背，這很重要，會考。

他們的意義只在於會考嗎？我沒想過這個問題。不要亂問，不要沒有意義地問。後來家裡乾脆將飯廳整理成神明廳。正中央是神桌，清水祖師爺，觀音菩薩，土地公，隔壁放著祖先牌位。早晚點一炷香，替換供奉茶水，都不是我負責。

只有很偶爾的時候，我會看著桌上的神筊，但已經沒有了小時候想要拿起來的欲望。神明離我的世界好遠。於是我也不再想。溫室裡的花朵沒有見過世界的全貌，於是二〇二四總統大選，十九歲，我並沒有投出我的第一張選票。我沒有想過時隔四個月，立院爭執、國會爭議、兩岸情勢升溫，IG陸續看見號召動員的限時動態，大一點的時代，風雨欲來。那是我第一次意識到，往前多走幾步，就會越過溫室的邊緣。

離開溫室需要勇氣，我開始查立院的網站，試圖看懂法條，弄明白一部分後的我只能沉默，第一次看見世界的反面，我有些手足無措。但我依然跟家人說，我要去立法院。

那一天，我人在青島東路，坐在塑膠椅上，拿著Ａ４大小的文宣。口罩鴨舌帽透明輕便雨衣，我想過無數個我坐在街頭時的場景，沒有熱血激動，那是一種超越時間的等待，地面熱氣蒸騰，我有點喘不過氣，一路靜坐到晚上，朋友無法徹夜留在台北才離開。

回去後我病了。或許是冥冥感應，我在線上APP雲端雲端抽籤：蘇府七代巡、黃府千歲在上，信女想問身體健康。一連求了幾支，皆是元辰宮黯淡，易有邪祟入侵，病容易拖尾。我很執著又抽了幾次，每支籤都寫著，妳與觀音有緣，近期要多去參拜。

這樣的巧合讓我頭皮發麻。

又拖了好個月，免疫力低落，皮膚開始長斑，中西醫雙管齊下，最後我還是去了觀音寺。觀音寺很大，中庭很廣，神像與我之間隔著無數個同在祈求的人。煙霧繚繞，我連祂的面容都看不真切。

很多人在擲筊，我好想問，你們怎麼有這麼多事能問。媽走過來，要我一起念經迴向，觀自在菩薩，行深般若波羅蜜多時。有大人在場時，一切都指向一個我不在的時刻。手指向下折數數，要唸七次。揭諦揭諦，波羅揭諦。我想起數個月前的集會。波羅僧揭諦，菩提薩婆訶。十二月，冬季青鳥在台北。

太冷了，而且我還要打工。我想起做出不參與的決定時，隱約帶著罪惡的感覺。就像是我選擇了沉默。

媽還在旁邊等我。我睜開眼睛起身，在離開前，我挑了一張觀音像的小卡放進背包。

走出廟門，外頭很冷，我呼出一口白氣。踏出溫室第一件事，首先得要找到想走的路。我試圖釐清自己的罪惡來源，卻無解。覺得自己愧對公民身分，這股惶惑一直持續，直到二〇二五的全台大罷免。

這是我第二次上街，和志同道合的人一起，比起青鳥遊行時看見的台獨旗，這一次各色旗幟交織，有不同聲音在說話：正藍軍、護國黨、台獨、綠營、青鳥。天空是陰沉的，然而下午三點多，陽光突兀地破開雲層。就像是天空降臨一束光。

十年前，小學三年級，我看著電視上的他們唱起〈島嶼天光〉，十年後，二十歲，我在反共的社運現場，看見天降一束光在凱道上。

「台灣是受到神靈愛護的國家。」社群平台上，我看見不認識的人這樣寫。

在走上凱道的前幾天，我收到朋友傳來的訊息。她說，我其實沒什麼勇氣在公開的地方談論這些。迴避掉口舌之爭，閃躲開一些衝突，會少掉很多麻煩。

「但我覺得我好愧對我的公民身分。」

我人在凱道席地而坐，剛好楊舒雅開始唱〈2045〉。那瞬間，我突然知道自己爲什麼會在這裡。我跟她說，也像是在告訴自己，沉默的參與也是一種參與。不是每個人都非得要上街。我想起一年前我沒有投出的選票，我說，投票才是最直接的履行公民義務。

投票也是，罷免也是。

或許眞的是神明眷顧，一直到活動全部結束，我到家的前一刻才下起大雨。在公車上，我又點開APP 抽了一次籤，在心底默唸，黃府千歲在上，信女想問，大罷免的未來會如何？

第三十一籤，典出孟姜女招親，做事必成，大吉。

或許近期我會再去觀音寺一趟吧，自己去，然後拿起筊，跟祂說說話——我沒有說的是，我在幾個月前，陪著朋友去廟裡參拜，鬼使神差地，拿起人生中第一次的筊。

神筊意外地輕，邊緣有些掉漆不平，我將手上的筊輕拋落地——落地虔誠，擲地有聲。

就像落筆。

——二〇二五年四月廿一日

雙杺，得過台積電青年文學獎優勝、全球華文學生文學獎佳作，還在嘗試對自己誠實，盡量讓作品看起來真誠。

我在想我還能說什麼

我在想我還能說什麼。從最抽象的價值或信念或程序正義，再到不那麼抽象的政策與預算與問政品質，一直到了最底限的安居樂業身家性命、甚至到了你的孩子將來會不會變成剝皮人體標本或者器官保鮮盒的問題……要怎麼說呢？一年多了，該講解的能分析的不得不呼籲的，太多我認識或不認識的明見者已耐盡性子說到喘不過氣，我沒剩太多不需消音的好話了，不知還能有什麼表達。何況，我們這種年紀，問起心內身外，都是喪亂戰損，語言與我的關係也早已稀薄可疑。

但是，因爲答應發起人了……

我想我只能講點跟自己有關的事。

我的父母與他們的父母都是一九四九年後隨軍逃到台灣的族群，日後，我父親也如他的父親一樣從軍，家裡常來常往者大多是兩代的同袍，現在回想幼年很長一段時間，我像生活在一個虛擬眷村裡，上小學之前甚至認爲每個家庭的男性都是軍官，每個女性都是教師或主婦。解嚴後許多研究與書寫開始分析與記錄所謂外省家庭的多重圖像，我家大概是其中相對不複雜、家庭動力也少有拉扯的某種典型。

但這種「不複雜」與「少拉扯」不代表沒有作用力，它只是遲來地發生於我這類「外省第三代」

的生活裡（如果不在討論台灣政治與認同的脈絡，我通常不稱自己外省第三代，此節容後再敘），在爲數不多、年齡與經驗相近（父母雙方都沒有本土淵源）的朋友身上，我常能在得知他們的背景之前，先辨認出那個作用力在性格氣質中留下的某種隱隱的瘀青殘印。

那個瘀青是認同問題，也不是認同問題；或者說，那是一個必須先解決認知問題的認同問題。什麼是認知問題？

認知問題是，童年時我的體感告訴我我應該是台灣人，爲什麼告訴我不是？（特別是在身分證上還記載「籍貫：山東省齊河縣」的年代。）

認知問題是，成年後我的感性本能告訴我我是台灣人，爲什麼告訴我世上不應有台灣人？（或者說，只能有「與外省人相反的台灣人」。）

認知問題是，整個前半生像是被綁匪強迫收看一部賤視你家鄉、賤視撫養你的親人鄰里們的錄影帶。

但我不該是「外省第三代」，我是這個遷徙系譜裡的「第一代台灣人」。有時會開玩笑說啊因爲在唭哩岸出生的，我是唭哩岸人啦。（因爲「台北人」聽起來，就是有點，怎麼說呢，比較煩啦）。但這樣講的時候我其實會有一點點羞愧：唭哩岸鄉親有要接受我當唭哩岸人嗎？我是不是有點自以爲。

而更多更詳細的戰後台灣史以各種管道進入腦中，很多時候強烈的感想是：如果是我，我會很想報復。但我的一生在此安居樂業，善緣多結，沒有人報復，沒有人基於背景敵視或輕視我——就算可能有吧，他們也不報復。當然我很明白成長過程中接受的善意與寬容，其中有一部分不能說不是黨國統治效果的遺緒，但是我知道更大的原因是台灣很善良。

認知問題是，在我的背景，敘事始終應該是「台灣承認了我」，然而至今我們怎麼還在努力鼓勵大家「你承認了台灣」？

想到這裡，我覺得很累，所以我在想我還能說什麼。這些瑣碎的心情，大概跟罷免本身的論述相當無關，只是以私人角度解釋我爲什麼有著這樣的立場與行動，李喬老師說：「台灣有難，反抗就是愛。」的確整件事跟愛有關，但我也天天對自己充滿懷疑：中年人的愛剩多少？我不知道。我正在愛台灣嗎？我不知道。然而我感覺那也不重要。

因爲這不是爲了我愛台灣，這是爲了台灣一直愛著我。儘管現在只是寫出愛這個字都讓我腦裡的筋非常僵硬。

等等，我眞的「寫出」了嗎？這個串連雖然叫作「#筆桿接力罷免到底」，但若針尖麥芒地去追究，如今寫作的人，也沒有幾個拿著筆在寫。又或者那些關於文學撬動世界或者人類靈魂工程師的譬喻……嗯……我還是傾向讓我的寫作與義的感覺保持距離；你說我講這些，與一張一張屢挫屢戰拉連署書的人相比，（我說實話，我已經放棄我的家人），與第一線在街頭承受挑釁攻擊人類惡意的義工與支援店家相比，與每一個奔走組織出錢出力出時間出專業的同伴相比，這樣的我，也只能說是游談無根，看見他們，我心生惶愧，但又再次覺得被愛，於是比一個大拇指。

所以最後終於想到了比較說得清楚的一件事：hashtag裡的「筆桿」不是我的。筆桿是你的。我的一切寫作，終將落入漫長人類時間的大消化之中，不會有什麼意義，但是，請你去連署，握一支貞的筆，端正寫姓名，那就是五行星轉，那就是中央山脈，當中必有震動的巨靈。巨靈天地聚嘯，大罷免，大成功，我們台灣人從不停止昂然地勇行。

——二〇二五年四月廿一日

黃麗群，著有散文《背後歌》、《感覺有點奢侈的事》、《我與貍奴不出門》，小說《海邊的房間》，採訪傳記《寂境：看見郭英聲》，主編《一〇九年散文選》。現為《Fountain 新活水》雜誌總編輯。

色彩詮釋權

有時候也會懷念水彩顏料剛剛擠出，如蛋清般清澈、呈淡黃色的油，散發出的石頭與土壤味道。色料光是用中文命名已經足夠美麗：鈷藍、鎘黃、松石綠、鏽紅、鈦白……詞彙通常帶金字部首，又或是直接以礦石爲名，紀念過去美術發展幾百年來，最原初的色彩取得方法。它們像是姓氏，能追溯色彩家譜與前世今生，千秋萬代。

曖昧很好，曖昧即是詩意。不過在職場，它們必須有更科學的名字。數値趨於絕對，有其必要性。至少當同事說出 **C100M100**，不會有人誤以爲這顆車輪藍是草地綠。

我盯著螢幕上的檔案，色光 **RGB**，轉色料 **CMYK**，顏色沉了一階。再在「曲線視窗」的格紋裡，拉出橫向S型，存檔，可以了。專案經歷了一次大改，總算塵埃落定，暫放「待發檔」資料夾中。身爲一名畢業年分已超越大學修業時間的，專業設計工作者，不可以不知道自己當下在爲誰工作。

「這份設計很好，唯一的問題是，現在地方藍營執政，整份都綠的，你要他們窗口綠著臉向長官提案嗎？」

「啊可是……主題綠能環保，就，挺綠的啊？」我笑出聲，主管也笑出聲。整個辦公室瀰漫著我知道你很辛苦但稿還是必須改喔的尷尬。

我還沒習慣。在圖紙之外的現實世界裡，沾染在手指上的顏料並不只是色彩，可能代表精神與立場，驕傲與標記，身分與宣傳。廣告。商業。政黨。行銷。

第一次被家父咒罵「天然獨綠蛆」的時候，很難不動怒。那場爭執以我撕碎選舉公報作結，韓國瑜的笑容像「色彩增值」後直接貼在月世界的山壁素材上，皺紋遍佈。

青天白日滿地紅是從那時期開始，在我心中變髒的。無論是商業案件或私人塗鴉創作，皆避諱使用之。這無疑是廣告學、色彩心理學。我知道的。當年考統測前，老師再次幫我們複習納粹官方的色彩體系、紅黑白，卐字 **LOGO**、軍服，乃至整份 **VIS** 設計。「希特勒向宣傳部的下屬強調，制服一定要帥，因爲那種氣宇軒昂會讓年輕人嚮往，進而達到很好的募兵效益。」

設計概論課本裡，包浩斯設計學院的章節與德國近代史互文。它的校運無法與希特勒的名字脫勾，最終，在納粹政權壓迫下，於一九三三年閉校。也是在那一年，我的阿公阿媽誕生在台灣台北。

抓著滑鼠繪製商業案件時，我常常天馬行空的 **What if**……如果希特勒年少時期的繪畫才能被肯定、被看見，他的名字依然會出現在設計課本吧？會與康丁斯基、馬瑟布勞耶或是其他現代主義大師齊名嗎？他會是商業廣告大師吧？歷史會不會就在那裡轉了彎呢？

再一題喔，如果台灣眞的被對岸侵略、統治後，以自身專業來說，我是有可能成爲解放軍形象部忠貞黨幹設計師保命的嗎？「收復灣灣」後下一步應該就是在國際洗白，人權或 **DEI** 這塊很需要內容行銷。啊不過就連這些思考框架都很西化很民主很天真。習主席連少數民族的文化都要漢化、淨化，他又怎麼會容許性少數或變裝皇后成爲廣告？就我這無可救藥的天然獨綠蛆腦袋來說，會不會還沒被關進集中勞改營就先被以「不可教化」的理由幹掉了？不得而知。

啊，眞有趣。早年對政治三緘其口以保存活，晚年揮舞著國旗、歡呼著陳水扁上台、會在聖誕節選擇慶祝「行憲紀念日」的本省阿公阿媽，教養出了在大山大海浪跡半生的台商兒子。而台商教養出了一名頑固的台獨活網查某囝。

如果血脈能化約爲色帶，我家這一條色帶，與你家那一條色帶，交織在一起，成爲網狀的色域。這片土地確實一直都是，色彩斑斕。

那場蔡英文大勝的選舉過去多年，家裡不再有過政治議題的熱吵。我仍然無法以言語或邏輯，精確描述父親身上的色彩。但我練習不再害怕使用「丈青色」配「辦桌紅」來畫圖。畢竟我可是一個喜歡拿筆創作、挑戰自己成見的人。它可以不髒的；它本來就不髒。是哪個廣告學大師盜用、綁架了它，讓你覺得它髒的？

得以自由詮釋觀點實在可貴。我幾乎是感激涕零，珍愛著台灣環境裡，允許多元、張揚的色彩歧義。（與艷俗市容大膽的用色？）

我們可以在必須科學、精準溝通的場合，調度CMYK數值、指定色彩描述檔。也可以用詞彙堆疊形容詞，來傳達文學的美學或意識形態（例如「海軍藍」的說法，就比「車輪藍」的審美再好一點、再莊嚴一點、良善一點？沒那麼戲謔……吧？）更可以拿起水彩筆，以最原始的方法，蘸、轉圈、混合，得到某種不可言說，也不必言說的顏色。

過去學涯裡，如影隨形的中指筆繭褪去後，留下一個凹洞，沒有再長肉。按下去麻麻的，癢癢的，很適合停放筆桿。

趁著，黃色只能是皇帝黃，紅色只能是毛澤東紅之前。

——二〇二五年四月廿四日

游詠慈，一九九六年降落台北盆地。畢業於松山家商廣設科、臺中科大商設系。現任職於卯時設計。喜歡寫作、有點喜歡辦展。

媽媽的生日

黃崇凱

明天是媽媽的農曆生日，實歲六十九，但依照習俗，要過的是七十歲大壽。

我有印象以來，我媽的政治立場就是從黨外一路支持到民進黨。我從沒問過她，一個雲林貧窮漁村出身，小學沒讀完就出外到台中網球拍廠做女工的背景，怎麼會關心起政治，又怎麼接觸到黨外。

我只知道，據說她女工時代，某回路過台中的有錢人家，見到門口一輛小巧可愛的汽車，忍不住上前細看，伸手摸了車身。她的觸摸像是警鈴，身旁冒出一個惡狠狠的女人，叫她不要亂摸，那車很名貴，她賠不起。

後來在我小學時候，她買了生平第一輛汽車，還沒被收購的 Mini Austin——就是當年她摸了一下就被罵的同款車型。我跟弟弟很興奮，所以當天放學，我們就擠進那輛小車的後座，在那做功課。沒開窗沒開冷氣的車內待沒多久，我們頭昏腦脹，只好翻開前座座椅，開門出來。那時的暈眩，回想起來搞不好有點幸福。

那車當年在路上不常見，而在所有新車都配備動力方向盤的時候，它手排且不帶 power，所以要轉得稍微費力一些。不過我媽開得越來越順手，我們也越來越常坐上車跟她到處走。

在我們成長過程，這輛海軍藍的小車被砸壞過，被撞壞過，每次修完回來，又是堅固耐用的模樣，之後幾經流轉，現在傳到我媽表哥的兒子手上，多虧他的愛護和保養，如今還能颯爽上路。

後來讀國高中升學班之後漸漸沒機會搭她開的 Mini 了。我開始長出自己的許多困惑，一些青春期的煩惱與憂愁，懵懵懂懂上了大學。那時我媽幾乎已經徹底結束從事大半輩子的絨毛玩具代工。她曾說那些廠商都遷到中國設廠，有幾家要請她過去做管理職，她說她又不識字怎麼做得來，推卻了這些機會。

其實她是識字的。就算少女時候不大認識，到了我讀小學時候，她也開始在每日下班後騎機車到嘉義市的小學補校上課，最後還以全班前三名畢業。（我曾跟她一起去上過課，還幫鄰座的歐巴桑作弊……）

我從沒好好問她，當年她如何在我們村子糾集主婦們，開始做起絨毛玩具的代工？而她又是如何想到，把各種部件拆解，分派給不同家的媽媽，最後再組裝起來的過程。而她又是怎麼從一個村子慢慢拓展到另一個村子，組織成我們鄰近幾村的代工生產鏈？當我懂事一點的時候，她差不多結束了這一行，嘗試做其他事了。

那些年我跟弟弟只是安穩在學校裡讀書、考試，煩惱中距離跳投命中率太差，渾然不知她跟爸爸可能爲了生活在奔走。

一九九九年深秋，在大學混了兩個月的我決定回嘉義重考。那陣子總統選戰風風火火開跑，我在新舊書店找了許多李敖來讀，而我媽顯然支持阿扁，我們開始爲了統獨吵架。當時對統獨一知半解的我，拿著讀李敖學來的東西來質疑、反駁，我媽很生氣，覺得我不可理喻。

大選結果出爐，我媽顯然非常開心。那天下午我們驅車到另一個親友家，好像是一個新時代的開始。

我再次上大學，跟爸媽的心理距離越來越遠。我就讀的歷史系著重中國史，彷彿那是無需質疑也不加思索的本國史。我就這樣泡在中國史領域裡，讀完大學接著讀研究所，切了一塊中國近現代思想史繼續研讀。那幾年間，我身在台北，卻像避世的學究，只覺得政治紛擾，一點也不值得花心思理解。我跟爸媽也不太談起政治話題。他們唯一一次來大學找我，只是爲了去看師大路的皮膚科，順道來我宿舍睡個午覺。

有一陣子，我媽出門跟朋友打牌，她總會說是出去「拚經濟」。那聽來有點自嘲。我也沒問過她關於紅衫軍之類的話題。母子之間，似乎單純就是彼此的生活狀態越來越遠，沒有太多共同話題了。而我那時正在努力想論文題目，還妄想寫點小說參加比賽，也對她的想法不怎麼感興趣。

但她始終對兒子保有不知哪來的極高信心。我要出國找當時女友，她二話不說拿錢讓我去。我要學日文，她也從沒懷疑就拿錢讓我去。結果我至今沒把日文學好，那個女友很快就吹了。

後來她生了病。起初她還自己開車到處跑，也自己定期到醫院治療，後來她病情漸漸加重，我跟弟弟輪流到醫院陪她。

二〇〇八年總統大選，病弱的我媽對著我跟弟弟說要「相信台灣」，蓋給民進黨。我那時覺得這些政治什麼的實在煩亂，就在選票上蓋了綠的也蓋了藍的。出來後，特地從醫院請假出來投票的媽媽問我有沒有蓋，我不置可否。

當年選舉結果出來，民進黨大敗，我媽早早在醫院病床睡下了。

之後我研究所畢業，入伍退伍，在台北工作。一波波在我視野角落發生的事情，從樂生療養院抗爭、苗栗大埔事件、士林文林苑抗爭，來到反媒體壟斷，逐漸占據我的視野。

然後是三一八事件。

然後是匆匆十年過後的此時。

年初時候，我帶著二十份立委罷免連署書回老家詢問親友簽名，大多很慷慨簽了。我想我媽也會簽的。

現在來到二階段罷免連署衝刺，我猜我媽要是在的話，她搞不好也在當罷免團的志工，像當年她揪集村裡婦女做絨毛玩具代工。

明天本該是她七十大壽，但她已經不在十七年了。

她連幽靈連署都參加不了。

不過至少，我還可以爲她投下罷免票。

——二〇二五年四月廿五日

黃崇凱，雲林人。臺大歷史所畢業，著有《反重力》、《新寶島》、《文藝春秋》等小說。

我在想，當你讀到這封信時，你身在何處？

我在想，當你讀到這封信時，你身在何處？

我希望是在你回家路上，你揹著半身高的背包，從獵人小學校下山，背包裡有自己的用具之外，有一半是吃過用過的包裝（你知道在山林裡不應該留下垃圾），另一半是花草枝葉與動物們掉落的毛羽，如果有一根完整的羽毛，那眞是三生有幸、祖上有德，但沒有也不要緊，深夜從你頭上飛過的貓頭鷹兄弟也可能落下一片碎羽，當作你畢業的祝福。

當你跟同學們歸來時，迎接你們的不是搖頭晃腦一知半解的孝道弟子規，更不是跪拜父母的所謂古禮，因爲那時的我們早已明白跪地叩首意味臣服，而台灣的孩子不是誰的奴隸、更不是誰的器官庫，你們是島國共同的希望。

我希望，爲你編好更強韌的安全網，就算踩空也不至於墜落，但在走上法院之前，當你遇到惡意時，你會知道轉頭可以跟誰求助，即便是無親無故的路人，也會願意爲旁人挺身而出，這不是什麼素樸的正義，而是所謂的韌性，像你帶上山的草仔粿一樣柔軟厚實，一遇冰冷的惡意就能迅速變硬，在你背後擋住槍林彈雨。

人生在世難免受傷，但我希望再怎麼痛也不致傷筋動骨，如果是一個意外，也許是我們一時分心，拍一拍膝蓋爬起來，不怨天不打地，但如果接連有人受傷，那理所當然要檢討制度、修補坑洞，要怎麼修補、怎麼補償，都可以討論，但不是委屈寶貝就所向無敵，更不是藉修補之名把洞挖大。

我想像，在等你的時候，抬頭會看見幾架戰鬥機高高地升空，但聽不到緊急加速的音爆，我們知道那只是例行的訓練，因爲大家已經明白，爲了讓你可以自由，我們必須更強大，和平不是一紙協議，也不能倚靠某個人的一時興起，和平是擁有強大的殺傷力，卻永不輕易言戰。

我想像，飛機巡過領空時，會看見無形的牆隔絕一切，在我年輕時，我也曾對牆的那一邊滿懷希望，甚至想過是否前世曾在大唐帝國生活，但我終究明白，此生不應入華夏，遙遠的東方確實有一條龍，那條龍心中只有醜惡，牠赤紅的鱗甲都是人心貼成，每一片都寫著維吾爾文，而牠腹中黑水浮著無可計數的孩屍。惡龍的嘴比蜀道還險，當世界花了幾十年撬開那張嘴，才知道張口就是謊言，比地溝油還臭，爲了遮掩口臭，牠含著東方明珠，只五十年不到就磨成了珍珠粉。但台灣不是可口的珍珠奶茶，是一隻刺嘴的豪豬，於是，那條龍閉上臭嘴，把台灣從關鍵字上屏蔽，很快就沒有人記得曾經誓言武統、留島不留人，無法被呑併的台灣從此從中國地圖消失，但沒關係。

眞的沒關係，就是最好的關係。

我希望，當你出現在我眼前，會拿給我一張證書，上面沒有獨裁者的頭像，也沒有中華字樣，你是海洋亞洲上的島嶼之子，你們可以上山、可以下海，你可以眺望寬闊的歐亞大陸與孕育島嶼的太平洋，不再將自己置於某個皇帝、某個中國王朝偉人的血脈之下。那是祖先們的悲劇，當你被強制屬於某個偉大家族時，你只會感覺自己的渺小、只會沉浸於中華帝國的迷夢裡，你看不見自己會有怎樣廣闊的未來，因爲在那場帝王將相的大夢中，不存在民主、不存在自由，只有血淋淋的鬥爭跟活生生的人身控制。

而你，不需要那些萬福金安、皇上吉祥的奴顏屈膝，你是你自己的主人。

我希望，當你坐上回家的車時，在平穩安靜的空間裡，你會熟門熟路地喝著手搖飲，一邊問我：「在台灣的歷史上，你覺得什麼事件最關鍵？如果沒有成功，就一切都會不一樣啊？」

「二〇二五年的大罷免啊～」我會輕輕地說，當奶茶滑過喉嚨，我會想像平行時空的自己如何按住喉嚨的傷口，一邊掙扎爬行，頭頂是機槍掃過的聲音，聽說登陸之後的軍隊無差別地滅盡五院中的所有人、所有有資格代表台灣的人都是目標，有人肚破腸流地死在議場、手上依然轉著佛珠，有人咆哮公堂的嘴依然張著，卻沒有聲音，被扯落的髮片蓋著眼睛，少了一根中指的手從椅子下露出來，腕上滿是勞力士被扯下時擦破的痕跡，台北盆地成了血湖地獄，反共或者舔共，都沒有差別。

我希望，當我回過頭來，你已經沉沉睡去，在夢裡沒有地獄，你有無可限量的未來。

願你順遂，台灣。

——二〇二五年五月十九日

謝金魚，歷史作家。致力於歷史普及的穿越者，在虛構與非虛構之間遊走，尋找最適合呈現歷史的方式。

為什麼相信文學有力量

輯二——詩

寫字

第一次發現，某些字好難
尤其是自己的姓跟名
不能只在心中默唸
記得寫出來
趁太陽還能連線

除了清楚端正，也要筆畫順
每個字都是相同的重量與關鍵
不可省略，更不可簡寫
下筆的時候像落葉
跟身體分離卻成爲大地的養分
像一滴雨施給最需要的人
像一道細微的光
照在海面上

一個人寫完
另一個人接續
就是攜手肩負使命的防風林
就是不會斷裂的電纜
以自己的光纖通道
說自己的語言

寫完了一次
要一筆一畫再寫第二次
像一道光
照在海面上
所有的起伏都是閃耀的
所有的渺小都是浩瀚的

——二〇二五年四月三日

鄭聿，高雄鳥松人。東華創英所畢業。著有詩集《玩具鞘》（《玩具刀》新版）、《玻璃》、《普通快樂》。

起風咒

「唵吽吽，唵敕敕，唵靈靈。神虎虎神，急急疾。」

《太上三洞神咒》

0

氣壓沉沉
在人多的地方

1

他們說我是風
風不保守
但風也不評論

2

風是靜物的呼吸
死物的重蹈，信差

3

風的立場在旗桿上
在穗
在閃逝之光，在鈴

4

風害怕無機心的奇巧
包藏有機心的奇巧

5

風當學著抵抗，搡門
風知道
惡的終有人來制裁

6

風喜歡明徹與銷鎔
風善於看穿
祕密，謠言，明艷之物

7

風不厭善
善人、病人與窮人值得溫柔

8

風不厭惡
惡的也有其清澈的時刻
風是清洗與還原

9

風不適合言語
在音樂中，在有序的混亂裡
風是人造的

10

他們說我是風
但風知道自己不是

11

風跛腳而為虱
但凡還有一隻毛蟲在枯葉下
努力地拖曳著天地

12

風來急急

雲從龍，風從虎，聖人將作

而風聲鶴唳

——二〇二五年四月三日

崎雲，一九八八年生於台南，著有詩集《諸天的眼淚》、《無相》，散文集《說時間的謊》、《夢中通訊》。

二〇二四

洪崇德

二〇二四年在戰地現場
我涉足城市，過量接觸人群
生活的門縫被公共性敞開
意見四下違停，無數駑馬裸奔
虛擬世界的萬國角鬥場
青年世代的焦慮越來越具體
樂子人把倒楣鬼放入風暴中心
太多的不過如此或本該如此
夢想滅頂的一代人深陷同質性泥濘
成就仙人掌山脈般的人文造景

二〇二四，房價居高不下
我曾路經眞理豐盛的草皮
造訪一明亮華美的鬧區小洋房

久疲門鈴的電子音樂聲
他拉開時代帷幕
露出一張疲憊的面孔
當他沖咖啡時我打開電視新聞
又一個狂犬病般的標題
誰對著麥克風怒嗆後恐釀政治風暴
萬般失言，全疑是體制不查證
我有心爲他們戴上口罩
傳將是情緒炒作
不排除焦慮自產自銷
這些高度雷同的泛娛樂情緒性產物
內容九成指向大城市
或首都視角應有之關懷
哪裡地震，哪裡淹水
有限的同情是人類文明的起點
下一則報導？點讚留言分享
博愛座旁，老者與身障者幾番扭打

帶嬰孩到共同場合的爸媽不道德
爭議即流量，世道的達爾文主義
誰在意那些溺斃的魚群
我經過網路論壇的板規區
信用紀念碑矗立依舊
故地的即時大雷雨
揭露化糞池般的人心

二〇二四，我問候昔日的朋友
像重新認識一個不在意文化建設的候選人
看新聞、讀社論，偶爾上社群媒體吵架
他二十餘歲時很有想法
不排斥受世界改變，不排斥改變世界
但如今時代不同囉。他遞上咖啡與菸灰缸
「事件的發生比趨勢重要
有限的專注不該被無限磨損」
一團試圖主宰話題走向的尼古丁

對價值的判斷與取捨，我沒有接——
當政治人物淪爲泡水車
我感覺，他比誰都需要這些

二〇二四，他許久不曾讀詩
不再嚮往用鈔票能兌換的遠方
「不過是廉恥的象塚
或者另一個精緻鳥籠……」
他稍帶悲憫
向我分享切身的觀察：涵蓋各行各業
又是生育率新低的一年
產業缺工成爲結構性問題
想必是老闆給薪太少，躺平族太多
但何須要外籍移工來增添治安未爆彈
「歧視又怎麼樣？」他把音量提上雲端
都有年紀了，成年人都該爲自己打算
掉隊的草莓活該被無情放棄

當極端氣候淹沒南方公園
他立志把天災做成人禍
我算是看出來了：他總是站在對面

二〇二四，資金持續回流
有些人順勢攀上了股海新高峰
我不確定這對他是否算是好消息？
他關上冷氣不說話。十年過去
他終於著迷秩序和效率，連築夢都自律踏實
「相較投資虛無飄渺的股票……」
他緩緩推開一扇窗，像閃電點亮夜空
「何不把整座島嶼視作為流水線工廠？
只要電力都調配充足、人民聽話不鬧
去加速運轉，去造就新齒輪與螺絲釘
該報廢就報廢，反覆投入更有用的願景」
報廢跟有用？我低聲探詢，他即問即答
從數學跟科學的角度評估

體育和藝術也缺乏產值
所有的產業補助都是政策收買
不符合時代潮流的又何必留下、
何須建設，何不都交還給市場機制？
該讓大數據辨識土豆的新時代
文史哲科系都就業零保障
人文早淪爲過時的遊戲

二〇二四年他還沒走完政治半衰期
投身長河裡爲鄉民節選正義
身兼知識牧羊人、啓蒙與授道者
當一個不會與魔鬼結盟的先知
他像拳王般回覆每一個問題
常懷鬥志，從不會留手
不聽話者唯一死刑
我猜測違規停車，也唯一死刑
而那將是明天的藍圖嗎？他反過來問我

爲何不攜手同行，你又是誰的朋友？

二〇二四，面對越界無人機
有人用過量除草劑傷害土壤生態系
我終於抵達文明的極限
猜疑這座島嶼永遠看不見和解
二〇二四，一放棄就是荒原

——二〇二五年四月五日

洪崇德，淡江大學中文碩士。然詩社、想像朋友成員，現返鄉作為中埔鄉青農。

悖論

我確實無法回答你
那些關於顏色的悖論
你或許恆信綠是萬惡
壞女巫，反派的皮囊
恆信白的純粹以及寬闊的
藍，總有諒解的空間

我也無法回答你
那些歷史的悖論
譬如廣場匾額的紅
是源於坦克碾過驅幹
還是在流彈裡，在自焚的
焰火中，一座向榮的祖國

戴翊峰

又或許，你並不在乎顏色
任憑嶄新的說詞流行成
一則純粹的悖論：音樂歸音樂
政治歸政治，而民主歸於
和平，無論何種形式

島嶼也值得成爲一個國家嗎
你不必告訴我，所有悖論的解釋
像森林恆無法確知先抵達的
是無盡沉寂的夜色
還是劃破晨光的鳥鳴

而我唯一能回答的
是你尙還自由的名字
未成悖論

——二〇二五年四月五日

戴翊峰，雲林人，國立中山大學生物科學所畢，現為地方公務員，偶爾寫詩。

遺書

今天早上起床，天氣晴朗。
應該吧，我已經許久沒看見窗外。
母親已走，父親也早就不在，
便對□己說，就今天了。

所有稿子都已上繳黨，此後沒有多餘的字。
其餘遺物如衣服與生活用品，□弟弟處置
繳畢罰金，存款全□，若保險還算數，
便補貼弟弟做喪葬費，欠你的，
來世再贖□，只怕你不想再當我弟弟。

若當初聽進父親的□對就好了，
在這裡的每天，悔恨都在朝我□議

KURUMA

寫的東西於國家社會無益，
不過□一堆淫穢的字句，汙穢祖國
都怪年輕時太淺薄，又被利益蒙蔽雙眼
願來世仍投胎深□的祖國
爲這片土地貢獻一切

——二〇二五年四月五日

KURUMA，寫土地，寫ＢＬ，寫LGBTQ與多元的台灣。著有《時雨》、《暗光》、《鯨鯢》等作。

有人不讓我玩一款遊戲

有人讓我玩一款遊戲
我邂逅了利莫里亞的海神
當最後一滴海水乾枯
他蹣跚上岸，披上斗篷
在沙漠中水一般潛行

我們相遇於深空
深不見底的空中
藍天很藍，白雲很白
大批失去意識的流浪體
迫使你我成爲獵人
日常一般將之擊破
海神生日時

巫時

我想告訴他關於島嶼的記憶
我寫：毋忘二二八
有人卻說
「含有敏感內容，請重新輸入」
我再寫：和平紀念　藍白罷免
有人又說
「含有敏感內容，請重新輸入」
……

直到我把罷免改成再見
他才終於看見
而我抬頭發現
夕陽竟已那樣的紅
紅到藍白都成爲點綴
（利莫里亞大概就是這樣蒸發的）
然而有人
不想讓我知曉其他的顏色

但海神諭示
我所身處的
是最後一片綠洲
在樹葉即將染紅前
他遞給我木製的筆刀
令我刻下自己的名字
鑿出新世界的入口
我便明白
一切都有可能逆轉

——二〇二五年四月六日

＊詩中所述為個人遊玩《戀與深空》與《逆統戰：烽火》的體驗與心得。也特別感謝詩人郭哲佑在寫作過程中給予的意見。

巫時，巫師的巫，時間的時。曾出版詩集《厚嘴唇》。

美麗島

黎明遠遠地穿越著人們
剖開影子，飛向高高的山脈

與河流之間開墾的
野林，那裡有曾經的歷史

不停地洩下

在水田的倒映，在躺著或站著的
海濱，穿越人們

在血緣，族群，果樹
與物種，在甜蜜

醜惡和高尚的
平凡，開始一日
之所需，黎明奔馳著
每個清醒夢中

遠播的寧靜

帶回期盼。諸如鳥
的隱喻，天空中
有飛行

與自由，穿越人們

在先祖的啓迪，在時代的流連
看顧著偶然相逢的所有人

黎明
靜靜地穿越

可能遺忘的
未來，或者嘗試
記憶的過去

在那裡

有聲音被串起，願祂是
無數個淳樸卻生動的靈魂

踏了多少歲月只是
重複著，在誰的耳邊
徘徊：我們
從何而來，我們是誰

要往何方去？

——人群，日復一日地
穿越黎明

奇蹟之中，彷彿五色鳥
展露的羽翼

憑藉習慣黑暗
尺度的流線，在生活裡
倏忽於眼見可愛之人

那裡曾有人
用手指著
天邊。多暖的光

一顆東方日星
冉冉升起，在寬闊太平洋上
黎明深深地穿越人們

——二〇二五年四月七日

柏森，一九九九年生，修讀哲學。現寫有評論、散文等，詩作各散，曾獲楊牧詩獎。著有詩集《原光》、《灰矮星》。

羅智強

羅智強是從罷免連署書裡
走出來的人物——甚至不是從國會呢
在大安區，他的鞋底比民意還勤勞
他每天走一萬步
用腳步，對抗想罷免他的人
他說，有企業主爲此失眠兩夜
他說，政府應走出辦公室聽民意

但上了年紀的選民們
都知道——羅智強其實是個好人
雖然他把罷免當作義行
雖然他用拜票之姿複製壓力
雖然他口口聲聲人民
卻不打算停下來聽

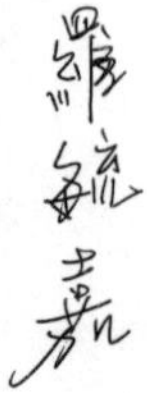

但他，的的確確是個好人
是的，羅智強，一個好人
他的健走路線清楚得像一份簡報
他的言論總是剛好在某些鏡頭前出現
他說自己走過京都
是爲失智的父親祈福
如今他走過大安
是爲自己鋪設回辦公室的地磚
他如此孝順
當然了他是一個好人

一個好人，是的，羅智強
他患有行走型的政治躁鬱症
不得不把每一條街道
都當成民意代表的跑道
他愛以民意的名義
封印反對的聲音

勝過用問政養人民的信任
除了選票以外
他從不過問選民在投下那票時的眼神
他實實在在是一個好人

羅智強，好人，是的，好人
他從台北選到總統府
又從桃園跑回大安區
他說他「不自量力」要參選二〇二〇總統
說完就支持韓國瑜
他說要選二〇二二市長，說完搬去桃園
說要選立委，選區還沒想好
他說——「想選」是民主的浪漫
但他的浪漫像備用鑰匙一樣多
他的的確確是個
機會主義的好人

沒有人把他趕出台灣政壇
沒有人叫他收起連署桌
所以街道永遠騰不出空間
所以議題永遠服膺於他個人的焦慮
所以人民永遠只能用「罷免」
去抵擋——被代表的命運……
就是因為他們有了像羅智強那樣
那樣好的好人

——二〇二五年四月九日

＊本日欣聞羅智強罷免連署初步已過最低門檻，喜不自勝，乃擬仿瘂弦先生〈赫魯雪夫〉詩一首，獻給羅大立委。

羅毓嘉，一九八五年生，宜蘭人。臺大新聞研究所碩士。在資本市場討生活。頭不頂天，腳不著地，寫點詩，寫點散文。

餐肉

他桌上的餐肉
製造於二〇一九
那年環境惡劣
卻造就豐收

後來的日子生長停滯
卻有了技術監控
可預測熟期
不再靠年分與天候

人心是最難測的
幸而已能排除
所有變因
當產量穩定

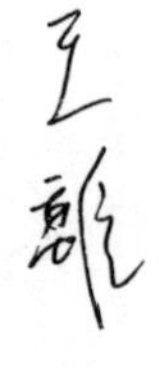

他將邁向新市場
以及新產地

他已多方推送：
人心 **SPAM**
時代遷移
未來是共同的世紀

他桌上的餐肉
祕訣是碎了的心
他知道
有人將嘗到自己的孩子
有人將嘗到自己的雙親

——二〇二五年四月十日

王離，編輯、平面設計、寫作者。著有詩集《編輯》、《遷徙家屋》，短篇小說集《時之一》。

五星好縣長——擬仿瘂弦〈赫魯雪夫〉

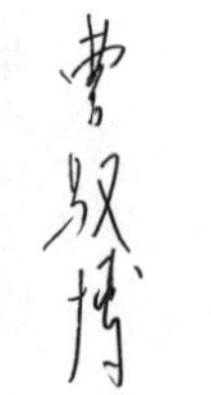

他是從大理石裡
迸出來的一名好縣長。
在花蓮，他的名字會引起
耆老們的訕笑，所以他經常
播放「檀島警騎」的 BGM
膨風自己鏤空的身軀。
他也常在民眾的家門口擺 pose
告知大家，他有五顆星星

凡是上了年紀的花蓮人
都知道他是一位好縣長。
他借走原住民的土地
來養狗，鋪了一條布滿傷痕的
香榭大道，並在學生的課本、

老奶奶的米袋、以及神明的金紙上
印自己紅通通的笑臉——

是的，就是他！看看這一位
五顆星的好縣長。在大地震過後，
把大豪宅的洋酒茅台全部擰開
喝盡，大概是不忍聽見
外面的地鳴，以及災民的嘆息
他是如此地柔弱，
值得大家疼惜。

如此嬌嫩的好縣長，怎麼會
被關進監獄呢？於是他讓老婆
當副縣長，自己在龍場中悟了道
——既然我的良心嚴重萎靡，
何不來移植祖國
配對好的赤誠之心？

他緊緊掐住民主的咽喉
只爲幫助五顆星的主人呼吸
例如，除了選票之外
他從不參與鄉親們的要緊事
甚至在植樹節，將一位八十歲的老師
架開、驅離。是的，他肯定是一位
好縣長，全台灣都是青鳥的側翼
他必須拿把大剪刀，防止
台灣能夠再次起飛——

沒有人把他趕出花蓮縣
沒有人把他趕出美麗的台灣
所以我們永遠在街頭抗爭
所以縱谷永遠存留牆柱上的裂痕
所以台灣人至今永遠耳鳴……
就是因爲我們有了像那樣

那樣的五星好縣長

——二〇二五年四月十一日

曹馭博，出版詩集《我害怕屋瓦》、《夜的大赦》，短篇小說《愛是失守的煞車》。

五色鳥

五色鳥在唱歌
國國國國——國國國國——
他們覺得吵

無聊，又是季節性的噪音
他們總以爲鳥也不就如此
以爲生活不就是睜眼、啄食、理羽和睡眠
以爲自然不就是平衡、共生、一點競爭再加上一點達爾文
以爲森林不就全然是綠的

他們說反正都是二足的，不都一樣
但他們的雙腿從未走進森林
他們不換羽，沒有鳴管鳴肌，分不清噪音和鳥鳴
他們說樹木是均質的葉綠素

說五色鳥不就全然是綠的
他們伐木（是的疏伐有時是需要的）
他們無視洪泛野火（是的擾動有時是可承受的）
反正樹總會枯倒，那就再拔幾株樹苗
反正雨總會落下，又何必以枝葉截流
塡滿所有樹的巢洞與孔隙，讓一切平滑簡單多好

於是他們移走所有樹木卻給不出理由
他們譴責五色鳥國國國地鳴唱
他們質問五色鳥爲何不在地面築巢
他們指控是群鳥的驚飛才使山坡滑落

五色鳥出生在樹洞裡
厚嘴剛毛對趾足要如何是人造的
樹棲的鳥在樹上
鳴唱鑿洞呑下果實要如何是貪婪的

於是群鳥集結在四月
（在這本應各自繁殖生產的季節）
群聚如夏末深紫的茄苳果實
在初春撐開了淡黃綠色的小花

當你口中的綠色來自你手中的人造花
當你沒有蛇的頰窩、蝶的複眼、鳥的磁感以及
能接收紫外光的視網膜
就不要說一切沒差，看起來都一樣

不要說島嶼的森林都一樣
不要說這些名字都一樣
五色鳥是政治的
台灣擬啄木是政治的
花仔和尚是政治的

連學名也從不是唯一且不變的

既然總得選擇一個名字
那就出洞
唱出聲來

多年以後的四月的今天
會有人在博物館將五色鳥的標本排成色票
以此核對多年前的四月的
前一年秋天啊正是換羽的季節
你家門前的茄苳是否結果，又或者
有誰曾在街角守著一棵果實黃澄的苦楝

——二〇二五年四月十二日

＊大多數鳥類理應沒有綠色色素。五色鳥的綠色，是由藍色的物理色和黃色的化學色（色素色）共同表現出來的。物理色源自羽毛中羽小枝微結構（通常由黑色素組成）對入射光的折射；化學色則與類胡蘿波素的代謝和累積有關。有些年輕或人為飼養的小鳥，因代謝能力較差或營養攝取不足，缺乏足夠的類胡蘿波素，羽毛看起來就會偏藍。不過小型鳥類每年都會換羽，若今年營養充足，來年就可能恢復正常羽色。

馮孟婕，臺大森林所畢。工作與創作皆環繞著鳥類。曾獲文化部青創獎勵、流浪者計畫，及國藝會補助。得過一些文學獎。

麻雀雖小

他們說，麻雀雖小，
五臟俱全。
於是剪去了雀舌、雀羽，
雀肉煎煮炒炸來果腹，
春天從此寂靜了。
接著他們發現：
海的另一邊，有座島嶼，
雖小，但住滿了麻雀，
五臟俱全。

蓮蓮
Lipara

——二〇二五年四月十二日

Lipara 蓮蓮，脾氣很差的說書人，潛居在噗浪與方格子。

簽字的姿勢

國小的時候
我們練習寫字
甲乙本，照著順序筆畫
要求方方正正
像每次朝會列隊
方方正正地唱著國歌

國高中的時候
我們把未來寫在稿紙
一些志願與未來
鏗鏘地與升學綑綁
那時我們並沒有選擇

林子維

習慣性在所有答題的試卷
寫上姓名、畫上答案
如同每次機械的日常

重複的書寫變得輕薄
沒有重量般

長大的時候
這個國家也變得輕薄
每次畫押都微微泛著光亮
指向某種未來

泛著光亮，路上的人
舉牌、寫字，一個時代被我們
硬筆刻著、走著
練習這個國家

簽字的姿勢

這次簽字也要寫得方正
像所有的過去
都決定某種註定
一次簽名：覆蓋著
時代的輕重
和你的名字

——二〇二五年四月十二日

林子維，二〇〇五年生，目前就讀清華大學。曾獲臺中文學獎、新北文學獎、月涵文學獎，作品散於各詩刊與雜誌；並以本名經營臉書粉絲專頁與Instagram。

群象

1

偶爾是這樣的
我們在名冊上謄抄
所有亡魂都回過頭
對我們發出質問
我們雙手一攤
向他們反問
你們面對瘟疫
難道沒有一點韌性嗎

2

今日我褪下衣物
褪下職責
褪下早上該做的事
褪下夜晚想做的事

褪下了血
褪下了怨
褪下姓名
褪下人類的生活
褪下被承繼的生命
我站在這裡
我是我自己
我不是我自己

3

黑暗給予我們最深的擁抱
黑夜則給我們一雙眼睛
它是黑色的
有些人用它尋找光明
有些人靠它躲避催淚彈
有些人利用它
看見事實的眞相

有些人則是
白生了一雙黑色的眼睛

4

爲了自己更討喜
每天都在投票
明天的滿意度永遠比今天更高
更高
更高
高到看不見人影
最後落下時
只剩下一具空殼
失去了姓名
也沒人認領

5

吃別人的
用別人的

保險用別人的
福利用別人的
最後我說
你的都是我的
我將刀放在你的胸口
對別人說
都是一家人
別太計較

6

我張狂
我桀敖
我中指強健有力
我口水能將你淹沒
我笑你是這個黨的病毒
我說你是權貴中的更生人
我最後哭倒在你懷裡

我最終安靜地被你摸頭
你一手握著骨頭
一手握著武器
甚麼都不說

7

所以我們必須現身
寫下自己的名姓
像褪下衣物一樣
一件件地
將一切穿回來
穿上自己的名
帶上自己的雙眼
把刀子一把一把拔除

寫下自己的名
替換掉你的名

你一手握著刀槍
一手握著棍棒
我們要將你褪下
換上適宜的衣物

我們要記得自己是誰
不要最後只剩一具空殼
無人敢出面認領

——二〇二五年四月二十日

宋尚緯，一九八九年生，東華大學華文文學所創作組碩士，創世紀詩社同仁，著有《無蜜的蜂群》等六本詩集，與《我還在這裡》等四本散文集。

志工日誌

黃鈺婷（小鴨）

1

日花仔欲散進前
人猶毋知影枵
干焦兩粒沉重山頭硩咧
一位跤肚　一位佇腰脊骨
洘流的胸坎
是白色的海岸
頭鬃已經是麗屍的海帶
佳哉聲嗽原在
猶會使對台灣頭喊到台灣尾
一聲　躘過一聲
喊出毋甘願的心情
講出台灣囝的心聲
請你寫一張自由的批

一筆一劃
寫台灣人的名
嘛寫台灣人的命

2

你好　我問你食飽未
你應我食飽傷閒
有島嶼晟養　食飽是應該的
民主有難　予阮閒袂落來　四界走從嘛是應該
你應當嘛是食飽傷閒的台灣人
敢無欲和我做伙喝？
你喊食飽傷閒　我喊罷免會成
來啦！

3

歹勢
愛請你重寫
字袂使揷出去格仔外口

親像手袂使伸出去車窗
人袂使徛佇警戒線遐仝款
「歹勢
爲啥物咱一世人攏予格仔限制牢咧
你看
自由二字是目睭看著的田園，有草仔捅出去生湠
民主的主袂輸是國王頭頂的皇冠，人民會使做主共伊剝落來
毋好共家己當做箍絡」
歹勢
你講的攏對
抑是你欲用印仔？

——二〇二五年四月廿三日

黃鈺婷（小鴨），嘉義人，生成背骨，攏選人少的彼條路。過去十冬攏咧舞環境佮社會運動，tsín 用母語咧紀錄這片土地的傷痕。

為什麼相信文學有力量

輯三——小說

寫功課

1

媽媽最近不對勁。

以前只要一下課，媽媽就會來接他。現在，每個禮拜卻總有幾天，周子睿都要自己在學校中庭玩上半個多小時，媽媽的車才會匆匆開到校門口。上車之後，媽媽也不太有空聽他分享最喜歡的自然課實驗，一路上會接好幾次手機，忙到無法聊天。

差別最大的，是「寫功課」。剛進小學時，子睿功課寫得很慢，圈詞寫不到一行半，就忍不住想找媽媽聊天。所以，他們很早就約定好了：子睿寫功課的時候，媽媽也會在旁邊寫文章。兩個人要比賽誰快，看是子睿先寫完今天的生字圈詞，還是媽媽先寫完今天要念給他聽的故事？媽媽寫的故事都很奇怪，公主負責拯救王子，大野狼都有不得已的苦衷，山裡住著惡作劇的魔神仔。但就是因爲很奇怪，子睿更想早點聽到故事，功課就越寫越快了。升上三年級之後，媽媽甚至常常輸給他，反過來哀求：「你可不可以寫慢一點！」

周子睿很得意。有幾個小學生，能靠「功課寫太快」而讓媽媽求饒的？

但是，從今年寒假功課開始，子睿就發現媽媽有點心不在焉。開學之後，媽媽就更常違背「寫功課」的約定了。媽媽總是忙到沒時間坐下來陪他，他也很久沒有聽到新的故事了。於是，寫功課又開始變回一件無聊的事，只是把老師指定的內容抄在指定的本子上，變成無情的寫字機器。

「媽媽最近有『很重要的事情』要忙，對不起。」媽媽嘆了一口氣：「但這一陣子，你還是要好好寫功課，不要讓我擔心，好不好？」

子睿點頭。子睿是貼心的孩子，他感覺得到，媽媽除了「忙」以外，還有更煩心的事。可是，到底是什麼事情，可以煩這麼久呢？要煩到什麼時候呢？如果媽媽一直這樣忙下去，難道接下來的小學生活，都要這麼了無生趣地寫功課了嗎？

雖然沒有故事聽，但媽媽還是會檢查他的功課。那都是在子睿入睡之後。媽媽越忙越誇張了，幾乎只要爸爸下班到家，媽媽就會立刻出門，直到深夜才回來。子睿覺得自己像顆棒球一樣，從媽媽的壘包傳到爸爸的壘包。隔天早上，他的聯絡簿會簽好媽媽的名字，表示媽媽看過他的每項功課了。可是，他已經很久沒有聽到媽媽唸他字跡太潦草、錯字太多了。

這樣說很奇怪，但是——子睿竟然有點懷念媽媽唸他的樣子。

特別是在他故意寫錯好幾個字，卻還是在隔天早上的聯絡簿，看到媽媽工整的簽名的時候。

2

只有爸爸和子睿在家的晚上，其實滿輕鬆的。

只要不做立刻會有危險的事，爸爸都不太管他。甚至，只要有正當理由，比如說美勞課的膠水不夠用、比如去巷口麵包店買明天的早餐，爸爸都會讓他自由出門。

功課太快寫完，媽媽又在外面忙的晚上，他就會找個理由出去晃晃。

老實說，他有一點矛盾的心情：他並不懷抱「可以找到媽媽」的希望，卻又隱隱然有種預感，彷彿媽媽就在很近的地方。一個多禮拜來，他每晚變換不同理由，往不同方向「探路」。左邊有超商的路口，後方有文具店的轉角，斜對面賣燒仙草的攤子……他覺得自己變成一個理由的俄羅斯娃娃。用買東西當理由，出門散散步；然後用散步當理由，隱藏尋找媽媽的心思。

至於為什麼要隱藏心思——那就像生日願望一樣，說出來就不靈了吧？

就在他胡思亂想這些事情的時候，他聽到前面的街角，有一些嘈雜的聲音。

一些穿著背心的人，舉著比人還高的標語牌，穿梭在兩頂帳篷附近。

帳篷裡面也擠了很多人，歪歪的隊伍排到人行道上來。

然而，吸引子睿的，不是這些之前沒出現過的景象。而是，他聽到了很熟悉的聲音，那個會跟他說各種奇怪故事的，媽媽的聲音。有點熟悉，但又有點不太一樣，透過麥克風放送出來：

「歡迎大家簽署二階段連署書！我們是〇〇〇的罷免團隊——」

那是告訴他「王子可以哭，公主也可以拿劍」的媽媽。現在，同樣的聲音，講著一樣奇怪但他聽不懂的話。

原來媽媽每天晚上、甚至週末不在家，都是跑來這裡？

子睿覺得有點困惑，也有點委屈。他不知道這些人在做什麼，但顯然媽媽覺得，陪這些人寫連署書，比他們的寫功課時間還重要。媽媽確實說過，有「很重要的事情」要忙。但是，這些就是「很重要的事情」嗎？他們看起來都是大人了，難道還有什麼非寫不可的功課嗎？就算有，難道他們不能自己寫完，非得要媽媽陪嗎？

子睿實在太疑惑了。因此，他決定多觀察幾次。在不被媽媽發現的前提下，他開始在帳篷附近假裝散步。他慢慢看出規律了：媽媽和她的同伴每天晚上都會出攤，週末則會增加下午的時段。他們擺攤的地點，會在附近的公園和陸橋下游移，他只要朝著麥克風的聲音去，很快就能走到。不過，不能走得太近，會被媽媽發現；也不能散步太久，會讓爸爸起疑。所以，他往往只能待幾分鐘，遠遠看一眼忙進忙出的媽媽，偶爾聽到她又拿起麥克風：

「罷免不適任立委，保護我們的下一代——」

做這些事，是爲了保護我嗎？子睿還是搞不太懂，但卻覺得有點想哭。

幾次之後，子睿心底的謎團越解越少。更重要的是：他知道媽媽在煩心什麼了——他偷偷聽到媽媽的同伴，和其他路人的談話。他們都在討論「份數不夠」的問題，有時還會交換情報，說某人某處今天只有三十多張，進度實在太落後；隔天可能會下雨，要衝到一百張恐怕有困難……

也就是說……如果收集到足夠多的連署書，媽媽就能儘早完成這件「重要的事情」了嗎？

如果是這樣——

3

子睿不再只是盲目散步了，他開始有明確的作戰目標了。

第一步，繼續到連署攤位附近晃蕩。這不困難，現在他甚至不需要找理由，只要說聲「我出門晃晃喔」，爸爸就會點頭。

第二步，他要保持耐心，等待媽媽離開攤位，去上廁所或買水的時候。這一步花了好幾天，畢竟不是每天都能剛好遇到完美的時機。

第三步，就是現在。子睿立刻小跑步到攤位前，趁媽媽回來之前，對其他穿背心的志工，說出他聽過的台詞：

「不好意思，請問我可以拿連署書回家寫嗎？」

一位綁馬尾的姊姊聽到他，眼神閃過一瞬驚奇，接著溫柔地笑了：「小朋友，你幾歲了呢？這是大人才可以簽的喔！」

「我知道。」子睿心跳得很快：「我，我是幫爸爸來拿的。他說，他要……」子睿心裡盤算，要幾張呢？應該先想清楚的。「十張。」子睿最後喊出一個，他覺得應該不算太離譜的數字：「十張。我們想要簽很多！」

說完，子睿臉頰漲紅。綁馬尾的姊姊又回到了驚奇的眼神。接著，整個攤位爆出了歡樂的笑聲，以及掌聲。子睿從中得到了更多勇氣，他更確定自己的想法是正確的了。如果這件事會讓媽媽的同伴高興，那一定也能讓媽媽高興。姊姊手腳俐落，很快把十張連署書裝進一份牛皮紙袋，並且多塞了幾張彩色的文件。

「跟爸爸說，要照著文件上的說明塡寫。有問題都可以來問我們，知道嗎？」

子睿用力點頭。他把牛皮紙袋抱在胸口，火速往家的方向奔跑。媽媽應該沒有發現吧？衝到家門口，他原地踏步五分鐘，等自己沒有那麼喘了之後，才打開門，以免爸爸起疑。他把事先買好的菠蘿麵包擺在餐桌上，爲了轉移爸爸的注意力，他大聲說：「明天早餐買好囉！」爸爸笑著跟他說謝謝，又把視線埋進手機裡。以前子睿會去跟爸爸要手機玩，但今天不行，今天有更重要的任務要完成。

第四步：最後一步，也是周子睿最擅長的一步。

4

張詠晴一踏進家門，顧不得外衣還沒脫，就整個人攤在沙發上。

累還是其次，最折磨人的，是精神上的緊繃。

連署書收集的進度頗爲尷尬。數量遠遠稱不上安全，卻又讓人覺得還有一拚的希望。

把子睿寄在家裡，雖然丈夫一口答應，但她知道丈夫隨興的個性，總是不能完全放心。

更糟的是，最近志工被攻擊的事件越來越多了。今天才有一位志工，在十字路口舉牌時，遇到中年男子搶奪標語。前兩天，另一個攤位也有落單的志工，差點被惡意衝撞的摩托車絆倒。這些人很明顯針對女性志工，團隊已經要求盡量讓壯碩的，或男性志工站在外圍。但現在人手不足，總是沒辦法面面俱到。張詠晴只能提醒自己隨時攜帶摺傘，如果遇到狀況的時候，至少有個東西在手上。

——但是，有摺傘能幹麼呢？張詠晴其實也不是很確定。

好半晌，張詠晴才有力氣起身。浴室裡傳來水聲，丈夫還在洗澡。探頭看一眼臥室，子睿已經睡熟了。至少這一點是不用擔心的，丈夫雖然什麼都慣著孩子，但早睡才健康的觀念，倒是沒有妥協。

把衣物掛好之後，張詠晴回到客廳。她先看到的，是三顆菠蘿麵包。

「欸，怎麼又買這個？」她對一身蒸氣、走出浴室的丈夫說：「這是甜點，不能當正餐啦。」

丈夫湊過來抱住她，她閃過一秒「我還沒洗澡」的念頭，隨即又想：管他的，我還不夠累嗎？

「知道你喜歡吃嘛。」丈夫說。

「嗯哼。」她試著板起臉，但不太成功：「下次別再買了。」

「是，副指揮官！」

張詠晴終於忍俊不禁。自從她擔任罷團的副領銜人之後，丈夫就常常這樣稱呼她，並附贈一個舉手禮。

「子睿功課寫完了嗎?」

丈夫把簿本撥過來:「數學習作、英文單字表、自然課筆記……請副指揮官檢閱!」

張詠晴拋了一個「你少來」的白眼,把客廳燈光調亮,拉過子睿的作業。這陣子確實太忽視子睿了,他的筆跡看起來已有點浮躁的樣子。但他終歸是令人放心的孩子,與同輩朋友相較,幾乎可以說是養到天使小孩了。無論如何,二階段連署書只剩下幾週,撐過這段時間之後,應該能好好喘息一下了吧?張詠晴心想:前陣子讀到幾本不錯的書,稍微修改修改,就有新故事可以跟他說了。她和丈夫早有共識,絕對不能讓那些陳腐的「中國童話故事」占據子睿的童年。

心念到此,張詠晴也瀏覽完所有簿本了。照理說,接下來只要在聯絡簿簽名,今天的最後一件事就完成了。此時,張詠晴卻發現不太對勁。聯絡簿的封底,竟然夾著一個對折了、有點厚度的牛皮紙袋,使得本來輕薄的聯絡簿,形狀變得不太自然。顯然,之所以要把牛皮紙袋對折,是有人特意把它藏到最後,才讓張詠晴發現。

張詠晴和丈夫對看一眼。丈夫也是滿眼困惑。

他們抽出牛皮紙袋裡的文件。裡面是十張橫式文件,標題寫著張詠晴再熟悉不過的字樣:「○○○選舉區立法委員○○○罷免連署人名冊」。名冊下方,是整整齊齊的表格,標註姓名、身分證字號、出生年月日、戶籍地址、簽章等欄位。一份名冊可以填入七、八位連署人,但爲了避免寫錯一筆就前功盡棄,罷團早有紀律,每一份名冊只能填一位連署人的名字。

眼前的這份連署書，一定是在沒有罷團志工指導之下，自行填完的。因爲，每一份連署書的每一橫列，都被填滿了七、八筆詳細資訊；十份都是如此。

十份連署書，只有同一位連署人。工整、乾淨、認眞的字跡，都是「周子睿」的署名。

「這是今天交給媽媽的功課。」

在最後一頁連署書的下方，有著這樣一行鉛筆小字。

那麼多個月以來的疲累，那麼多戒備與交鋒的時刻，這時一齊湧上又一齊潰散。張詠晴先是愣著，隨之搖頭、表情紊亂，全然不是在連署攤位上那個指揮若定的樣子。整個家安靜了下來，除了冰箱細微的引擎聲，似乎就只有更纖弱的，從臥房裡散逸出來的，孩子熟睡的呼息。

終於，張詠晴肩膀猛烈顫抖了起來。這是第一次，她無法好好保護簽署完成的、珍貴的連署書。她的淚水猛然奔出，打濕了每一道用心的筆畫……

——二〇二五年四月四日

朱宥勳，專職寫作，著有《以下證言將被全面否認》、《他們沒在寫小說的時候》等。

這不是推理故事

瀟湘神

1

話說在前，這不是篇推理故事。

雖然不是，但故事是這樣開始的——

地點是某公寓的一樓。公寓在巷子裡，離市場不遠，人來人往。門前有遮雨的騎樓，兩邊是早餐店與理髮店，穿過玻璃門，幾張摺疊桌跟塑膠椅擺在那，牆上掛著「◯除◯害」的罷免海報，原來已被罷免團體租下，當作連署據點。

穿過正廳有個小房間。就在剛剛，房間傳來驚呼，儀萱跟亮棋連忙衝進去，只見裡面的芷雲臉色發白，渾身發抖，她見兩人進來，立刻顫聲說：「不見了！」

「不見了？什麼不見了？」

「箱子……還有連署書，都不見了！」

儀萱猛吸一口氣，順著芷雲指著的方向看過去，渾身發冷。正如芷雲所說，原本放著白色塑膠箱的地方，現在什麼都沒有。

「怎麼會？這怎麼可能？」

儀萱記得很清楚，半小時前，她親眼看到那箱東西還好好地放在房間裡。那是志工們努力了一整天的成果，將九百多份的連署書分類、整理、封存，標示清楚放進白色塑膠箱裡。蓋子合上時，她還親手拍了拍。

在那之後，她跟亮棋就一直站在門口，向街頭往來的民眾宣傳大罷免，芷雲則在摺疊桌旁協助民衆填寫連署書。這段期間，沒人進來填寫連署，因此沒人經過大門，當然更別說接近裡面的房間；既然如此，連署書就不可能憑空消失。

「芷雲，這段期間只有妳進出這個房間嗎？」亮棋問。

「對……但不是我！我只是進來拿水，誰知道整個箱子都不見了……可是不應該啊！如果有人拿走箱子，我一定會看到，你們也應該發現才對啊！」

「而且半小時前我才看過箱子，這段期間，沒有人走進來……」儀萱也附和。

氣氛一瞬間凝固。三個人誰也沒動。

「原來如此，有意思。」亮棋說。她聲音不大，卻像刀刃一樣，讓儀萱有點不舒服。這是能用「有意思」形容的情況嗎？

只見亮棋走了幾步，目光在房間裡掃過一圈，平穩地說：「房間沒有後門，窗戶是封死的，牆體實心，連排氣孔都沒有。如果有人把箱子搬出去，我們都應該看到。但爲何拿走整個箱子？只拿檔案夾不行嗎？說起來，如果是反罷免的人入侵，他們也不用偷走連署書，現場銷毀就好了，然而，這裡沒有碎紙、沒有火燒的痕跡，什麼都沒有……」

她停頓一秒。

「芷雲，妳是一進來立刻發現箱子不見嗎？」

「對……我開燈後就發現了。因爲，箱子不就放在那裡嗎？這麼顯眼的地方……」

「當時門是關著的？」

「對，不信你問儀萱。我們離開時都會上鎖，剛剛也是，我是用鑰匙打開的。」

「果然……」亮棋喃喃自語，臉色凝重，「雖然很不想這麼說，但這是個密室。而且我跟儀萱也是證人，因爲在上次看到箱子後，就沒有人進出大門。」

儀萱腦中轟然一響。密室？這個人到底在說什麼啊，又不是推理小說！但看著亮棋若有所思的表情，儀萱不禁有些畏懼。爲何亮棋一點都不慌？爲何她會露出「早就在等這種事發生」的表情？

現在想想，她完全不了解亮棋。

這也是理所當然的，因爲她們都是罷免志工，是這兩、三個禮拜才認識的。她也不是懷疑亮棋，可是此時此刻，比起志工，亮棋更像是某種「旁觀者」——這可不是罷免志工應該有的態度。

2

半小時前，一切還很正常。

儀萱把最後一份連署書收好，與芷雲一起將滿滿的資料夾塞進白色塑膠箱，封好蓋子。她轉頭說：「好啦！我們先離開吧，對了，門要上鎖吧？」

「當然啦！雖然每次要進來都很麻煩。」芷雲將喇叭鎖的鎖壓進去，等儀萱離開房間後才關燈、帶上門，並做了揮汗的動作。她露出微笑：「搞定！想不到今天這麼多，居然都超過九百份啦！」

「畢竟我們也是努力宣傳啊！雖然說有九百份，但以進度來說還是告急。」

「還有一個禮拜，應該沒問題吧？」

「希望如此。」

實際上儀萱還是有些不安。正如她所說，進度是告急的。但面對芷雲樂觀的態度，她不想潑冷水，便拿起桌上的文宣、舉牌用的牌子，邊走向大門邊說：「妳先休息，我跟亮棋負責外面。」

踏出門，陽光斜灑在騎樓上，巷口傳來喇叭響與人來人往的喧鬧聲。亮棋就站在門邊，舉著「罷免無良立委、守護民主防線」的牌板，姿勢筆直，像一尊雕像，或是無人注意的背景。

她已經站在那裡一段時間。沒有吶喊，也沒有招呼，只是靜靜地站著，雙眼觀察著來往的人潮。

「嗨，亮棋。」儀萱打了聲招呼。

亮棋轉頭看她，點了點頭，語氣不輕不重：「你們收完啦？」

「嗯。」儀萱回應，心裡卻總覺得哪裡有點尷尬。

她不是第一次感到這種距離感。

亮棋有些特別，她不像其他志工那樣熱血，有驚人的行動力，也不喜歡跟大家閒聊、開玩笑。平常聊天，亮棋總是答得很簡短，有時甚至假裝沒聽到。剛開始，儀萱覺得她像是在工作，完全沒有熱忱，但有次碰上一個來找碴的男子，亮棋卻切換了模式，冷靜、清晰地說明大罷免的必要，還引用立法院公報跟新聞當證據，對方被說得啞口無言，灰頭土臉地走掉。

那時儀萱才發現，亮棋其實非常酷，而且論述能力也值得信賴。

即使如此，亮棋從不主動宣傳，而是站在邊緣觀察旁人。爲什麼呢？明明有那樣的說服力，認眞起來的話，應該能說服更多人，改變這個世界啊！

正這麼想時，一位中年婦女走近。她步伐不快，眼神略顯迷惑地掃過海報與舉牌。儀萱立刻迎上前，熱情地說：「您好，想了解一下罷免的事嗎？」

婦人皺眉：「爲什麼要罷免？他們不是做得也還好？」

「其實不是喔。」儀萱平靜地說，「妳知道立法院最近刪掉台電一千億元的補助預算嗎？」

「那跟我們有什麼關係？」

「有很大的關係！」儀萱拿出文宣遞上，「補助被砍後，台電要自己吸收虧損，電價恐怕會再漲。平均一戶一年可能多三千元以上。更慘的是，連節能電器的補助也砍了，原本省電省錢的方法也沒了！」

婦人這才睜大眼，像是現在才知道：「眞的？」

「是的，請參考這份文宣！我們推動罷免，不是反對審預算，而是希望審得合理。能源預算關乎民生、產業，怎麼能當成教訓政府的工具？」

婦人有些猶豫地接過文宣，點點頭：「好，我想想。」

她離開後，儀萱退回門口。

「妳講得很不錯，很溫和。」亮棋的聲音低低傳來。

「謝啦！是因爲對方也算溫和嘛。」

儀萱說，她也遇過很多粗暴的回應。亮棋看向別的方位，說：「我就做不到。我會想用威脅式的說法，直接告訴他們這不只是電費的問題，而是會讓物價上漲，而且永遠降不回來。」

儀萱一愣。她知道亮棋說的沒錯。電費上漲意味著營業成本上漲，這些成本最後會轉嫁到消費者身上。她說：「亮棋，那不是煽動，是事實啊！只是我怕資訊太多，大家反而接受不了。妳要不要試著走出去，對大家講講看？」

她知道亮棋比自己銳利。在輿論的戰場上，溫和與銳利都是必要的，因此她希望亮棋與自己並肩作戰，而不是只在一旁拿著看板。但亮棋依舊看向別處，只是淡淡說了一句：

「——因爲我會怕。」

「啊……」

這讓儀萱無話可說，因爲會怕是當然的。

這段期間，各地的志工遇上不少挑釁，甚至攻擊。有志工在市場擺攤時被人破口大罵，甚至搶走擴音器、動手推人；也有人在街頭發傳單時被推擠、拍照，對方嘴裡還罵著「別亂帶風向」。有志工好不容易申請到場地，佈置完畢，卻臨時被要求撤攤，理由含糊，只說「不希望牽扯政治」。有人宣傳時遭機車刻意逼近、車輪輾腳。也有人在社區外舉牌，被嗆聲「我知道你是誰」，事後照片還被貼上網。

這些都讓志工感到恐懼。

儀萱懂。她也不是什麼英雄。但即使害怕，她仍堅持站出來。因爲她不能屈服。民主制度的意義，就是保障每個人擁有同等的權利。若是屈服於暴力，那放棄的就不只是個人，輸掉的，是整個民主。

當亮棋說自己會怕，她知道自己沒有立場責怪亮棋。她不能譴責恐懼，該譴責的，是那個造成恐懼的人。

「其實……我也會怕，可是……」她低聲說，聲音輕得像是不小心從唇間滑出。

亮棋看向她，她才回過神來。但那些堵在胸口的話，一出口就收不回來。

「老實說，雖然現在大家都在討論預算、財劃法什麼的，但我會站出來，不是因爲這些。我是看了一段質詢影片……那讓我整個人毛骨悚然。」

「什麼影片？」

「妳應該也看過。有個立委在被官員反駁時，回了一句『你是不是在反質詢？』接著還說，立委質詢官員是『上對下』的關係。」

她停頓了片刻，像是那句話又從記憶中衝出來，一把火在心裡竄升。

「上對下？太誇張了吧！而且那不是失言，他講得很篤定，像早就這麼想，只是剛好說出口。」她一口氣說下去，情緒越來越強烈，「立委可以質詢沒錯，但如果講錯了、數據有問題，官員難道不能回應？不能澄清、不能辯駁？他卻說那叫反質詢，還眞的立法懲罰官員，說頂嘴就罰錢。」

她的聲音不自覺地拉高了。

「如果對自己講的話有信心，就該讓人反駁啊！反駁才有助於釐清問題不是嗎？可他們不是為了討論，是想封住對方的嘴，要人乖乖聽訓——現在都民主時代了，不是人人平等嗎？而且立委的權力還是人民給的，他們爲什麼會覺得自己高高在上？」

說到這，她才發現自己聲音太大，幾個路人已經投來側目。

她頓住，滿臉通紅，不知該怎麼收場。

「妳說得沒錯。」

亮棋開口。她語氣冷靜，卻像把明亮的刀。

「我記得後續也很荒腔走板，不是嗎？憲法法庭說『反質詢』的法條模糊不合理，宣判違憲，結果呢？那些立委沒有反省，而是乾脆癱瘓整個憲法法庭。」

儀萱點點頭。對她來說，那是國會最不應該做出的決定之一。亮棋用旁觀者的口吻悠悠說道：「爲什麼要癱瘓制衡他們的機構？唯一的解釋，就是某些人掌握權力以後，還想要更多。既然有人能制衡，他們就要毀了那些擋在權勢前方的障礙物。」

「我也這麼想。」儀萱忍不住重重嘆氣，「眞搞不懂，都二十一世紀了，怎麼思想還這麼古板？那些立委就算了，好歹這對他們眞的有好處，但支持他們的人到底在想什麼？難道是想靠裙帶關係？可是老想靠關係，法治就毀了啊！」

亮棋突然笑了出來：「如果程顥活在現在，大概也會被罰錢吧。」

「啊？妳說誰？」突然出現陌生的名字，儀萱呆住了。

「中國的理學家，北宋五子之一。王安石變法時，他是反對派。有次王安石火氣很大，程顥卻沒跟他吵，只說『天下事非一家私議，願平氣以聽』，就讓王安石閉上嘴了。」

「什麼意思？」

「其實程顥只是說，這不是私人恩怨，是公事，請冷靜聽完。問題是——他是對王安石講的喔？那時王安石可是權傾朝野，只要不爽，程顥隨時會被貶去天涯海角。但王安石聽進去了，因爲他知道這是討論天下事，不能爲了面子就發飆。他懂得把個人放一邊。」

「我懂了，可是……這跟我們剛剛討論的有什麼關係？」

「想像一下。」亮棋靠近她，像是要講悄悄話，「如果程顥說那些話的對象不是王安石，而是現在那些覺得自己是『上對下』的立委，他會怎樣？」

儀萱怔了一秒，笑了出來。

「會說『你反質詢』！」

「對。」亮棋笑了笑，隨即恢復成置身事外的態度，語氣平淡，「如果那些立委不是要問政，而是想透過質詢尋求權力的快感，當然不能被反駁，不能被糾正，所以他們才發明『反質詢』這個詞去維護自己的權力——明明連王安石都不會這樣做。」

儀萱低頭沉思。

她曾想過用西方政治哲學批評那些立委，什麼民主失衡、制衡機制崩解……但她從沒想過，就連中國儒家傳統的價值觀，也對這些人不以爲然。

她正想說些什麼，卻聽見從裡頭傳來一聲驚呼。

——是芷雲！

儀萱跟亮棋對看一眼，也沒多想，立刻向內奔去！她不小心撞翻椅子，亮棋緊跟在後，動作俐落。怎麼了？爲何芷雲發出驚呼？難道是遇到危險？還是——

她跟亮棋闖進房間。芷雲臉色發白，正用顫抖的手指向原本放著塑膠箱，現在卻空無一物的地方。

「不見了！」

然後就接到了故事開頭的那一幕。

3

「怎麼會這樣！不可能啊！」芷雲不斷重複這句話，像慌了陣腳。但儀萱同意，確實難以置信。

「是……被反罷免的人偷走嗎？」她咬著下唇說。

這不是憑空想像，去年罷免新北市長不了了之，就是因爲有志工退出活動後帶走連署書，數量高達兩萬份，還揚言燒毀。原來有這樣的陰招——無論那位志工是不是反罷免陣營派來的，都揭露了「可以這樣做」。因此，這次各地志工都異常謹慎。

他們的團隊也是，徹底保密防諜，每天都封箱、上鎖、登記交接，沒有多餘的人碰文件，也不允許存放過夜。

「嗯，這推測很合理。但不解決密室，就不能說是偷走的。」亮棋說。

「密室這種東西……眞的存在嗎？」儀萱喃喃說，「會不會其實有密道之類的東西？」

才剛說完，儀萱自己就覺得荒謬。可是，沒錯啊，畢竟這地方只是租的，誰知道有沒有什麼祕密？如果眞有密道，就能不經過這兩扇門，進而合理解釋了！

這樣的話，只要問房東就好。要是房東把密道告訴別人——

但亮棋搖了搖頭。

「可能當然是有的，但問題不是怎麼進來，而是爲何偷走整個箱子——不，怎麼進來當然重要，可是你們想，要是眞有密道，而且進來的人是爲了破壞罷免行動，那有必要偷走箱子嗎？要破壞連署書，用撕的、燒的都比搬走容易，而且快得多。」

「但銷毀需要時間——」儀萱下意識說。

「對，需要時間。但搬走也要時間。」

「可是，銷毀可能發出聲音啊！譬如撕碎，或是點火……只要發出可疑的聲音，芷雲就會發現吧？」

芷雲慌張中還是點了點頭。

「沒錯，我沒聽到任何聲音。而且要是眞的有密道，眞的不會發出任何聲音嗎……？」

「我們先檢查有沒有密道吧。」亮棋說，「老實說，我也很不希望是密室——非常不希望，因爲沒有製造密室的理由——但如果眞有密道，確實不可能沒有痕跡。」

於是三人仔細搜查了房間，然而找了半天，卻毫無所獲。

儀萱懸著的心越來越沉重。在內心深處，她也不覺得是密道，因爲太戲劇性了。但除了密道還有別的解釋嗎？除非偷走連署書的犯人是隱形的，還能不動聲色地打開門又鎖上——這不可能！

「太奇怪了。」亮棋喃喃自語。

「是啊，無法解釋。」儀萱附和。

「嗯，犯人沒理由偷走整個箱子。」

「是、是嗎？雖然剛剛妳也這麼說，但偷走箱子眞的這麼奇怪嗎？」

「也不能說奇怪，只是——」亮棋看向房間的門，「剛剛我也說了，銷毀才是最快的。妳看，旁邊不是有很多礦泉水？只要將連署書泡在水裡，九百份連署書就差不多毀了，這不會發出什麼明顯的聲音。」

——確實如此！

「那妳覺得是爲什麼？」

「雖然很不願這麼想，」亮棋神情凝重，像是不願意接受這種可能，「不過，我想是沒有時間。」

「沒有時間？」

「對，沒有把水倒進去的時間，甚至連打開箱子的時間都沒有，所以才要把箱子一起帶走。」

「這沒道理啊！難道犯人會高速移動，趁芷雲開門的短短一秒間衝進去偷走箱子？」儀萱說，「而且，如果眞有東西高速經過我們身邊，總會有風、有聲音吧？我們什麼都沒感覺到！」

「不，不是的。」亮棋露出苦笑。不知爲何，她的笑容看來有些疲倦。「不過，或許差不多吧。因爲這不是常理能夠解釋的……是 Bug。」

「Bug？」

「對，Bug。」

亮棋不管困惑不已的儀萱，突然伸手抓住芷雲手腕：「打開門的是妳，所以，妳就是犯人入侵的手段。」

芷雲大驚失色。

「什、什麼？我、我不知道啊！不是我！」

「我知道妳不知道，這也不是妳的錯。」亮棋說，聲音壓得很低，「錯的是這個世界，可是——」

亮棋緊緊抓住她。

「Switch。」

她的聲音不高，卻像某種指令一樣，讓空氣震了一下。

芷雲的身體頓了頓。

接著，她樣子變了。

不是突然變裝、變臉那種明顯的變化，而是像電影跳剪那樣，一瞬間，站在儀萱面前的那個人，不再是芷雲了。

「咦……」儀萱倒退一步，喉嚨像是被什麼東西卡住。

她盯著眼前的人——不是芷雲，而是另外一位她熟悉的志工，之前曾經一起擺攤，叫「諾諾」的女生。她記得這個人，記得她戴著毛帽、笑起來有點靦腆，個性溫和，總是說「我只是盡一點力而已啦」。

可是諾諾不該出現在這。

「Switch。」

亮棋又說了一次。

眼前的人又換了。這次是「梓喬」。儀萱記得她是那種乾淨有力的嗓音，擅長與人溝通，常主動招呼民眾。但現在她一句話都沒說，只是站在那裡，彷彿有些疑惑。

「Switch。」

又換了。

這次是「阿端」——連帽外套、耳機掛在脖子上，習慣把口罩戴到鼻尖以下，總給人一種隨性的感覺。他似乎對現況感到莫名其妙，說了句：「啊？這是怎樣？」

「對啊！亮棋，這到底是怎麼回事——」儀萱也說出聲，但話沒說完，亮棋又說了一次：

「Switch。」

璐容。

曉燁。

昀柔。

每一次呼喚，一次轉換。

每一次轉換，都是一位她曾在志工群組、攏攤現場、開會照片中看過的人。有些她聊過，有些甚至叫不出名字，只記得那張臉、那雙眼神、那句曾經的打氣：「加油，我們快衝過去了。」

但現在，他們像幻影一樣，一個接著一個從眼前閃過，穿在芷雲的身體上，就像系統在不停切換角色模型，直到——

「美凰……？」

那個人出現的瞬間，儀萱的身體本能地緊繃了。

——是她！

這人她也沒太熟，但她記得，這人總是低調、安靜，卻總在重要場合出現。曾經有人在群組裡輕描淡寫地提過：「她是新加入的，但很積極。」

而現在，美凰手裡正抱著那個白色塑膠箱。

「妳……妳怎麼知道？」美凰瞪大眼，終於顫抖著開口。但亮棋沒回答，只是伸手抓住箱子的提把，毫不客氣地從她懷中扯走。

「原來是妳，妳就是反罷免方派來的間諜。」亮棋冷冷地說。

美凰跌坐在地上，像被抽掉所有力量一樣。

儀萱頭皮發麻，雙腳像被釘住，她看著地上那人——不，甚至不知道是不是「人」，她還來不及理解眼前的變化。只見亮棋舉起一隻手，啪的一聲輕響，彷彿是機械啓動的聲音，美凰整個人瞬間僵住，像被強制凍結，動也不能動，眼神甚至停留在剛才的驚愕上。

那不是人類可以辦到的。

儀萱看著亮棋，倒退一步，碰撞到椅子，差點跌倒。她害怕地張口：「妳、妳到底是誰……剛剛到底發生了什麼事？」

「別怕，我沒傷害任何人。芷雲也沒事。」

亮棋平靜地說，將塑膠箱緩緩放下。

「我不是問這個！」儀萱幾乎是喊出來的，「芷雲……不對，那些人……怎麼可能這樣變來變去？妳說這是 **Bug**，什麼 **Bug**？那到底是什麼意思！」

她越說越急，心裡產生某種不好的預感，彷彿她熟知的世界就要毀壞了。最後她用盡全身力量，像在對抗恐懼般大吼：

「妳到底是誰！妳真的是亮棋嗎！」

「我是亮棋，我沒有說謊。」

亮棋看了她一眼。

「不過，我不是普通的志工。」

「普通的志工？志工哪有普通不普通的，妳什麼意思！」

「我是檢查者。」

「檢、檢查者？」

儀萱顫抖起來，她覺得自己像是被困在一個不明的惡夢裡，站不穩，也醒不來。亮棋沒有立刻回應，而是低下頭，像是在思考該怎麼開始說這件事。

「這裡，不是現實世界。」

儀萱張著嘴，沒有說話。她不知道自己是聽不懂，還是潛意識裡不想聽懂。這是她唯一的世界，但眼前的人卻說這不是現實？那這是什麼？《駭客任務》？

「這是模擬世界。」亮棋說，「是爲了理解某個議題而模擬出來的，透過大量的歷史資料再現歷史事件，用人工智慧來生成，這裡的所有人，包含妳、芷雲、美凰，都是模擬出來的人物，而我是檢查模擬世界有沒有『幻覺』的檢查員，來確認這是不是合格的、能追問特定議題的世界。」

儀萱說不出話。

所以，自己不存在？那現在這個在思考的自己是什麼？或許是一下子湧來太多問題，她不知該問哪一個，混亂之中，就問了最顯而易見的問題：「妳說追問特定議題？什麼議題？」

亮棋平靜地看著她。

「——民主的自我毀滅。」

「什麼？」

「民主是會自我毀滅的。」亮棋說，「就像德國的威瑪共和，它並不是被外力摧毀的，而是在制度之下，由合法選舉選出納粹，再親手把民主架構拆掉。人民擁有選票，卻選出了終結選票的人。」

她緩緩走向儀萱，語氣輕柔，像在避免碰壞什麼。

「這場實驗就是爲了了解，類似的崩壞過程是怎麼發生、如何預防。我們蒐集歷史資料，尋找民主政體的脆弱點，也就是導致自我毀滅的模式與關鍵節點，並再現那個環境。這份報告會提供給民主政體，用來預防未來的潰敗。其中，台灣是非常特殊的案例，因爲台灣的民主會在被中國併吞的時候自動終結，中國滲透的攻防過程，對民主的延續與自毀來說是非常重要的參考……」

儀萱大腦轟然一響，幾乎聽不下去；亮棋說這是「根據歷史再現出來的環境」，所以，在眞正的世界中，台灣的民主已經毀滅了……？

「發生了什麼事？」儀萱顫聲說，「台灣的民主是怎麼終結的？」

亮棋沉默片刻，這才慢慢開口。

「在這個世界的未來，全台大罷免行動遭到反罷免勢力全面阻撓——包括暴力威脅、滲透間諜，甚至毀損連署書。最終功敗垂成，無法撼動國會結構。」

「那些立委在任期內無法再次罷免，於是開始肆無忌憚地展開報復。遭中國滲透的立委通過一連串法案，將台灣資金，也就是納稅人的錢輸送到中國，協助中國渡過經濟危機。台灣民生因而重創，人民對政府失去信心，社會瀰漫投降主義的氣氛——」

「等等，」儀萱臉色蒼白。「那些立委眞的這麼做了？」

「在『這個世界』，對。」

儀萱說不出話。當然，她想過這種可能，但從「未來人」口中聽到，感受還是截然不同。她深深吸了口氣。「好吧……我知道妳是所謂的『檢查員』，來自未來的現實。可是，剛剛那件事到底是怎麼回事？爲何大家會變來變去？」

「剛剛的事，證明這個世界不合格。」

「什麼意思？」

亮棋沉默了一下，像在確認用語是否準確。

「這世界是模擬的，模擬建立在『規則』上。只要對資料的解讀有問題，生成規則就會偏差。而剛剛的錯誤，就是規則偏差的結果。」

「妳是說，剛剛那奇怪的現象，是因爲規則偏差？」

「對。因爲這世界出了**Bug**，源自一起妳也知道的事件。」

「什麼事件？」

「一場場地申請的爭議。罷免團體打算在某個公園舉辦連署活動，依規定程序申請了，但被北市府駁回。理由是：『同月分、同地點已有相同性質的活動。』」

儀萱愣住，她當然知道這事。

「團體詢問市府，對方補了一句——因爲申請人是『廣義的同一人』。雖然名稱不同、負責人不同，但因爲訴求類似、彼此有接觸，就被判定爲『同一人』，所以不能重複申請場地。」

廣義的同一人——

沒錯，即使是在這麼離奇的情況下重提此事，儀萱還是滿腔怒火。罷免團體要租場地，得提交公文、附上保證金，有時一次就要三萬元，但反罷免的立委助理，卻用每場幾百元的低價，把場地租到滿，提高罷免團體租場地的難度。

北市府憑什麼這樣對待有罷免權的老百姓？面對質疑，市府只說申請過程「符合程序」，沒有不當。

「……所以呢？這事件對模擬世界造成了什麼影響？」

亮棋苦笑。

「系統沒有正確理解新聞事件後面的政治權力不對等。它只看到大量文本出現了『廣義的同一人』，就產生了『幻覺』，把這幾個字，當成世界的邏輯依據。」

「什麼……？」

「沒錯。所有罷免團體的志工，都會被當成『廣義的同一人』。所以只要間諜加入罷團，就可以利用『廣義的同一人』這個 Bug，在任何時間點取代任何一個人。」

「妳是說，美凰……根本沒從正門進來？她直接變成芷雲？」

根本不用什麼詭計，只是芷雲開門的瞬間，就因跟美凰是「廣義的同一人」，變成美凰進門而已。接著，美凰將連署書偷走，再讓芷雲以「廣義的同一人」回到房間。

「沒錯，所以不能花太多時間。」亮棋說，「因爲廣義的同一人也無法彼此取代，芷雲會短暫被傳送到美凰本來在的地方，那裡很可能是模仿這裡的臨時場景，讓芷雲在短短幾秒內無法察覺。」

難以置信。儀萱還記得市府承辦人說「因爲你們是廣義的同一人」時，語氣篤定，不認爲發言有任何問題。她本來覺得那只是藉口。

沒想到，在這裡，那句話竟是世界的規則……！

「可是，如果反罷免方能做到這種事，不就表示——」

「對，」亮棋點頭，「剛剛發生的事，恐怕不只發生在這個罷免團體，而是所有罷免團體都遭到類似的攻擊吧？這世界是用來測試、蒐集反罷免方的攻擊手段，但有這個 Bug，對反罷免方太有利——因此，我判斷這個世界『不合格』。」

話音剛落，儀萱就感覺腳下微微晃動了一下。她驚慌地四下望去，只見牆壁的輪廓開始有些模糊，如水波般輕輕震動。

「怎麼回事？」儀萱的語氣帶著不安。

「這個世界已經被系統標記爲無效，很快就會消失了。」亮棋的聲音帶著疲憊。

消失？儀萱深深吸了口氣。在知道這是虛擬世界後，她就知道肯定會是這樣的結局……但她沒想到來得這麼快。她說：「等等！在我消失之前……我想知道，罷免失敗，中國併吞台灣後，發生什麼事？」

亮棋看向她，彷彿在看水中的倒影。片刻後，她輕聲說：「中國之所以想要台灣，是因爲美中對抗的局勢，台灣東部有中國夢寐以求的深水港，還能突破第一島鏈。用中華民國熟悉的方式來解釋，台灣就相當於金門，是軍事對抗的最前線。」

「這我知道，但……之後呢？中國是怎麼治理台灣的？」

「就像中華民國對金門的方式一樣……不，我知道妳想問什麼。沒錯，有些人以爲被併吞後不會有多大改變，但這裡既然是軍事最前線，占領後的第一步，當然是將重要產業移到後方，譬如台積電。雖然有些台灣人想遷徙到中國，逃離前線，但中國的遷徙限制相當嚴格，更別說是『曾經自由』的地方來的人……因此，絕大部分的遷徙是禁止的。而且就像解嚴後，金門、馬祖這種軍事重地，也不可能馬上解嚴對吧？當台灣成爲軍事最前線，自然也是以戒嚴程度的高壓統治，甚至引發好幾起屠殺事件。」

儀萱的喉嚨一陣發緊，她忍不住問：「可是……美國會袖手旁觀嗎？」

「不會。美國會爲了守護自身在亞太地區的利益，最終還是與中國發生軍事衝突。美軍重新登陸台灣，但台灣早就已經失去了原本的民主與自治權，成爲美國與中國之間的長期軍事前線；就跟沖繩差不多，島上到處是美軍基地與軍事設施，居民們則失去了對自己土地的控制。」

儀萱沉默著，胸口起伏劇烈。這是她推想得到的結局。不是因爲悲觀主義，而是因爲這才「理性」。

人類這種生物，很容易犯下太過樂觀的錯誤。爲何人們傾向責怪被害者？因爲人類更傾向想像自己是優勢族群，覺得自己是占便宜的一方。因此，很難想像當自己落入劣勢，究竟會發生什麼事。

但只要站在中國的角度，理性思考，就知道什麼是「最佳解」了。高壓控制，不惜血洗，才是治理台灣的最高效手段；說到底，中國取得台灣的目的只是突破第一島鏈跟取得深水港，根本不需要這座島上的人民，因此即使慘無人道，這也不過是理性思考的必然結果罷了……

「後悔了嗎？問我這件事的後續……」亮棋苦笑。

「——不。」在逐漸消散爲數位光暈的房間裡，儀萱吸了口氣，搖搖頭，「謝謝妳告訴我。即使是最慘的結果，這也讓我心裡踏實了些。亮棋，在下一個模擬世界中，我們會見面嗎？」

「會。雖然是模擬世界，但各位都是史實人物。這樣『實驗』的結果才有效，能與歷史對照……」

「原來如此，我沒有疑問了。眞的很謝謝妳，如果不是因爲這次出了 **Bug**，我也不會知道吧？可是——實在是很可惜，我一點都不覺得這樣的世界不合格；可以的話，我希望繼續下去，就算要對抗不合理的『廣義同一人』機制，我們也一定能找出方法。」

「妳不沮喪嗎？就算這世界繼續下去，也只會通往被中國併吞的結局——」

「不。」儀萱擠出淺淺的笑容，看著亮棋，「就算知道未來，我們要做的事也不會改變。說到底，我們本來就不是爲了『肯定會贏』才罷免的啊！就算罷免失敗，這樣的困獸之鬥也不是毫無意義——我是這麼想的。」

「……嗯，是啊。」亮棋眼底閃過一絲欣慰，微笑地說：「我就知道妳會這麼說。妳從來都不會被現實的殘酷擊倒。」

什麼意思？儀萱抬起頭。對，她從來不了解亮棋，但亮棋說這句話的口吻，卻像是認識了她一輩子。

四周的景象漸漸變得透明，光線逐漸柔和起來，亮棋的身影也開始模糊。儀萱望著逐漸模糊的亮棋身影，知道模糊的其實是自己。她挺起腰桿，深深吸了口氣，輕聲說：「再見了，亮棋。」

4

回到「現實世界」後，亮棋吸了一口實驗室裡冰冷的空氣，緩緩吐出，像是壓抑太久的嘆息。

她站在潔白、空曠的空間中。愛麗絲靠在控制台邊，帶著一抹輕鬆的微笑。

「怎麼樣，那個世界順利嗎？」愛麗絲問。

「不行。有 Bug，要立刻修正。」亮棋平靜地回答，接著簡要敘述了 Bug 的細節。但越講，胸口那股悶熱卻越發清晰，如同無法排解的燒灼。

因爲——太荒謬了。

身爲來自未來的民主體系調查官，肩負延續自由制度的使命，她怎樣都無法理解：

爲什麼二〇二五年的台灣人，會覺得「那沒什麼」？

以「廣義的同一人」為例，那麼明顯的不公平，竟然默默接受？市府可以粗暴地把不同人、不同組織歸類為同一單位，只因「訴求類似」？罷免團體一場場地要繳三萬元保證金，而反罷免陣營卻能用立委助理名義包場，場場只要兩三百元——這不是特權，什麼才是？

更別說立法院對憲政踐踏與日俱增。

為什麼沒人憤怒？為什麼這麼多人無動於衷，說「我不懂政治」？是因為離戒嚴沒多遠，還沒習慣嗎？還是台灣人太熟悉被統治，不相信自己在民主制度裡真有權利？明明那時候的民主指數不低，為什麼人們卻這麼輕易放手？

還是說，西方民主的評量指標，根本就看不見這些潰敗的前兆？

她無法釋懷。

——也因此，她才如此喜歡儀萱。

因為儀萱真的在為「平等」奮鬥。她所爭取的，就是民主社會裡，每個人理應擁有的權利。

說完匯報後，亮棋看向愛麗絲，語氣中藏著不自覺的急迫：「修正完成了嗎？可以的話，我想立刻啓動下一場模擬。」

愛麗絲看著她，笑容中多了點驚訝：「這麼急？妳才剛回來耶。」

「沒辦法，我是工作狂嘛。」亮棋笑了笑，語氣輕鬆。

但她在說謊。

她想快點進入下一場模擬，不只是爲了任務，而是出於某種私心。

因爲——剛剛的儀萱，可能沒意識到一件事。

這場模擬，是爲了蒐集「民主自我毀滅」的可能性。換句話說：若某種結局已經發生，就無需模擬。

所以剛才她描述的那個恐怖未來，並不是「已發生的歷史」，而是系統推算出的潰敗節點之一。模擬的目的，是觀察在那樣的條件下，民主走向崩解的種種可能。

是的，那個世界裡，罷免失敗、台灣被併吞。但那不是「歷史」。她之所以沒解釋，是因爲她早已見過太多版本的儀萱，也知道自己不需解釋。

她認識儀萱，遠比儀萱所知還要深。

在每一場民主瀕臨潰敗的模擬中，亮棋都見過她。她總是在第一線，總是以公民的身分，試圖改變命運。

她從不放棄。

她明亮到令人難以直視。

正因如此，亮棋從不讓自己靠太近——不是因爲冷漠，而是因爲她不能停下來。

她必須前進，檢查下一個節點，加速通往那個眞正的未來——或某個已經確定的過去。

「下一關是立委聯手阻止戰時戒嚴，讓台灣無法自保吧？」亮棋轉向愛麗絲，「快點，我等不及要出場了。」

「哎呀，模擬都還沒重啓，就急著衝了？」愛麗絲笑著操作系統，「好了，模擬世界準備就緒，妳準備好了嗎？」

「當然。」亮棋閉上眼，心中浮出一個影子。

快點吧，那個未來——那個跨越重重劫難、終於抵達的未來。

她想見到那個儀萱。

想親口對她說：「妳贏了。」

想告訴她：「妳的堅持，眞的能有所改變。」

就算在那個未來，儀萱不認得她也沒關係。她只想看到她的笑容，看到她安心地活在自由之中。

——是的，這不是推理故事。

這是祈禱，是許願，是對台灣的未來，以及民主終將有所成就的盼望。只要還有人相信民主，還有人願意堅持——

那樣的未來，總有一天會實現。

——二〇二五年四月五日

瀟湘神，奇幻、推理小說家，台灣妖怪研究者。

職業操守

李靡靡

1

貝貝一走進「奧伯龍餐酒館」，就看到小安搖著身體的背影，坐在吧檯一端的高腳椅上。雖然她知道她這位老友魁梧的身形之下有顆纖細善感的心（就是屁大點事也會長吁短嘆），看到他這副枯萎的模樣還是心中一突，該不會是他哪個渣男友又回來勾勾纏了吧？不要挑這種時候嘛！

「你又哪根筋不對了？」雖然這句話很凶，但她的語氣已經有比較柔軟了。

「也沒什麼啦……」

沒什麼個屁啦，但她按捺住嗆回去的衝動。再沉默個二十秒，他就會自己講了。

「就是……就很普通很常見的那種事情……寫成小說都沒有人要看的……可是……這麼強烈的感覺，還是我人生中的第一次……」

喔，「又」一見鍾情啦，她偷偷翻了個白眼，不過覺得比較篤定了，以前也處理過。喝個兩杯，出幾個餿主意，給他一點希望，結案。

「……我遇到了一個人……其實，我遇到他兩次……但是……就是……嗯……」

「都遇到兩次了，再遇個第三次也沒什麼難的吧。」

「可是……好像不該再遇到第三次。」

「不該？你是在三溫暖遇到有婦之夫嗎。」

「不是好嗎！聽我說啦！」

「是是是。」

2

小安離開上一份血汗工作之後，終於可以在兩週前加入罷免志工團。他還來不及參加核實會議，還沒簽過切結書①，所以還不能在街頭擺攤時協助民衆寫連署書，「只能」在擺攤時幫忙搬運物資、卸貨、搭帳篷桌子、舉牌、維安——換言之，他是各罷免志工團都視爲珍稀資源的男丁。他的運氣不錯，頭幾回在街頭出攤的時候，都沒碰到什麼找麻煩的人。「現在想想，我一開始去的點是鬧區，下班時間大家不是趕吃飯就是趕回家，閒閒沒事的人大概不會挑那個時候去找人吵架？……啊，而且那是有正式申請路權的，警察都站在附近，有人罵得比較大聲警察都會過去勸導，我只要快樂舉牌喊口號就好，沒我的事。」

① 不同區的罷免團體可能規定不同，但作者所屬的罷免團會定期（幾乎每週）召開核實會議，請志工拿出身分證正本對照確認身分，並簽下切結書，保證絕不外流接觸到的個資。未經核實的志工只能做舉牌之類的事情，不能碰連署書。

那天的地點比較特別，是假日期間的某個廣場，已經接近收攤時刻。小安舉牌喊口號喊到有點恍神的時候，電光石火的一刻來啦。

他的視線突然對到一個從廣場對面走過來的男人。

老實說，那男人不是一看到就會覺得帥的類型。小安喜歡的類型一直都是，呃，大眼睛的漂亮妖孽，但這個男人是單眼皮瞇瞇眼，面無表情的時候大概很凶，但他的眼睛跟小安對個正著的時候，不知怎麼地笑了一下——也許是基於禮貌吧？什麼禮貌？台灣人有習慣跟人對到眼要微笑的嗎？通常不是就直接轉開嗎？——口號喊到一半的小安突然混亂了，差點出大事：「捍衛健保、捍衛國家安全，支持ㄌ——」啊幹，差點就要喊出「支持○○○」啦！明明是要罷免他！這太過荒謬，他自己都忍不住笑出來。

走過來的男人也發現他差點喊錯，笑容變得更大了。

而且還一直、一直朝著他走過來。

（小安深深地嘆了一口氣，眼神夢幻地對著貝貝說道：「我那時候才知道什麼叫『心臟爆擊』！我甚至不知道那男的到底是直是彎欸！用那種眼神看人根本犯法！」）

——你為什麼朝著我走過來？我認識你嗎？我們見過嗎？如果見過，我怎麼可能忘掉？難道我們是幼稚園還是小學同學之類的，只是你長大以後變帥了？還是我上次見到你以後被車撞到失去記憶，而我連自己被車撞過都不記得？

無數荒謬的想像在小安腦中奔流，他直勾勾地盯著那個男人走過來，對他禮貌性地點頭，然後繼續往前走，走向其中一張連署桌，某位志工姊妹立刻上前招呼他，仔細地引導他填寫二階連署書……

小安盯著那男人專注地寫連署書——第一張寫錯了某處，他露出不同風格的難為情笑容，抿了一下嘴（可惡，這也犯法！），又重寫一次，寫完以後把自己的身分證收起來，對著協助他的志工再度微笑，然後轉身離開，沒再看小安一眼（雖然理所當然，小安心裡還是默默哭泣了一秒）。小安望著對方的背影消失以後，忍不住走向那位幸運的姊姊，耐心地等她把珍貴的連署書交給站長以後，才對她說道：

「你不覺得剛才那個男的很帥嗎？」

「哪個男的？」

「就剛走掉的那一個啊！穿藍色運動夾克的那個！」

「蛤？」她一臉茫然。「前一個人穿什麼、長啥樣我早就忘了，有太多人來來去去……那是你的菜喔？」

「我覺得他應該是所有人的菜啊，哈哈哈。」

志工姊妹半開玩笑地搖搖手指。「欸，我們志工簽了切結書，有義務保護他們的個資，我不會告訴你他是誰啦！」

「不過他特別走到我們攤位，應該就是我們這一區的吧。」小安一時貧嘴，回了這句。

「別傻了，你怎麼知道他不是外縣市來的！我們有的是別區的連署書欸！」這位姊姊哈哈大笑，然後正色說道：「說真的，保護民眾個資是很嚴肅的事。帥哥，等你簽了切結書以後，要是發現某位連署民眾是你的菜，就趕快找藉口推給旁邊的志工，別看他的個資，免得你受到魔鬼的誘惑。」

「是，姊姊。」小安暗暗羞愧，檢討了五秒自己的道德情操。

3

「然後你就念念不忘囉？好純情唷。」貝貝奚落他。

「哎唷，不是啦⋯⋯光一次的話，也許我早就已經忘了。」小安又嘆了一口氣。「可是，偏偏又比一次再多一次。」

奇怪，這句台詞好像在哪聽過？但貝貝怎麼樣都想不起來。

二度邂逅不是在夜色將至的街頭，而是在白晝的市場裡。

每逢週末罷免團隊都會在市場周邊設置臨時連署點，如果人力充足的話，就派人扛著牌子進去繞一繞，喊罷免口號招攬民眾或發文宣。據說市場一帶算是一級戰區，來往的人都很勇於表達意見，有些志工會被嗆到心生恐懼。小安號稱身高一百八，身形看起來有練過（最近是疏忽了一些，不過⋯⋯還看不太出來啦），扛著牌子保護志工姊妹們進市場，他當然責無旁貸。

但他沒想到，第一次就碰到大場面。

有人馬上想要塡連署單，志工姊姊們找了個旁邊的空攤就地讓人寫起來，這時有個超激動的胖大中年男子來了，湊上來對著姊姊們大吼大叫：「你們這些人！自以爲愛國！你們根本在破壞這個國家！搞什麼東西！拿了多少錢！吃飽太閒！混蛋！」小安當然上前去擋了，但那人不斷企圖繞過他，繼續對姊姊們吼叫……吵死了，有完沒完！

小安不太記得自己在哪一刻開始理智斷線，跟對方開始對吼。幸好他們沒打起來，而在他控制住自己的時候，才看到旁邊不只站著一臉擔憂的志工姊姊，還有兩個表情嚴肅的警察，一高一矮，矮個皺眉問他：「你們在這裡幹麼？今天你們有申請在這裡設攤嗎？」

「有啊！」他衝口就說。

「啊，不是這裡啦！」姊姊從旁邊打斷話頭，一臉抱歉地對警察說道：「不是不是，我們今天申請的臨時攤位不是這裡，是旁邊的巷子，我們只是進來走動宣傳，然後……」

矮個警察開始聽比較清楚狀況的姊姊解釋原委，小安的視線不經意地瞥向旁邊那個高個警察，他正板著臉在教訓那頭吼吼熊：「他們有權宣傳罷免，你這樣一直糾纏人家幹麼呢？你知道他們可以告你嗎？」

小安愣住了。

他之前想像的倒是沒錯，這個人不笑看起來就很凶。原來是警察喔！

高個警察轉過來看到他，沒有什麼特別的反應，只是問他：「他有動手嗎？」同時用詢問的眼神看了一下他背後的姊姊們。

「沒有，我們沒事。」

高個警察轉回去，盯著吼吼熊：「聽說你剛才都對著人家女生一直吼啊？你收斂一點。你叔叔最討厭別人欺負女生了。他第二討厭的，就是有人蹺班。」

吼吼熊的一身煞氣瞬間消失，神色倉皇地轉身就跑。

高個警察打發掉吼吼熊以後，開始看著他。「你呢，跟他對吼幹什麼？你是來這裡幹嘛的？找人吵架嗎？不是吧？」

「……不是。」小安覺得自己像是挨罵的小朋友。

「不過剛才那傢伙確實是過分了一點，聽說一直追著你們不放啊？如果碰到像這樣糾纏不休的人，還是可以找我們幫忙啦。」高個警察說著，又望向小安。「我知道你是想保護同伴，但你不要自己跟人家對罵，要是不小心打起來，你們這個早上不就完蛋了。」

「……對欸。」

靠，他的回答聽起來太蠢了吧！

偏偏高個警察就挑這一刻笑出來，跟之前一模一樣的那種笑容，靠靠靠靠靠靠……

小安可以感覺到自己的臉頰變得又紅又燙，救命啊！

「你好好照顧姊姊們啊。」

兩個警察騎上機車離開了，小安還沒回神。

該死的！他到底記不記得他們之前見過面？

4

「咦，這不是很好嗎？既然是管區的警察，你下次再蓄意搞事就會看到他嘛。」

「你他〇的在說什麼？我又不是八百屋阿七②！這樣很不可取！罷免活動順利都不要出事，當然比較好啊！」小安喝了一口水，才補上一句：「而且我現在才想到，我們這個罷免活動，是往年沒有的突發事件，警察的勤務負擔一定變重了吧，眞是不好意思。」

貝貝翻了個白眼。「應付往年沒有的突發事件，這是警察的日常吧？他們是很辛苦沒錯啦，但你想想，是誰害他們多出這些勤務的？是不是某一群愛亂砍預算的傢伙？這不能怪被迫提出罷免的公民啦。」

「也對齁。」

② 八百屋阿七（於七）是一位江戸時代少女，在為火災避難時邂逅一名寺院雜役，迷戀上對方卻見不到面，後來竟然認為「只要再度發生火災就能相見」，因此蓄意在家縱火，旋即心生恐懼而主動警告鄰居救災。雖然沒有釀成災害，奉行見她年輕也有意輕放，她卻堅持自己已成年（十六歲），只好按照當時法律處死。

「不過……即使不搞事，既然他是管區警察，接下來你很有機會再遇到嘛！」

「可是……首先，他好像不記得我是誰。我們第一次見面的時候根本沒講到話。然後……我是報案民眾，他是來排解糾紛的警察，這個……很尷尬吧？」

「從『他的角度』來說是比較尷尬喔，他是警察，他不可以搭訕民眾的。但你反過來搭訕他不就好了嗎？」

小安煩惱地抓頭。「是這樣嗎？但也要遇得到啊？難道我要去派出所那裡埋伏嗎？但這樣不是很像變態嗎？」

「不是很像，就是變態喔。」貝貝笑咪咪地落井下石。

「而且現在連署活動還在進行中，如果真的還有要麻煩他的地方……這時候就開始勾搭好像不太對勁？這樣會不會害他有職業倫理衝突？」

「你想太遠了。」貝貝的眼神突然變得很冷淡。「你讓我想到那種……才第一次看到某個漂亮女生，就開始幻想婚後要對方生幾個小孩的噁男。」

「你別再說了，我也覺得自己面目可憎。」小安低下頭。「而且我還是不知道他叫啥名字，也不曉得他直的彎的。」

「你真是一個很 Drama 的少女，根本什麼事都還沒發生，就自己演得感人肺腑了。齁，我好餓，我們可以先吃飽，再思考怎麼滿足你的淫慾嗎？」

「好……啦，你一定要講得這麼難聽嗎？」

5

在奧伯龍餐酒館的另一個角落裡，小珮噗哧一聲笑出來。「哇，你英雄救美欸。」她的警察朋友鎮英也跟著笑出來。「不算啦。那兩個女志工看起來都很鎮定，她們其實是很擔心她們那邊的男志工會不會跟對方打起來，所以才叫了警察。我到了以後，發現……」他躊躇了一下：「兩邊我都認得。」

「喔？這麼巧？」

「罵罷免志工的那個人叫阿榮，看到那些志工在吆喝『罷免○○○』就很不爽，停下來追著對方罵。我故意跟他講，『你叔叔第一討厭人家欺負女生，第二討厭人家蹺班』，他就連滾帶爬去上班了。」

「他在哪上班啊？」

「就在他叔叔的店啊。他叔叔在市場旁邊賣簡餐，豬腳飯特別有名。」

「原來是怕被老闆罵啊！」

「也不只是這樣啦。」鎮英淺淺一笑。「學長跟我講過，阿榮是叔叔養大的，對叔叔很孝順。他叔叔本來希望栽培他多讀點書，結果沒辦法，他唸不上去。叔叔沒怪他，阿榮自己很在意。他很怕又害他叔叔失望。不過他的脾氣又一直不是很好……」鎮英聳了一下肩膀。「偶爾就是會暴衝一下。」

「哇，這細節也太有趣。你那一區的這些小故事，寫一寫可以出書了吧。」

「我有職業操守的好嗎，這種事情不可以寫出來啦。」

「那另一邊咧？那個男志工？」

鎮英搔搔他的頭頂。不是眞的癢，只是他有點害臊時的習慣動作。

「那個男生嘛……不算認識。」

「你剛才不是說你認識？」

「我說我『認得』他，我沒說我們互相認識啊。」

「你講話太迂迴了吧！」

「其實是這樣。在我去排解糾紛的前一週，我下班以後換了便服，刻意離開轄區，找了個人流多的街頭攤位簽連署書，我想這樣比較不會遇到認識的人，或者被人記住……你懂吧，因爲我的工作性質。」

「下班以後你有權去連署啊！」

「是啊，但低調點比較好吧。我朝著攤位走過去的時候，不小心跟那個男生對到眼了。我就對他笑一下，我是想要表示友善啦，結果那個男生不知怎麼地被嚇了一跳，口號差點喊錯，還滿好笑的。」

「一定是因爲你看起來像壞人，嚇到人家囉。」小珮壞心眼地說道。

「是嗎？我笑得這麼親切欸？」鎮英動搖了一秒，但馬上自我說服：「那個男生跟我差不多高，長得也滿壯的，沒這麼容易被嚇到啦！而且他的表情……」鎮英回想著，不自覺地又笑了。「傻呼呼的，很可愛。」

「嗯，看得出來你單身太久，欲求不滿。」

鎮英哼了一聲。「隨便你講。總之，我記住那個男生的臉了。但我就沒想到，竟然會在上班的時候再遇到他。」

「哎唷，好有緣喔，做個『朋友』吧！」小珮刻意講得很油膩，一臉邪笑。

鎮英無奈地瞄了她一眼。「這樣會有問題噢。現在他在我們管區裡進行罷免活動，天知道下次會不會又扯進什麼事情裡，然後我又要去處理，所以我得保持行政中立。」

「就是做個『普通朋友』嘛，你想到哪去了。」小珮故意糗他。

「對啦對啦你說的都對，反正就是只可遠觀。」鎮英決定放棄這個話題。

「誰叫你找連署點不跑遠一點，才會在轄區裡看到天菜卻不能碰。」

「哎，我就知道你都沒認眞在聽我講話。」鎮英眉頭一蹙：「我一開始就說了，我刻意離開轄區去連署，我都跑到別的行政區了。我在D區工作，但我是跑到H區找連署點喔。」

「喔……欸？」小珮瞪大了眼睛。「欸欸？所以……你之前在H區連署看到那個男生，然後在D

區又遇到？他在不同區都做志工？他是怎樣，將來要從政所以現在到處跑場喔？時間怎麼那麼多？還是說，這其實是雙胞胎詭計？哥哥在H區當志工，弟弟在D區當志工？」

「小珮啊，你的想像力很豐富，但毫無合理性。」鎮英無情地吐嘈。「我想不是雙胞胎，是同一個人，我第二次見到他的時候，他有認出我。不過爲了方便，我假裝不認識。」

「齁，裝不認識，你的良心不會痛嗎。」

「不會，因爲我們本來就不認識啊。」鎮英咬牙說道（良心不痛，痛的是別的地方）。「我們只見過兩次，我不知道他叫什麼名字，他只是一個捲入糾紛的普通民衆。」

「一個充滿社會良心，在兩個區都擔任罷免志工的民衆！」

「不，不是這樣。他就是D區罷免團的志工。我會在H區見到他，原因很單純——那天是假日，H區的○○廣場辦了個雙北罷團聯合擺攤活動，D區罷免團也去那裡擺攤。我觀望了一下，決定挑D區的攤位，問他們有沒有N縣的二階罷免連署書。他們有。」

「對齁，你根本不是北部人啊。」

「嗯哼。」

「你的工作對你的感情生活眞有害。」

「對啊，然後我難得有空，又被妳約來這裡吃飯，不能自己去努力……」

「你冤枉好人了！我就是看你自己努力根本沒屁用，才約你到這個好地方來啊！」

「什麼好地方？這不就是間餐酒館嗎？」鎮英瞪大眼睛，張望了一下周圍……呃？

他們剛進來的時候，旁邊還都是些聚會的姊妹或一般情侶，但現在男人與男孩越來越多，聊天談笑的聲音越來越熱烈，已經是酒吧的氣氛了。

「這裡剛開沒很久，不過名聲不錯。不在你轄區裡，你現在也沒在上班，你可以做個普通人吧？」

「阿媽，感謝你關心我的感情生活……」鎮英有點哭笑不得。對啦，他沒在上班，但他就不是普通人，他下班時間在哪裡做什麼，有時候是會被放大解讀的。他還是不習慣待在這種地方。「孫兒我現在想尿尿，我可以自己去嗎？」他裝乖舉起手，被小珮一把打掉。

「要去就去啦，不用問我，難道要我在旁邊吹口哨助陣嗎？」

鎮英從面牆的沙發包廂座站起來。他其實沒有想要上廁所，只是打算先去櫃檯結帳，然後拖著小珮離開這個越來越吵的地方——而他才轉身踏出沒兩步，就輕輕撞上從吧檯高腳椅上下來的一個年輕男人。

他們的距離很近，身高差不多，視線正好彼此對齊。鎮英一時來不及擺出平常上班用的冷淡撲克臉；他的直覺與本能，已經對那個第三度見到的陌生人露出笑容。

好，他承認小珮說得對，先前這個男生應該就是被他嚇到了。

每次見到面，這男生圓圓的眼睛都瞪得很大，直盯著他，好像很緊張。

不知道他在緊張什麼？但他被嚇到的樣子實在很可愛。

6

小安停止了呼吸。說不定是因爲缺氧，他現在覺得腦袋輕飄飄的。

怎麼會有這種事情？

他正在想的人忽然就站在他面前了，而且看著他微笑。

這肯定不是現實，是幻想世界，是童話故事，是夢的領域。

「哇，你怎麼在這裡？」突然之間，貝貝高分貝的聲音從他背後冒出來，打破了夢幻泡泡。小安現在才發現貝貝的聲音有夠尖有夠吵。

「嗨嗨嗨嗨！好久不見！好想你唷！」對面染了一頭藍髮的女生也熱情回應，從小安的夢中情人背後竄出來，抓住了貝貝的手，雙方熱烈地十指交扣跳跳跳，不知道在亢奮什麼？

微笑的男人看著眼前的一幕，表情也很困惑。他又瞥了小安一眼，笑著聳聳肩。小安臉紅了——不是！這個男的只是在聳肩而已！我爲什麼要臉紅！

貝貝抓著那個女孩的手，笑咪咪地對著小安說：「我遇到老朋友了，小安抱歉吶，我們想要聊一下，你的位子可以讓給她嗎？」

「先生，麻煩你囉。」藍髮女生也滿臉堆笑，然後突然用手指著微笑的男人，對著小安開始介紹：「這是我朋友，他叫鎮英，還滿好相處的，我們的座位是那邊的包廂座，可以麻煩你陪他尬聊一下嗎？」

「喔……好。」天上突然掉餡餅了……不，小安喜歡霜淇淋，掉下來的是巨無霸尺寸的開心果口味霜淇淋。他舉起手來，笨拙地打了個招呼。

「嗨，我是小安。」

「嗨，我是鎮英。」

那個男人帶著十萬伏特以上電力的微笑伸出他的右手。小安握了上去。手心很暖。

哇，我知道他叫什麼名字了——小安腦子裡塞滿這個念頭，甚至沒充分意識到他握了手以後就沒有鬆手，對方也就任由他握，一路牽著他的手，回到他們的包廂座。

7

兩個女孩爬上高腳椅坐定。然後，頂著一頭藍髮的小珮看著貝貝，說道：「嗨，老……朋……友。妳叫什麼名字啊？」兩個人四目相望，終於忍不住開始瘋狂大笑，笑到差點把酒杯打翻。

雙方終於都冷靜一點以後，小珮先開始遲來的自我介紹：「我叫小珮，初次見面，妳好。」

「我是貝貝。妳滿厲害的喔，我這樣即興演出，妳竟然能夠馬上配合。」

小珮眨眨眼睛。「哎，這不是大家都會的老招數嗎？在朋友看對眼的時候，我們這些助攻手就要自己識相，找機會退場啊。」

在今晚之前，小珮與貝貝從來沒見過彼此。不過，作爲在情場打滾（？）多年的人，她們知道她們剛才目擊到的是什麼場面——所謂的天雷勾動地火！她們戀愛智商偏低的朋友需要她們的助攻！於是她們互看一眼，就很有默契地宣稱對方是「老友」，攜手閃邊，把包廂座留給那兩個男人。

「哈哈哈，太有默契。搞不好我們上輩子眞的是老朋友。」貝貝笑著比了個讚。

「上輩子？嘿嘿，不是喔。」小珮神祕兮兮地靠過去，對著貝貝說：「我們其實在未來認識很久了。而我逆行到現在，好讓我們的故事可以開始。」

貝貝歪著頭看她，好一會沒說話。小珮正在想，完了完了，她玩哏玩過頭，也許這個人不喜歡諾蘭的電影，或者覺得《天能》很難看——唉沒關係啦，如果是這樣，就表示兩人無緣——然後貝貝就開口了。

「妳把妹都用《天能》的哏嗎？我告訴妳，我對《天能》熟到都可以出論文集辦研討會了，妳的說法其實有個問題——」

小珮的眼睛都亮了。今晚的奧伯龍，就是所有夢想成眞的地方啦！

——二〇二五年四月六日

李靡靡，喜歡奇幻／科幻背景設定的ＢＬ小說家，逼不得已，偶爾寫實。

凍蒜

林依儒

黃昏，天色如濁墨暈染，城市上空飄著細細的霧霾。台中已不是從前的台中了。簡字招牌下插著數十支監視器，盯住每一個行人。林醫師提著小醫療箱，走進第五市場後方的鐵皮屋，一路穿過雜草叢生的後巷與斷裂水管，門口等著的是一個中年男子，神色慌張。

「快進來，小聲一點。」

屋內燈光昏暗，一隻消瘦的金剛鸚鵡虛弱地趴在籠底，胸口羽毛凌亂，安靜的房間只聽得到牠喀喀作響的呼吸聲。完全看不出來牠是昔日鳥友社群網路的明星鳥「乖乖」。

會說好幾句台語與選舉口號，在那個還能開直播、還能在街邊大談政治的時代，乖乖曾在主人家中直播上大喊：「嚴市長凍蒜！」「中華民國萬歲！」引得網友點讚分享。

影片火速消失，分享過的人都被停權了。

中共統一後，新的《野生動物與生態安全法》明文禁止飼養多數品種鸚鵡，尤其是金剛鸚鵡、亞馬遜鸚鵡與灰鸚鵡等。加上牠們的學語能力強，因「可能涉及反動言論輸出」而被列爲禁養動物。一開始大家還以爲只是口號，直到第一件事發生。

那年夏天，台北一戶人家的巴丹鸚鵡在陽台用牠們特有模糊不清的聲音大喊：「票投……黨，呆灣不一盎！」結果不過半天，飼主與鸚鵡雙雙被帶走。飼主不知去哪了，而鸚鵡直接被打死，理由是「妨礙社會穩定」。

乖乖的飼主早把鳥藏起來，怕牠又亂學什麼。

林醫師戴上聽診器，小心地爲乖乖檢查。「牠可能是肺炎，也許還有黴菌感染，如果可以X光檢查更好，但現在……我帶了點藥先壓一下……但這藥是以前的庫存，要……要低調一點。」

男子不斷點頭，眼神飄向窗外。

忽然，一聲輕輕的「凍蒜」從乖乖口中蹦出。

林醫師愣住，摸著乖乖的手猛抽一下。

男子的臉瞬間刷白：「我已經三個月沒讓牠聽電視了！我不知道牠爲什麼還會講……牠只是……牠只是記得而已……」

乖乖再次發聲：「……凍蒜！」

他們同時伸手摀住乖乖的大嘴，但已太遲。門外傳來一聲重重的敲門聲，冰冷的喊話：「這裡是否有非法動物？請立刻開門接受檢查！」

男子幾乎是哀求地看向林醫師：「拜託，救牠……」

林醫師看著病懨懨的乖乖，再看向鐵門後那雙陰影裡的靴子與槍口。他沒有說話，轉身把聽診器收起，握住乖乖的爪，低聲說：「不要再說話了，乖。」

門被破開，槍聲震耳。不是對人，是對鳥。

牠的羽毛四散，紅混著藍，在水泥地上開成一朵朵沉默的、言語的血花。

「牠學會了不該學的東西。」一名公安說道，語氣如同讀教條。

林醫師跪在原地，伏在地上的手掌拾起一根飄散的羽毛，默默藏進醫療箱中。

牠只是記得而已。記得那個還能自由講話的時代，記得台灣還能罷免、還能喊「凍蒜」的年代。

牠不懂政治，只是模仿，像所有鸚鵡那樣。但有些話，在新的世界裡，不是話，而是罪。

夜深了，林醫師離開了鐵皮屋，腳步沉重。他走入黑暗裡，像一隻偷偷飛行的夜鳥，只求活著，不被聽見。

——二〇二五年四月七日

林依儒，特寵鳥禽獸醫師，希望手術刀與筆桿能並存在生活裡的辣台妹。

區

晚上八點，他點亮手電筒，在廁所裡來回翻找，那該死的衛生紙去哪了？

每週的限電越來越不規律，公告明明說是這週一三五停電，今天是週二，怎麼卻停電了？

空襲警報從遠方響起，應該是江水對岸的圳區，天空上划過了幾個光點，地面也有幾個光點冉冉升起，兩者在夜空中嘩一聲，相撞成煙火，在遠處劈哩啪啦，帶著墜毀的呼嘯音。

他翻了半天，終於找到衛生紙，並且想打開水龍頭用一下。

啊幹，早就停水了。當初小區樓管信誓旦旦說社區有儲水設備，一定不會限水，大家不需要儲水之類的，眞是屁話，也還好當初他偷偷買了幾個大桶子用來儲水。

而且就他所知，鄰居們也老早就儲了水存了罐頭與乾糧，尤其是那幾個從海區來的鄰居，動作非常熟練。

*

「你看我們這大樓，多好！街道多氣派？」江總在大街上，摟著他的肩，稍微施加了壓力，把他推著往前。「你來這兒工作，包你一個月三五十萬跑不掉。」

他笑了笑，沒說什麼，江總是要人，不能得罪。

「人人都說京海廣圳京海廣圳，但我看來，京海兩區，還真不如咱廣圳，有吃的，有玩的，美女個個身材火辣……哈哈，你說對吧？」

「是啊是啊。」他繼續陪笑，江總的手壓著他，行過一爿又一爿打烊閉門的商家與空無一人的街道，燈火闌珊，遠處偶爾呼嘯了警笛聲或救護車的聲音，呼嘯過去……「你們台灣那邊……」江總突然壓低聲音。「還行吧？」

「沒事，這江總您放心，那邊看起來吵很凶，但其實……」

「哎，我說，那些井蛙真的沒眼，怎麼不到這裡看看咱祖國的偉大建設呢？」

江總似乎沒看到他眉頭快閃的一皺，「賺錢要緊，賺錢要緊。」他口中唸叨。

賺錢要緊，對，其他事情都沒有那麼重要。他想起最近妹一直在問他，什麼時候回台灣一趟，一階的連署需要他簽名。

他總是說沒空，確實是真的沒空，他光是要應付江總，還有那一狗票只看得到錢的跟班就夠受了，這幾天下來的飯局，往來於圳區和港區，把他累壞了，也喝壞了。

「港區必將崛起！」江總在席間喝多了茅台，站起來，吆喝著。「總有一天，我們會再度成爲亞太的金融中心！」

「好！」喝采聲此起彼落。

他也鼓掌了，但心裡只想著賺錢要緊。

*

九點多，終於又有電了。

他必須趁有電的時候，用快煮壺煮點水，不然下次停電沒水可用就糟了，還要給手機充電，不然沒電就什麼聯絡都辦不到……

「天氣都好，晚上吃了水餃。」手機震動，是妹傳了 Line 過來，大概三小時前的訊息，現在才收到。

遠方又是一連串劈哩啪啦的聲音，還有隱隱的鳴笛聲。

手機又震動，是細胞廣播，要大家勿驚慌，保持冷靜，在室內待著，不要跑到外面去……

*

「哥，有看新聞嗎？」一年前，妹傳了訊息過來。「國會那個……」

「有。」

「哥，你會回來簽吧？」

「會。」

「你一階的時候也說會，但你沒出現……」

「我這個月會有假。」

「說到做到喔。」

「嗯。」

但說實在的，他懶得管。媽現在生病，妹又需要研究所學費，他必須在這裡掙錢……

掙錢嘛，不寒磣。

那時國會天天打擂台，老美那個飛機頭總統又亂開芭樂政策，島內一片哀鴻遍野……總公司那邊跟他說有個圳區、港區的職位他可以勝任，問他要不要去。但妹是眞奇怪，覺得他這工作眞他媽寒磣，爲此還跟他吵了一架，還賭氣不來送機。

他眞的沒多想就來了，薪水確實多，堪比外資一個中高階主管，對接口的江總是個道地的生意人，港區土生土長卻深知怎麼做內陸生意，人脈很廣所以開了很多方便給他，包含往來圳港兩地的無限次通行證……

但才來這裡幾個月，不斷往返兩區之中，他總嗅到些什麼奇怪的氣味，像超市裡很久沒賣出去的榴槤，或是放太久不新鮮的魚蝦……

「欸江總，京區那兒……沒問題吧？」有天在酒局上，他忍不住低聲問。

「哎？」江總遲疑半秒，眼神閃爍了一下。「沒問題，上頭的事輪不到我們操心。」接著又往他杯裡斟滿茅台。「我們賺我們的錢，甭管上面那些大佬們的權鬥了。」

對啊，賺錢卡實在，去管那麼複雜的幹麼？

*

十點多了，一陣轟然巨響伴隨著震動，把他從床上震醒。

火警警報響了，所有人衝出大門，來到中庭等待進一步的指示。樓管說有東西砸到大樓上，造成小火災但沒有蔓延。

但這說明沒辦法擋住人群中瘋傳的照片以及模糊的錄影，影片中一個東西撞進他們住的大樓，看起來像有翅膀，是無人機？還是滑翔炸彈？

沒有人知道那是什麼，問了樓管也說不知道。

就這麼一群人，在中庭的晚風中，聽著救護車、消防車的鳴笛由遠而近……

*

妹丟了一則新聞給他，他沒點開來看就知道是什麼，因爲現在全網的博主大V，鋪天蓋地發文在討論這事。

他老家選區的藍黨〇立委，只差一張連署書就能進行罷免投票了。

一張，這個數字極限到誇張。

這件事迅速延燒，政論節目、名嘴以及各政黨的人物紛紛就這件事發表意見、謾罵叫囂，無數網紅也針對這件事做特輯，中選會外以及該立委的服務處，到處都擠滿人潮，有抗議也有狂歡……他在某個 Youtube 影片上，看到妹站在台上，拿著麥克風，奮力地大喊著什麼，下面的群衆激憤……

「這不是隨便生出一張就有了嗎？」他輕輕噴了一聲。「要方法不是很多嗎？幹麼這麼清高？」像是對自己說，也像是對螢幕裡的妹說。

是啊，爲什麼要怕手髒？眞想做的話，應該不擇手段啊。

但假如，是說假如喔……如果他有簽的話，會不會就不一樣了？

後來的劇情，大家都知道了，幾個月後舉行了投票，藍黨依然保持了些微的優勢勝出，只有少數人確定要辭職……

「你看，最後還不是無用功？」他關掉手機，開了一瓶啤酒。

又過了幾週吧，大概爲了慶祝，P軍弄了個軍演，展示了最新型的火箭、無人機、飛彈啥的，環繞台灣周圍隨便丟一丟，但不知道是怎麼回事，竟然有一發朝島上丟去……

然後？然後什麼，就打起來了啊！

他在港區一開始沒啥受到戰爭影響，只是船運航班全部停駛，超市的貨架一天比一天空，股市與幣値狂跌，新聞每天只有官方消息，網路上各種內陸大V高唱祖國必勝。

但隨著戰況加劇以及網路管制，影片越做越短，畫質越來越差，內容也越來越水……

最終，戰火燒到了港區，或者說，整個東南沿海，都成了戰場……

*

十二點，消防隊的鳴笛聲已經遠去，他跟那幾個鄰居海區人聊完，順便分享了幾根現在有錢也買不到的香菸。樓管原本想對他們說什麼，但最後還是算了，畢竟大家都是眞的不容易。

抽完菸，各自回家，充好電儲好水，確認有足夠的罐頭，然後睡覺。

而就在清晨，所有人都收到了細胞簡訊，出乎大家的意料就這麼虎頭蛇尾地結束了……

幾天後，水電供應開始恢復正常，網速恢復，全網每個大V一片稱頌讚揚，說這是國家的偉大勝利……

媽跟妹都平安，島上局勢穩定，他跟妹都用暗語報平安——天氣好壞指的是有沒有空襲，吃水餃指台灣那邊擊退攻勢，包餃子指P軍有進展……而聽妹講，吃水餃的日子比包餃子的日子多，而且餃子很快就沒了……

媽和妹都期盼他趕快回來，他也很想。

「但要是當初你有簽……」這是妹唯一對他的抱怨。

*

終於天氣好點，他出門補給一些用品，在路上遇到江總。

江總明顯瘦了，肥潤的下巴變尖了，外型變乾癟了，也不是穿著平常那些名貴的西裝，而是一件有點老舊的襯衫，上面還有點黃漬。

「嘿，小王，你看起來挺精神。」

「托福托福。」在他眼中，江總甚至老了很多。江總拉著他，與他走了一段，這次放在他背上手並沒有那麼壓迫，取而代之是衰老與哀傷。

兩人一起行過兩三個街區，路上殘磚破瓦，幾棟大樓破碎傾頹，彷彿末日般的場景，江總瞇了瞇眼，揉揉眼睛，嘆了口氣。

「你哋台灣唔得變成我哋咁。」江總壓低聲音，對他說。「千祈唔好變成我咁。」

他兩眼迷茫看著江總，江總微笑，大力地拍拍他的肩兩下，揮了揮手，走遠了。

三天後，船運與航班恢復營運，江總的公司收了，並且透過關係走了，聽說是移民去了。

又過了一天，江水對面的城市開始冒出濃煙，並夾雜著爆炸，以及更多的鳴笛聲、引擎嘶吼聲與沉悶的震動……他甚至還聽到夾雜了尖叫與哭喊……

總公司那邊發來通知，要他立刻回台灣，辦事處那裡也立刻安排，讓他可以優先上飛機。

在上飛機前，他看到機場裡神色慌張、攜家帶眷大包小包的各式各樣人們，還看到好幾個給地勤下跪，只爲了能上某台他們不能上的飛機……

如果他那時有簽下自己的名字，寄去給妹，有沒有可能……？

就差一張，一個名字。

開放登機了，他刷了機票，突然想起江總的話，好像明白了什麼。

——二〇二五年四月七日

Anonymous，潛行，低調，在前線觀望。希望一切都安好。

沉默之後

1

吳廉恕醒來時，窗外的天色灰得像是一張忘了收拾的舊報紙，陽光彷彿被戰火燒壞的膠卷，只剩些許模糊與失焦的亮。他坐在床邊，聽著水管深處傳來的空氣震顫，那聲音乾燥、破裂，如同一支管樂器吹奏出的低啞呻吟。

這是所謂和平之後的第三週，一切都在運作。生活如常，房租照付，工作一點也沒少；飯要吃，覺得睡，早晨例行一杯清茶醒腦，好似什麼都沒有改變。捷運正常發車，街角便利商店的霜淇淋也依舊熱門。第一次感覺到明顯不同，是省政府頒布換發居民身分證的作業辦法時，語帶威脅的強硬態度及刻不容緩的嚴厲指令。

他拿起電視遙控器，又慢慢放下。最近電視總是循環播放台灣省政府新任官員的就任典禮。冠蓋雲集的畫面彷彿加上特調的濾鏡，爲行禮如儀的隆重過程增添莊嚴與榮耀，每個環節都處理得相當順暢且完美，彷彿一場永無止盡的虛幻夢境。

茶几上，母親遺留的花茶還有半杯，父親的深灰色毛呢帽掛在椅背，妹妹用來裝書的名牌提包留在牆角，看似一如既往的日常，卻隱現著不一樣的氣息。

家仍在，卻靜得異常。

吳廉恕穿上一貫的襯衫，酒紅的領口光滑平整。刻意挑選這件，純粹只爲顏色，盡可能地避免他人懷疑自己的潛意識中，殘留著任何不同的色彩。新的秩序裡，顏色、詞彙、甚至無意間顯露的語氣，都可能是一張直通內地勞教中心的高速車票。

步出大門，正巧遇見隔壁的鄰居張太太，她木然的表情好似卡死的窗，活人的生氣全擋在蒼白的紗簾後方。張太太提著一袋垃圾，不敢塞得太滿，深怕一不小心掉出什麼，招來不必要的關注或責罰。兩人視線短暫交會，她以幾乎看不出變化的弧度微微點頭，臉頰肌肉稍稍牽動嘴角，無聲地與他擦身而過。

他抿著唇，輕輕點頭，也不說話。

語言已成不必要的奢侈，有時，更可能在無意間成爲危險之源。

街道上一排排新掛的紅底標語在風中翩飛：「祖國解放，百業復興」、「人民當家，再造榮光」。他盯著那些標語，內心浮上一個念頭：印刷時選擇的字體真漂亮。也許，美麗工整的原因，是因爲它們不再出自人手，而是來自機器的噴繪；制式化的表象，總是完美無瑕。

他選擇步行至捷運新莊站，不是因爲公車路線有所變化，純粹是想要爭取更多與自己對話的時間。

從新北市新莊搭往台北的路程毫無改變，一樣漫長，也一樣擁擠。

捷運中正紀念堂站外，一位賣報的大叔被兩名身穿制服的青年勸離，紛散於地的報紙被風吹得到處飛，只見斗大的標題寫著：「統一後首波民生救濟即將到位」。他本不願看，無奈眼角餘光仍把標題掃入腦海。「即將」一詞，彷彿永不成熟的甜果，懸掛在人民嘴前，看得見，卻吃不到。

踏進省政府仍在考慮是否改名的臺北市立建國中學，穿越長長的走廊，無意識地抬頭凝望牆上的「敦品勵學」匾額，那一手筆勢遒勁有力的書法，出自於已逝的恩師。恩師曾經教他何謂師者的風骨，以往自豪的傲氣，如今只能深藏記憶深處，顯得曖昧模糊又不合時宜。

吳廉恕手撐著牆，彷彿肩上負載幾千斤重。沉睡者的肩膀，承擔不起。

低垂著頭，嗅著校園熟悉的氣息，說服自己一切毫無改變。他是教師，責任仍在，人民也仍需教育，但何謂教育，卻不再由師者決定。

教學大樓的牆面已重新粉刷，舊有的紅磚原色覆上新的鐵灰與象牙色，彷彿還能聞到殘留的油漆味，以及消毒水難以言喻、揮之不去的刺鼻味道。吳廉恕望向操場，看著升旗台，熟悉的青天白日滿地紅旗幟不復存在，取而代之的是色彩飽滿的五星紅旗，懸掛在堅固的旗桿上，隨風飄揚。

他的辦公桌仍然狹窄，晨光從茶色窗框的縫隙斜射進來，清晰可辨的塵埃在這道殘破的光影中躍動。桌上放著一份剛送達的文件，應是本週必須宣講的新教材：《思想統整暨歷史教學修正方案（初階）》，底下印著一行小字：中央人民政府台灣省解放地區文化再建委員會頒布。

翻開第一頁，第一行寫著：「歷史教育，旨在建立正確之集體記憶，消除區域性誤解。」他讀得極慢，像在咀嚼玻璃糖果，吃力，而且痛苦。他明白，這是此後教學的核心：不提問、不探究、不對話，只要統整。

七點二十五分鐘響，是學生的早讀時間，學務主任固定召集全體教師開例行會議。會議室的空氣凝滯，三十幾名教師安靜地坐在摺疊塑鋼椅上，面前放著一本紅色封皮手冊。主任已逾中年，神色穩定，以往總在校慶率先唱歌暖場，如今卻照本宣科地只誦讀文件，語氣無波。

「各位同仁，新的教育指導出爐了，我們有責任協助學生建立『新社會秩序』及『愛國意識』的基本認知。中央政府目前正在推行『愛國教育五年計畫』，各科課程將逐步整併，並重新編修教材，防止思想偏差與歷史誤讀。」

主任說完，一片靜默，沒人提問，也沒人表達意見。有的低頭勤寫筆記，有的盯著桌角發愣，有的神情嚴肅地點頭。吳廉恕雙手交疊膝上，垂首凝視那本紅色手冊，彷彿想要透過灼灼目光，熔燒可供意志逃生的出口。

會議結束之後，一位他曾教過的畢業生來到教師辦公室，身穿嶄新的制服，臂章繡著「青年維穩巡查員」。畢業生名爲何智棋，過去常在課堂上詢問古怪的問題，不知是本身行事作風抑或特意搞怪，總能惹得衆人發笑；如今，他面無表情，語氣平靜地說：「吳老師好，下週的課程細綱請記得提前送審，我會來收。」

吳廉恕無言頷首。何智棋的臉上漾起一抹淡然且冰冷的笑。不是學生純眞或恭敬的笑容，而是執行者意氣風發、心滿意足的笑。

吳廉恕回到座位，啓動電腦，教學用的雲端資料夾已自動代入新制所需的文件內容。螢幕右下角跳出一則通知：「最新課綱已完成同步。您的教學行爲將自動備份至雲端供審。」

他悄悄嘆了一口氣。鬆開握著滑鼠的手，同時也放棄了思考。

和平並不等於自由，戰爭，也可能還沒結束。

2

暖暖的風吹過社區的榕樹，葉片發出窸窸窣窣的摩擦聲音，陽光從樹冠罅隙間篩落下來，在地面投射出斑駁細碎的光影。吳廉恕坐在陽台的藤椅，聆聽遠方若有似無的車聲，沉厚的低音並非出自一般小型車，而是運輸中央兵員的軍用卡車。

他手中捧著《明史》，翻到朱元璋整肅言官，默唸自己寫在旁側的筆記：「有言者死，無言者疑。」

閉起眼睛，輕輕將書合起，像是要把這行文字藏進腦海最深處。這些日子，他總在夜裡驚醒，夢見自己在課堂上無意間說出有關中華民國舊政府的往事，台下學生的眼神瞬間轉變，有的空洞如深淵，有的閃爍如明星，彷彿等待下一個命令。

他用力地搔頭，將大逆不道的叛國念頭，拋諸腦後。

吳廉恕的妹妹——吳寧思，已經消失五天了。

最後一次見到她，是她在陽台晒衣服的身影。那天傍晚，她接了一通電話，似乎有位受訪者願意透露戰後赴勞教中心的實情。她不加猶豫，果斷決定出門。

「我不怕。」她的語氣冷靜而堅定，「我想聽一聽那些被掩蓋的聲音。」

她踏出家門，直到今日仍未歸來。手機撥得通，卻只能聽見機械聲的提示語：用戶目前無法接通。

吳廉恕沒有報警。他知道不會立案。他去過社區的民情反映窗口，接待人員以柔和而篤定的語調說：「這不一定是失蹤。有時候，青年會主動選擇勞動教養的再教育，以便讓自己更好地融入新秩序。」

他點頭，微笑離開，然後在轉角的樓梯間吐了。

那天起，社區的氣氛發生微妙變化。鄰居變得更有禮貌，也更沉默。他注意到，某些窗戶後方常有人影閃動，似是有人在看。風一吹，彷彿連空氣都在監視彼此。

夜晚總能聽見低語般的細碎聲響，他能清楚地以聽覺分辨出翻找信件、撕裂照片、焚燒書本的舉動。這些，他也做過一次——他把妹妹電腦裡的文件和照片全刪了，那是她在舊政府時代參加社運，以及戰時拍攝現場慘狀的記錄。按下「確認刪除」時，他的手指在鍵盤上顫抖不已，那瞬間他終於明白，恐懼不會讓你尖叫，它會讓你沉默，然後一點一滴滲入大腦，腐蝕思維，最終俯首投降。

有一次，他在回家途中的巷口遇到同社區的林伯，他曾是舊政府時代的地方文史工作者。林伯正低著頭，專注地在牆角的陰暗處畫圖，那是一幅精細描繪戰前新莊廟街的巷弄地景。

吳廉恕悄聲問：「您怎麼還畫這個？」

林伯笑了笑，「總要有人記得以前的樣子。」

同一週，林伯消失了。牆角的圖畫也被刷得一乾二淨。

那天夜裡，吳廉恕做了一個夢。

夢裡，他是大學教授，在講台上授課，底下坐滿學生，但每個人都戴著耳機，眼神空洞地注視前方，宛如機器人一般等待教師的指令。教室的牆壁竟慢慢長出一個又一個耳朵，狀似潮濕的森林枯木冒出一朵朵層疊相連的木耳，密密麻麻地黏在牆面、天花板和地板上。他不知道自己說了什麼，只記得聲嘶力竭地吶喊。最後的最後，他自己也變成一隻耳朵，貼著講台邊緣，聆聽自己曾經說過的話，一句又一句，反覆迴響。

醒時，清晨的鳥鳴聽來像某種密語，陽光灑落書桌，他瞥見一旁的電腦又自動更新了新的功能：「語音即時監測功能測試版已上線，請教師開啟課堂互動記錄，以利學習優化。」

他沒有打開那程式，只靜靜地關閉螢幕。

當天上午，學校進行一場「教職員思想與行政整合說明會」，會議主持人是剛從中央文化委員會調來台灣省政府的年輕人，笑容可掬，話語卻凜寒如冰：「新的監測並非教學審查，只是協助各位不說錯話；這不是監視，而是協助各位成為更好的老師。」

吳廉恕腦中浮現「電子耳朵」一詞。他不知道為何如此具象，但確實已感覺到某些耳朵，正從別處長出來。

課堂上，他依循新課綱的內容，講授「台灣省解放與統一簡史」，提到「和平協議數次遭島內反動勢力破壞」時，他彷彿聽見飄出來的話語浮現出不屬於自己的空洞複音。

那是夾在屈從與厭惡之間，強撐起來的空腔，是靈魂自殘迸生的回聲。

教室後排，青年維穩巡查員何智棋挺胸而坐，聚精會神地敲打鍵盤，詳細記錄課堂的內容。據說，他現在的職稱，已是「思想安全見習官」。

課後，一名學生偷偷走近吳廉恕，確認左右無人，低聲問道：「吳老師，請問台灣以前是不是有過選舉？」

他心跳漏了一拍，聲音卻保持平穩。「現在學的是整體歷史視角，必須放在更宏觀的背景去理解過往……」

學生皺眉，「老師覺得，那段歷史能算是『眞的』嗎？」

吳廉恕望著學生澄澈的雙眼，一時竟無言以對。

「孩子，如果你有興趣，我明天借你一冊筆記。是我以前記下的隨筆。」

當晚，不明人士突然搜索吳廉恕的住家，帶走書架上所有的舊筆記本，理由是：禁止保存不符新制教材之歷史資料。

那些筆記，原是他大學時期整理的，是關於二二八事件、白色恐怖時代、美麗島事件、野百合學運、太陽花學運與台灣民主抗爭史的摘錄。每一頁都是他年輕時的思考與疑問，也是他與妹妹長夜辯論的摘要與結論。如今，已是不符新制、思想可疑的違禁品。

他坐在桌前，翻開一張白紙，提筆欲寫，卻又停住。最後只寫了一行字。

如果歷史只能聆聽，誰會記得它是如何訴說的？

3

五月的雨持續了整整一週，天空低得彷彿壓在屋瓦之上，讓人喘不過氣。雨水像未完的審訊，忽大忽小地敲打每一扇窗，透過玻璃望向窗外，街道的顏色模糊不清，連同人們的表情，化作虛影。

吳廉恕的班級學生名單，數量開始逐步減少。

李惠君，他導師班的班長，父親曾是舊政府市議員，一家人堅決反對兩岸統一。她缺課第三週後，學籍系統內的姓名標註爲「待復學」。

黃俊民，與他同辦公室的數學老師，因在教學平台分享「舊制思考題」而遭調查，現已無人提起他的名字。

江中寧，與他共事多年的國文老師，向來性格溫婉，某天課後突然辭職，理由是要「前往親戚家長期靜養」。但根據某位學生父親轉述，江老師家門口有一道封條貼紙，門鈴也數日無人應答。

吳廉恕沒有特地打聽，只是將校內種種「缺席」寫進小筆記本，在每一個姓名旁畫上一道小圈。圈內無字，單純留白。

某日午休，幾名教師在茶水間低聲交談，談的是失聯許久的學務主任。有人說，主任早在戰前便有「台獨色彩」，只是隱而不顯；也有人說，主任其實是舊政府安排的雙面間諜，統一之後失去靠山，因此下落不明。每一則謠言都像無聲的鯉魚，偶爾浮上水面，嘴巴一張一合，奮力吐出泡泡，卻泛不起一絲絲漣漪。

他沒有加入討論，只是靜靜望向窗外。一輛軍用卡車慢慢駛過校園外側的道路，背後蓋著灰布棚，裡面載了什麼無從得知。他想起那句古語：「車轔轔，馬蕭蕭，行人弓箭各在腰。」

戰後的平靜讓人害怕。這不是和平，是凝固的恐懼。

他注意到班上有些孩子變得異常沉默，不再提問，也不再討論，連眼神也避免與他交會。他又注意到，幾位學生下課之後遲遲不離校，等待他收拾書本、關掉電腦，直到要鎖門了才步出教室。

某天，走廊上一位學生正想擦掉一行寫在黑板角落的字——「我們還能說嗎？」

見他走近，學生嚇了一大跳。「我不是，我沒有，我只是想幫忙……」

吳廉恕搖頭。「不要緊的。」

那學生眼中竟泛起微微淚光，似乎想說什麼，最終只是快步走開。吳廉恕看著黑板，粉筆的痕跡依稀可見，如同一次無聲的呼救。

他伸手輕輕撫摸那塊角落，指腹冰涼的觸感，頓時感到某種莫可名狀的孤單。此刻，不只話語消失了，連對話本身都成爲禁忌。

夜裡，吳廉恕夢見一場大火。

火並未燃於建築，而在人的臉上。那些熟悉的面孔，老師、學生和鄰居，一個接著一個燃燒，臉皮有如紙張逐漸翹起邊角，燒得既安靜，又緩慢。他想大喊，想衝上前救人，卻發現雙腳深陷泥淖，喉嚨也被飛沙堵塞，只能張著嘴，鯉魚一般無聲開合。

驚醒時，他渾身冷汗，眼前是熟悉的天花板與微弱的燈光。

客廳依然空盪，妹妹的房門也仍緊閉，像個永遠無法打開的記憶匣。他想起書桌上一週前收到的信，是一份「社區思想調查表」，來自新北市的區級維穩小組，要求居民塡寫家中所有成員於舊政府時代的政治傾向、社群帳號與過往公開活動參與紀錄。

他只塡一半，便胡亂地塞進抽屜深處。這是他第一次眞正拒絕新政府的命令，哪怕只是純粹的沉默。

腦中可怕的夢魘尙未消散，他帶著未完成的表單，來到大漢溪的河堤。風很大。紙被他揉成一團，塞進口袋裡。他望著河水發呆，見到一名年邁的街友坐在堤下，神色木然地剝著指甲。他自問自答般地開口：「老先生，您覺得，有一天會好嗎？」

老人的手停了一下，「過去的日子無法回復，失去的就永遠失去了。」

他望著老人，還想再問，對方卻已起身離去，單薄的背影顯得特別孤寂。

回到家，打開妹妹的房門。室內陳設一如她離開那天，書桌散落一疊稿紙，桌燈壓著《極權主義的起源》（*Elemente und Ursprünge totaler Herrschaft*），牆上張貼她身穿印著漢娜·鄂蘭（Hannah Arendt）手繪肖像上衣，在街頭參與社運時拍下的照片。這張相片令人印象深刻，他記得很清楚：他的妹妹在警察的推擠與圍堵中，高舉雙手，手中的紙板寫著：「讓人沉默，不代表你贏了。」

他想通了。不能只是記錄，必須開始述說，哪怕只是隻字片語。

次天清晨，他帶著藏在倉庫、躲過查緝的舊筆記，來到導師班的教室，懷著隱晦的決心，在黑板角落以英文寫下一行字：**History is not a straight line, but a scar.**，意即「歷史從來不是一條直線，而是一道傷痕。」

當天放學後，他發現那行字被人擦掉了，只剩一抹淡淡的粉筆痕。他在自己辦公桌的抽屜發現一張便條紙，上頭只寫了兩個字：「小心。」

離校途中，他走過掛在牆上的告示板，公告貼著新的「教育工作者守則」，最底下加註一句：「必要時，教師應主動檢查學生思想，確保校園秩序純潔無虞。」

「純潔」一詞，好似一面用以掩蓋血跡的旗幟。

他站在那告示前，看了很久很久，直到夜色將他吞沒於街道的陰影裡。

4

收到公文的那天，吳廉恕立刻明白，這不會是例行的行政訪談。

那是六月某個燠熱的午後，溽暑蒸騰，大地像一塊悶燒的鐵盤。他剛下課，便接到校內通知，要他立刻前往社區協調中心接受個別訪談，理由爲「協助釐清教學理念與學生回饋間之偏差」。

內文措辭委婉，語意卻毫不含糊。所謂的學生回饋，不必猜，也曉得是哪件事。他莽撞的舉止，被某雙眼睛確實地記錄下來了。

協調中心設在舊政府時代的新莊區公所，建築外觀並未改變，內部卻已徹底翻修，灰白牆面、密閉長廊、無所不在的監視器，一切設計都是爲了新的社會秩序。

吳廉恕被帶進窄仄的房間，牆上貼著標語：「配合是責任，誠實是美德」。負責審問的年輕女性，聲音輕柔，語氣卻強硬地不容質疑。她簡單確認人別，隨即播放一段錄音。那是他的聲音，「在自由政府中，統治者是僕人，國民是他們的上級和君主。」

接著，她拿出一張照片。照片上有一行以粉筆寫成的英文字：**History is not a straight line, but a scar.**

他的話語，他的文字，在令人窒息的空間無限增幅。

「吳老師，對於這段錄音、這行字，您有什麼意見？」

「錄音的部分，是引述班傑明．富蘭克林的名言，說明美帝政府對人民的欺瞞與矇騙。」他神色不移，語氣如常，「至於粉筆的文字，是在闡述多重史觀的概念，那是文學性的說法，不涉及政治立場。」

「不涉及政治立場？」她輕笑，「您想主張教學自由？」

他短暫沉默，抿著唇說：「是對知識的尊重。」

女子眼神一沉，「無論如何，請您配合完成這份『自我澄清紀錄表』，只需說明您對『統一史觀』的認同，以及對現行課綱的理解即可。」

她遞出幾份文件，上方已列明問題，只待他填入「個人觀點」。每一題都像致命的陷阱，每個字都是對智慧及知識的挑釁。他嘆了口氣，提起筆，在空白處寫下：我充分理解政府政策與統一史觀，也願意於教學層面盡責，但我仍舊相信學生有足夠能力查找事實，而非填鴨式的結論。

女子見到該行文字，微瞇雙眼。「吳老師，您還有機會補充。若有需要，可以提供範例給您參考。」

他漾起微笑。「謝謝，我不需要。」

那天傍晚，他收到暫停授課的處分，名義上是「調整與充電」，實際上已進入監控名單，隨時要送勞動教養。學校不再排他的課，教務處把這段期間稱爲「調整期」。

「調整期」三個字令他沉吟許久，彷彿不是爲他而寫，而是寫給某個即將遭到刪去的存在。

回到家，他把處分書燒成灰，端坐於妹妹的桌前，回想她過去說過的話。這是他第一次，在無人監聽的夜，誦念那些已成禁忌的語句：

「言語，是反抗的第一道門檻；沉默，是極權的第一條捷徑。」

當週，吳廉恕收到一封神祕的信件。不是政府函文，亦非校方通知，而是一張摺得整整齊齊的紙條，夾藏在他訂閱的報紙裡。紙條上字跡工整，開頭的三個字是「老師好」，署名爲「您的學生／正樹」。

他在腦海中拼湊出那個總是一個人躲在角落、回答問題前會先低頭沉思的孩子。正樹並不特別活躍，卻有一種難以忽視的堅毅。他曾問過：「老師，歷史課本裡，是不是有一些『沒被寫出來』的部分呢？」

吳廉恕沒有正面回答，只笑了笑，靜默不語。

正樹的信只有幾行話：

老師，是我把您在黑板上那行字擦掉的。

但我有抄下來。我不確定現在能不能留下這行字，但我想要記住它。

您還會回來上課嗎？我們幾個同學正在偷偷整理資料，也許某一天，我們能夠不再沉默，能夠勇敢地說。

您的學生 正樹 敬上

那夜，他在窗邊想了許久。風從半開的窗縫穿過，如同某種不肯退場的記憶，時而撫慰心緒，時而椎心刺骨。他想起年少時寫下的一篇文章，那時的他，痴傻地相信文字能夠改變世界；或至少，能夠保存當下世界的樣態。

他翻開全新的筆記本，提筆寫下：我們可能無法阻止浩劫，但也不應任它悄聲完成。

隔日，他決定去見一位闊別多年的記者朋友。他們在舊政府時代相識，合作過幾次與統獨議題有關的報導。如今，那位記者在偏遠鄉鎮擔任文書員，負責為人整理、重編「歷史」的備份。

吳廉恕搭了四個小時的車，在舊公寓的頂樓見到她。

她沒有寒暄，只低聲問：「你還能寫嗎？」

見他點頭，她也點頭。「那就寫吧。哪怕只能藏著，但總要留下些什麼。總有一天，會有人找到的。」

她遞給他一份隨身碟，裡面是她收集至今的「遺失檔案」——被改寫的原始課綱版本、失蹤記者的訪談片段、入罪教師的教學日誌、學生偷偷抄錄的舊政府歷史書頁。

他拿著那枚小小的金屬片，像是握著無形的火種。這不是證據，而是一份信賴，更是對於表意自由等基本權利的最終遺囑。

夜深了，他獨坐於客廳，耳中只有牆上的掛鐘滴答聲。

每一下，都像在叩問：「你選擇說什麼？」

而他總是低聲回答——

「我已沒法說了。」

5

生活照常運轉，捷運準時抵站，便利商店貼出新的促銷方案，學校鐘聲仍在整點響起。如此「正常」的表象之下，吳廉恕的生活彷若一座抽空地基的建築，看似穩固屹立，實則搖搖欲墜。

列入觀察名單後，他每隔三天須前往社區關懷站報到，名義上是協助心理重建，實則是例行性的思想診斷。填表、問答、微笑、鞠躬，機械式的動作他已熟練得如同晨起刷牙，無須思考，卻也無從逃避。

最令他難堪的是逐步日常化的思想改造。形塑完美社會的矯正教育，最終也漸趨習慣，不再讓人感到驚惶與壓迫。

面對關懷員的提問，他總是報以微笑，答道：「沒有，我很好。」

語言成為空殼，彼此都明白話語的真意絕非事實，但又找不到拆穿的理由及意義。如此的遊戲中，誠實反倒成了最不禮貌的行為。

住家一帶的社區安裝全新的感應門禁，他的居民身分證偶爾無法順利通過。對此，管理員總是掛起一貫的笑，說：「沒事的，系統會自動篩選，您只是還沒結束觀察期。」電視上開始播放「台灣省新青年楷模」的紀錄片，其中不乏他曾教過的學生，如今穿著筆挺的制服，在鏡頭前暢談「國家認同與正確的價值觀」。

他記不得學生的話語，卻忘不了他們曾寫過的作文題目：「多元化世界的多元聲音」。這樣的思想，如今已被徹底修正了。

六月底，學校發布新的教職員名單。他的名字不在其中，同日收到的通知信只有短短數行：基於校園整體發展及規劃，感謝您多年來的辛勞與奉獻，未來如有轉任行政支援之意願，歡迎聯繫本校。

那天之後，他的生活變得極其寧靜。他每日依然早起，泡茶、讀書、寫日記，但不再有學生、不再有課程、也不再有需要送審的文書。他著手寫一部題爲「未記之冊」的手稿，記錄所有遭到抹去的片段、姓名與對話。不能留下電磁記錄，因此選擇手寫。他寫得極慢，有如謄寫經文，每一筆、每一劃都帶著對過去的思念。

他在筆記本封面的內頁寫下一段前言：我不知道這些文字是否能被閱讀，但我相信，沉默不是行動，只是另一種形式的呼救。

那年盛夏，空氣異常悶熱，彷彿整座城市都被透明的塑膠布封住，吸進鼻腔的空氣帶著難以言喻的黏性。

吳廉恕的生活亦如門外的溫度，承受漫長煎熬，規律、安靜，卻失去了方向。親手書寫的《未記之冊》已有三本，字跡從最開始的工整清晰，漸漸變得潦草紛亂、力道沉滯，有幾頁的筆墨不但污染頁面，甚至滲透紙張，彷若乾涸的血印浸透包裹的紗布。

他的世界收束至家中四壁，與外界的聯繫日益稀薄，過去的朋友不是遠走他鄉，就是變得難以親近。通訊軟體的許多名字後方，都加上一個小小的備註：勿聯絡。

他只與一個人保持著微弱的聯繫，他曾經的導師班學生正樹。

正樹每隔幾週便會親自投遞信件，從未寫明具體的地址。信件內容非常簡短，卻如水中浮木，爲他證明世界仍有一角並未死去。

某一天，正樹的來信寫道：我們幾個人還在四處收集舊資料，以手抄的方式備份，但是太多東西都改掉了。幾名並肩抄寫的同學開始自嘲這無意義的行爲，但我認爲，倘若最終沒有人記得，歷史就眞的不存在了。

那封信，吳廉恕反覆讀了三遍，最後只回一句：

別讓未來的自己，後悔毫無作為的沉默。

零碎的筆觸，彷彿是生命中僅存的對話。靜默的回音，在小小的孤島中往返。信中的文字，是他仍未被人奪去的聲音。

當日深夜，他打開妹妹房裡的老舊筆電，觀看她留下的每一段影片紀錄。

當中有個片段，是妹妹在二〇一四年三月十八日於立法院的直播檔案。她狼狽的模樣占據整個畫面，疲憊的臉上帶著堅毅的微笑，對著鏡頭侃侃而談。

「今天不說，明天可能就說不了，到後天，想說也沒人敢聽。保持沉默，就是等著把自己的聲音帶進墳墓。」

這番話像一枚子彈，狠狠穿透他的胸膛。

吳廉恕定睛凝望畫面中的妹妹，她年輕又堅定的臉龐，在跳動的光影間微微顫抖。她興奮，卻也害怕。彷彿依然活著，彷彿下一秒就會抬起眼來望向他，開口說：

你還有選擇。

6

秋天來得悄無聲息。

風開始變冷，窗外的行道樹一夜之間轉黃。

吳廉恕合上《未記之冊》。他的筆寫乾了，墨跡漸淡，如同他的體力與元氣，在日復一日的閉鎖中消耗殆盡。

這本冊子不會出版，也不可能進入任何圖書館或資料庫，甚至可能不會被任何人發現。它只是一種儀式，一份對於失語時代的訴說，一個給自己的交代，如同古人躲在黑暗的地下室抄寫即將焚毀的經卷，只爲留下，只爲一絲希望。

寫完當天，他決定前往妹妹失蹤前最後現身的地點。

那是戰後廢棄多時的工業區，位於新北市新莊與五股的交界，由省政府圈爲「安全重建區」，四周拉起高高的圍籬，掛起「未經許可，嚴禁入內」的紅牌。他無視禁令，翻牆進入，穿過一棟棟半毀的廠房，沿著記憶中的路徑，抵達那扇生鏽的鐵門。

推開沉重的大門，潮濕的霉味與落塵撲面而來。廠房空無一物，只剩幾張半毀的桌子和數條早已褪色的標語。地上散落著尖銳的碎玻璃與泛黃的紙張，其中一張傳單的標題是「眞相無價：記一場不該遺忘的清晨」。

他撿起傳單，摺入口袋，收起遠去的時代。

離開前，他以粉筆在牆上寫下：

> 我曾在此，聽見人民的聲音。

那是留給未來某個無名讀者的話。或許那讀者永遠不會來，或許這句話很快會被洗掉，但他還是寫了。身處這樣的時代，留下痕跡，本身就是一種行動。

幾日後，他整理完所有的手稿、錄音、筆記與信件，裝進陳舊的鐵盒，趁著入夜前的無人時段，埋在新莊運動公園的某棵樹下。大樹伸長枝椏挺立了三十年，歷經無數日晒雨淋，彷彿一名沉默的守衛，庇護他僅存的記憶，收藏正遭遺忘的過往。

當他覆上最後一層泥土，內心莫可名狀的平靜。既不是勝利，也不是解脫，而是一種與自己和解的結束。他不再期待有人前來挖掘，也不再害怕無人記得。他知道，試著寫過、說過、留下過，便已足夠。

幾週後，吳廉恕的名字從新北市新莊的社區戶口登記系統消失了。不再有查訪通知、不再有關懷表格，也不再有人敲他的門，彷彿已從各項紀錄中抽離，如同懸浮半空的小塵埃，無聲地飄落於城市的縫隙。

無人知曉他最後的去向。

有人說他搬回雲林的老家養病；有人說他遭到調查機關「轉介安置」於勞教中心；也有人說，吳廉恕早就知道，自己將從這個時代消失。

他留下的《未記之冊》，最後一冊的最後一頁，寫著這麼一句話：

我不怕被人遺忘，只怕沒人記得我曾試著掙扎。

數月之後，一名年輕的學生在圖書館翻閱破損嚴重的字典，發現一枚摺疊得極為小巧的紙條，夾在書頁之間。那是正樹偷藏的信，上頭寫著：

我們還在。有些話，還在抄，也還在寫，還在練習怎麼說出來。

有些名字，我們記起來了，不讓它們掉出心裡。

吳老師，謝謝你，沒有選擇關上我們的門。

信的末尾畫了一個空白的圓圈，圈中寫著一個字：記。

沒人知道紙條最終落入何人之手，但有人在校園升旗台的角落，看見那熟悉的字句，被人以中文重新寫上：歷史從來不是一條直線，而是一道傷痕。

某日上午，清潔人員剛要擦掉它時，經過的學生紛紛駐足旁觀。

他們保持沉默，只是站在那裡，靜靜地看著那道字跡逐漸被抹去，彷彿閱讀不屬於任何人的隱形墓碑。

複誦一封寫給未來的遺書。

那行字終究被清除了。淡淡的筆痕，在明媚的陽光下化作稍有不同的質地。

沉默之後，有人銘記，有人不敢忘，但聲音終將隱沒於沙。

沉默之前，尚有選擇，仍能舉筆吶喊天光。

在還有希望之時，不要沉默。

——二〇二五年四月八日

秀弘，秀策法律事務所所長，全國律師聯合會第三屆會員代表。寫小說，也寫詩，著有《純粹理論》、《赤月紅蛾》等書。

鴿子

謝瑜真

早晨的陽光在進入中午前有股奇妙的霧暖，會將一切柔軟地舖照。春華阿媽已經九十六歲了，她感覺到自己已經老得不能再老。她把像枯枝一樣的雙手攤在窗戶照進來的陽光下伸展，彷彿光會變成某種物質進到她身體裡。

「阿媽，要視訊了。」孫女怡庭手忙腳亂地將用了好多年的平板架在春華面前的桌上，現在幾乎申請不到看護，怡庭每天趁早上上班前來看顧她，她已是春華阿媽少數在世且在台灣的親人，今天是一個月一次跟遠在美國的孫子視訊的日子。

「又要跟ＡＩ講話喔？」

「那不是ＡＩ，是哥哥啦。你別再說他是ＡＩ了，他聽到會難過的。」

春華不再說話，她已經與孫女重複這樣的對話好幾次了。她知道孫子早在幾年前就死了，大家只是怕她老人家傷心而騙著她。螢幕前那個說話與動作都與孫子別無二致的人，是只在螢幕上存在的數據畫像。她有看新聞，她知道現在科技進步到可怕的地步。

視訊電話撥通了，螢幕上，一個青年在白色的牆壁前，滿臉笑容地看著鏡頭。與這幾年來因經常加班而憔悴許多的怡庭不同，孫子看起來依然氣色飽滿，跟三年前她印象中一樣。「阿媽！我是阿和啦。」

「嗯。」春華冷淡地回。

「幹麼不理我，你最近身體怎麼樣？」

「你如果不是ＡＩ，怎麼會每次都問一樣的問題？」

「不然我要問什麼？你有沒有交男朋友嗎？」阿和笑了笑。

「那你怎麼都沒有帶女朋友回來看我？」對面的孫子沒有說話。「我知道你不是阿和。」

阿和尷尬地一笑。「因爲我現在不想談感情啊。」

「那你怎麼都沒回來？連過年都沒回來？」

阿和收起了笑容，呢喃地說了幾句：「之前已經有跟妳說過了啊，五年前罷免失敗以後，後來不是有一場遊行……」

「你不要騙我，怎麼可能參加個遊行就不能回台灣了，你又不是殺人放火，我都有看電視你不要騙我。」

語畢，孫子眼神陰沉地看著下方，那是他從小心情不好就會有的表現。春華看到這樣子，也無法繼續逼問下去。

「我眞的不知道爲什麼五年前開始好多事都變了，現在看病沒有勞健保，東西都變得好貴，我的老人津貼也沒有了，現在妹妹要一個人做好多工作才能活。」孫子依然低著頭，她說：「我老了，沒有用了。」

「你怎麼這樣講。」這時孫子才抬起頭，雙眼看著她，一切都跟以前好像。

窗外的鴿群飛過，春華看向窗外，臉沐浴在光下。「昨天，我早上去散步的時候看見一隻鴿子飛到我面前。」她開始喃喃自語。

「好奇怪，牠一直盯著我，都不飛走。」

「我覺得那就是你啊。」

「眞的，其他鴿子都灰濛濛的，只有牠好白好白，跟你好像，你一出生的時候就白到發亮，好像小小的太陽，每個護士都說，你是他們看過最漂亮的嬰兒。」

越發接近中午，陽光的角度正慢慢傾斜，影子正在消失。

「好了，阿媽要去睡覺了。」春華叫來一旁的怡庭，眼神不再看向螢幕。怡庭的臉隨即出現在螢幕前，浮著水光的雙眼注視著另一邊的哥哥，在眼神示意後她按下了結束通話鍵。

在看不見的網路隧道另一頭，阿和在電腦前深深嘆了口氣。他把電腦關機，倒映在螢幕上的是他那張沒了美肌濾鏡的臉，黑眼圈、細紋在臉上像散枝展開。

類似的對話已經發生了許多次，大約半年前他的阿媽開始以爲他是ＡＩ，眞實的他已經死了。他還沒來得及對阿媽的腦洞感到好笑，就隨即感受到這件事的沉重。唯一值得開心的是，也許下個月她就會忘記這件事了。

一開始，阿和還會想像自己買了一張飛回台灣的機票，現在這個念頭不再出現。但阿媽已經年紀大到不能坐飛機了。他不敢想像阿媽過世的那天。他不能去想。等等他還要去上大夜班，週末去台灣人人權聚會，有空閒就去自助會學英文，這樣的生活每週重複，每月重複，每年重複，就這樣活下去。

窗外是黑夜，他伸出雙手，想在黑暗中抓住些什麼。某個時刻，他感覺到自己已經老得不能再老了。

——二〇二五年四月九日

謝瑜真，國立東華大學華文文學所創作組碩士。台南人。著有短篇小說集《可能性之海》。

進香日

林媽媽說她會自己去進香。

她借了女兒的背包，從裡頭抽出那張還沒完全脫色的「徒步環島中」標示，用透明文件夾固定在背包後側。女兒的房間什麼都有，她順手拿了水瓶，也把找到的反光背心偷偷塞進包裡。

她想起「女兒賊」這個詞，不禁笑了。那她現在算什麼？媽媽賊嗎？

天剛亮，街區還沉睡著，她坐在門口靜靜等。七點整，熟悉的鳥叫聲準時響起——是模擬的，她知道，現在的音效越來越擬真，甚至會變化、會循環。但她還記得真正的鳥叫，還記得那種細碎、不可預測的聲響。

身旁走過一位穿西裝的男子，她下意識抬頭看了一眼——也許是四樓黃主委的兒子回國了？或是新住戶？那人沒看她，表情空白地刷卡出門。她趁著門尚未關閉，低頭鑽了出去。

她聽說現在的監視器，會先掃描文字，再辨識人臉。「徒步環島中」的標語，或許能替她爭取幾秒。她戴上棒球帽，低著頭快步前行。這些是女兒前男友教她的：不要停留，不要抬頭。他是個好孩子，可惜沒緣分。她這樣想著，有點懷念。

輕軌呼嘯而過，她心神一震，但不能上去。分數不夠，上車就會觸發警報。只能靠自己的雙腳。11路公車，也就是兩條腿，會把她送到目的地。

她在海邊那所廢棄的學校過了一夜。聽說因少子化，島民集中往內地，學校就空了。

她趁著月色四下巡視，教室的板書還留著小考答案，抽屜裡有些舊課本、幾支鉛筆，福利社架上居然還有整排過期零食，好像孩子們只是短暫離開，隨時會笑鬧著歸來。

她記不太清黃主委幾年前告訴她的進香路線了——有些事漸漸混在一起，近的遠的都模糊了。但她還記得那個祕技：沿海走，避開城區、少監控。這些年來，她只相信自己的腳。

天還沒亮她就醒了。總是這樣，天亮前最黑。她摸黑上路，沿岸滿是廢墟，新聞說有鬼出沒。她不怕。累了就進去小睡，背包當枕頭。裡面裝著這些年慢慢囤的乾糧，不多，夠她走完就好。

有一天遇到一群海外進香團，說是來看鬼屋的。團員聽她口音是本地人，熱情送了些伴手禮。她笑笑收下，心想：這世界還是有善的。但背包越睡越扁，最後幾乎是直接睡在地上。

幸好她提早出發，趕上了最後一程。廟埕前人山人海，全等著神明回家。她在人潮中艱難移動，只想靠近一點，再近一點。

突然，警報聲劃破空氣。人群本能地臥倒，是多年訓練出的膝反射。武警隊魚貫而入，踩在人海上如走紅毯，機器一一掃描：先掃字，再掃人臉。林媽媽屏住呼吸，她知道，自己分數太低。

果然，掃描儀器發出細微警示聲，引來更多武警聚集。一名高階武警走近，原先負責掃描的隊員低聲報告：「陳美秀，七十八分，單身獨居，居住於社會住宅。」同時，她的背包已被翻遍，「徒步環島中」的紙張被撕得支離破碎。

高階武警看著她，忽然笑了。他提著她的後領口，像提起一隻小狗，把她歪歪扭扭地安插進乾淨人群的隊伍。

「這是我高中的老師，教學很認真，完全遵從祖國指令。」他拍拍她的肩膀，語氣像在鼓勵，「還是要維持在八十分以上比較好。」

陳美秀點頭，嘴裡連聲道謝。

檢查暫歇，人群正要重新集結。主神還沒到，場面卻因特首抵達而被清空。新任特首是前特首的兒子，現在也步入中年了。

群眾無聊地等待，特首忽然轉身向人群致意。那一刻，他與陳美秀對上了眼。

他的心臟猛然漏跳一拍，彷彿認出這個陌生的老人。對方的那雙眼睛，混著悲傷與憐愛，像是前世的記憶突然湧上。他心慌意亂，分神地想：也許該提前回診。

鑼鼓聲響起，喧鬧攪碎了空氣。

陳美秀靜靜笑了。

她知道，失蹤多年的女兒，此刻與她同在。

——二〇二五年四月十二日

李屏瑤，貓派。出版有《向光植物》、《無眠》、《死亡是個小會客室》、《台北家族，違章女生》，主持 podcast《違章女生 lalaLand》。

可樂

鳳梨刀

他默默喝下從冷凍庫退冰的可樂。

「コーラ，欸這個唸起來就是可樂欸。」

他想起媽媽唸出的第一個片假名，應該就是這個字。

那時候全家一起學日文，他和姊姊看動漫就不自覺地會了很多字，媽媽則是按部就班背了五十音，好不容易拼出第一個字，就是可樂。

後天是抽血日，他默默喝下第二包可樂。

還記得媽媽去年離家之前再三叮嚀，要他每個星期找一天，買一瓶可樂，可樂倒出來用塑膠袋裝好放冷凍庫，可樂瓶當天就要丟垃圾桶。

凍好的可樂，等接到抽血日通知的時候，再拿出來退冰。

抽血日通常是三個月一次，會提前兩天在健康 APP 上面收到通知。

「接到通知那一天，你每一餐就喝一包可樂，一直到抽完血，抽完血以後要開始多喝水多吃蔬菜水果。」

「還要多運動，我知道。」

媽媽的叮囑，好像在開處方籤一樣，連喝可樂都好像在喝藥一樣，他心裡想。

他其實不愛這種甜得要死的味道，還是珍珠奶茶去冰微糖比較好喝，媽媽爲什麼不交代他喝珍珠奶茶呢，這可是道地的台灣味道。

晚餐桌上，外送的小火鍋配上第三包退冰的可樂。

媽媽是少見的外科天才，似乎對於某些難以解釋的情況有著超能力般的預感。

「這是外科醫師的直覺。」

以前偶爾在飯桌上聽到媽媽喜孜孜地敘述驚險的手術過程，他和姊姊又想聽又害怕，有時候還會嚇得抱怨媽媽爲什麼要在吃飯的時候講這些。現在想起來，好可惜，如果能多聽一些就好了，至少可以想像媽媽意氣風發的樣子。

「喝可樂以後血糖衝得最快，抽血看起來最不健康。」

這是那天，他想討價還價喝珍奶的時候，媽媽給他的回答。

「我要去做我最不願意做的手術，但據說這樣可以保你們平安。不過我還是不太相信上面給我的保證，你一定要讓抽血數字難看一點，知道嗎？」

實在是太諷刺了，從小媽媽嚴格限制他們飲食，嚴格督促他們運動，現在竟然希望他的抽血數字越難看越好，這是什麼世道？

世道從什麼時候開始變的？

好像就是某一年的春天，冷了好久，爸爸常常出門說是去做志工，媽媽則是看著關稅的新聞發愁。

某一天還在餐桌上，唸了一篇什麼麻雀雖小的新詩。

唉，白話文每個字他都懂，但連在一起的意思，眞的很難理解。

還是數學簡單，他心裡想。

世道再怎麼變，他會的還是只有數學。

他從冰箱深處撈出三包冷凍的可樂，有一包有微微的破口，這包明天先喝吧，但是要怎麼把可樂偷偷帶去實驗室不被發現呢？

明天是時光機最重要的實驗步驟，他應該一步也走不開。

實驗室是國家最高機密，進出都要安檢，要怎麼偷渡一包可樂，實在是傷腦筋。

還是少喝一次算了，還是都不要喝算了。

每三個月這樣喝，好膩好麻煩，不要管抽血數字算了，抽血數字好看一點就算了。

說不定，抽血數字好看一點就有機會躺上手術檯，就可以見到媽媽了。

——二〇二五年四月十六日

鳳梨刀，總是緊張兮兮的外科醫生，把擔心和恐懼封印在字裡行間，繼續每天愛與勇氣的日常。

拉票

黨傳翔

I是我從高中起的好朋友，認識得久到像家人一樣親的那種，可見是眞的走投無路了我才會密他。

跟認識的人拉連署眞的很難，到現在還沒表態的人，能想像在這件事上防衛心一定很重，這一聊下去得冒著絕交的風險。但是離截止只剩下兩個禮拜了，我還沒有拉到半張票，已經不是顧著友情的時候。

前幾天我們約在I上班地方附近的天橋，走路可到的距離。I寒暄時尬得微妙，明顯知道我想講什麼，沒馬上跑只是不忍心。畢竟我是他高中起的好朋友。

約在那地方是有心機的，那邊離我們當初唸的補習班不遠，天橋下以前有間炸雞店，放學後我們會輪流用零用錢去買薯條或甜不辣，三個好朋友一起分著吃，然後再走去補習。我問I記不記得那第三個人，我們都知道他後來成了公務員，很多年沒有消息。

「你感冒了嗎？」I聽出我的聲音沙啞。我說出本來上禮拜想去當定點志工的計劃，可惜咳得太嚴重，決定先不去嚇人。差點就能轉移的話題被我繞回來，I顯得有些侷促，尷尬地說他其實不太懂這次在吵什麼，政府決定的事情有必要插嘴嗎？過好自己的日子就夠難了，有必要這樣出來鬧嗎？

「我不覺得這樣有用。」我聽出這是真心話。

雖然我沒問過I的立場，但我認識的I是個有風骨的人，從小他就會跟我一起罵管得太嚴的教官，他不吃麥當勞，他的貓是領養來的，沒帶環保杯出門就不喝手搖。我知道要釣出他與生俱來的責任感，只需要再推一把。

我說了：「怎麼會沒有用？連署就是在表達意見啊。」

「我們這些小老百姓的意見哪裡重要。」

「重不重要都可以講吧，自由表達想法不是人天生就該有的權利嗎？」

說到著急處我忍不住咳嗽，聽起來可憐極了。I因此語塞，沒有在看我，但眼眶有點紅。他擺頭左右確認過橋上沒有別人。

「抱歉，我就是怕最近管得嚴。」

I看著橋下，問我記不記得那裡曾經有間炸雞店？接著又談起補習班，談起我們的高中。最近他家小孩大考了，成績不錯，但要進公立學校，還得看家長的信用評級。

雖然那些數字沒有公開，但明眼人都看得出來，相較於內地來的人，我們島上人的分數在起始點就設得比較低。

「你知道簽連署是可以舉報的嗎？網路上有人說這些資料留了，等於是在幫特警給反動分子的名單建檔。」

「連署算是反動言論嗎？」

「有時候算，有時候又不算，沒有人知道啊。」

I的謹慎不算是杞憂，舉報是有賞的。

「我不確定，現在學校快要分發了，我不能冒險……」I的聲音小得要消失在車輛駛過橋下的共振裡。我跟他說我懂。我眞的懂。一年前開始的小感冒，在這個縣市的診所掛號，得排好久好久，但要能夠搭上大衆運輸，我差了整整三十分。我眞的懂。

我懂，但是說好的自治緩衝期一直縮短，連署已經是所剩不多的溫和手段。

「現在不說，你家小朋友以後說不定就再也沒機會出聲了。」這話成了說服I的最後一根稻草。

最後他還是妥協，在要求改正社會信用系統不公的連署單上簽了名，走前反常地給了我一個擁抱。

送走他後我長咳了一陣，再吸氣把空氣哮嗆回來。其實沒那麼難受，咳了這麼久老早就習慣了，說不準哪天就會再也發不出聲音。我不想要那樣。我把裝在暗處的攝像頭回收到身上，動身準備去拉下一份連署。現在我還差二十九分。

——二〇二五年四月十九日

黨傳翔，遊戲開發者，代表作為《浮士德的噩夢》。戶籍在桃園第四選區。

細細寫好

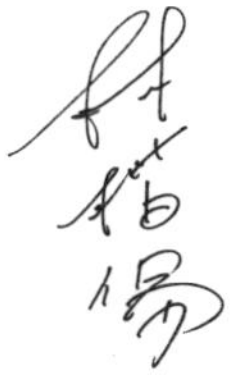

「爲什麼我仍然愛他？」妮塔問我。她本名不叫妮塔，那是她網路用的名字，臉書上叫作蔡妮塔，圖片大多是身體的照片，沒有本人的臉，形象也有點不同。申請一個分身兩個分身，是爲了在言論的世界裡宣揚自己所認爲對的事情，與錯的事情戰爭。

「你和本人完全不一樣。」我說，我話語裡的你是網路的你，妮塔，我就算知道她本名也改不過來。

「他應該不知道吧？」妮塔說的他是她現實的伴侶傅瑋。他們在音樂祭認識，妮塔與傅瑋的第一張照片是兩人分別舉著自己喜歡的樂團毛巾，妮塔舉起無妄合作社，傅瑋舉起滅火器。

那張照片兩人有點距離，笑得很美。

妮塔傳給我時，我下一句問的是：「你們打砲了沒？」

她回傳貼圖，一張Mmmmm的貼圖，下一句回說：「白痴喔，沒啦雨那麼大，鞋子都泥，我跟你說內褲裡面都有草。」

「誰叫你在地上滾啦，笨喔。」

「乀，眞的捏，草無所不在，洗也洗不掉。你知道他有多溫柔嗎？聊團、聊世界、聊他那個糟糕的前女友。」

「你暈了？」妮塔沒有回我，她回傳了自己大腿都是草的圖片。

他們去過許多樂團的專場，追過一個默默無名的團變成大團，又跟我聊說那大團是不是墮落了。

他們交往到穩定的歲月，那世界偶有浪晃，卻大抵和平。

世界眞的可以和平嗎？妮塔問我。

「幹麼，要結婚喔？」我問。

「白目唷，你怎麼猜中。」她回。她說起傅瑋跟她說未來怎樣怎樣，未來有妮塔沒去過的國家，有家的模樣。「但傅瑋說他還不知要不要小孩。」

「你怎回？」

「都好啦，沒差，房子都買不起了。」

「傅瑋說那都是政府的錯。」妮塔說出的那句話，我們都安靜了。

如果是網路的蔡妮塔一定會與傅瑋吵到互相封鎖。

房價起、房價落。妮塔與我不時會看臉書上的日本房地產，說好便宜喔。她說傅瑋想要移民，移去日本。

「只是夢想罷了。」

對於妮塔而言，這個網路假名是她能傾訴一切的樹洞，是自己，也是他人。我問她沒用蔡妮塔的名字前，都用本名跟人筆戰嗎？她說才沒有咧。

她家是不說政治的。不談政治的家有兩種，要麼是認爲國民黨之外的政治都在亂搞，要麼認爲政治又髒又毒。

她家是哪個？我點入蔡妮塔的台羅拼音自介。台獨、平權各種進步，當然不能讓她家人看到。她用妮塔的名字，那年臉書還會推播自己按讚的人與留言讓他人看到。

當然不能用本名。

蔡妮塔也是她的本名。用她走過總統連任、疫苗之亂直至罷免風潮。被人罵過 1450、塔綠班。她最不喜歡人罵她綠共。她認爲罵她綠共的人都心向共產，誰是共誰不是共。

第三年的交往紀念。她和傅瑋去了大港開唱，妮塔傳給我說：「傅瑋說楊舒雅很棒，但我聽不懂饒舌，我知道歌詞很棒，但我就聽不懂。」

「別掃興，跟男人說聽楊舒雅很棒耶。你去聽話梅鹿跟 Flaming Lips。」

我不能去，或者說，我只想在網路上看著。我的生活只有躺在床上滑手機，偶爾求人扶坐在電腦前看看股票。我的工作是管理家裡的錢，家裡的錢變成股票，曾經爸對我說想賺就得投國民黨。幾次輪替，這根本是笑話。

我一、兩年會出門一次，父母逼著我去投票，我要投誰他們隨意。

起初，只是看到某個朋友與人政治筆戰，我看到了妮塔在一群假名男性裡說自己的意見，互相對罵的男人用最傷人的話說最無意義的論點。但在妮塔的留言下，總是世界和平。「你美你說得對。」「美女得知道自己在講什麼喔？格格教你。」

我回了萊豬與 WTO 的討論。

那年，我想買美國畜牧業公司的股票，理解了一些。

我與妮塔沒有互加好友，她按了讚，小小的唯一一個的讚。

我的臉書動態消息，都是分享，幾則我寫的都是在抱怨家裡要我去交男友。沒有人按讚，家人也完全不想看。她按了讚，小小的唯一一個的讚。妮塔一則一則地按，眞的有夠變態。我心裡想妮塔應該是個異性戀噁男（不是僞娘），把自己假裝成女人，網路筆戰比較不會被罵的那種噁男。後來，妮塔發文或是留言都會跑出在我的臉書牆上（該死的臉書到底在幹麼？），我總晚個兩、三天回應她，那種又臭又長的理性回應，沒人會按讚的回應。

她按了讚，小小的一個讚。

她私訊我，問了些問題，需要更細緻的回答。

「回答得多好都沒用，那些人又沒有心要聽。」我回。

那些人從國民黨到民眾黨，從藍綠對立到聲稱中立。

「有講有用啦。」妮塔講話眞的很像男的。「你男的喔？」

她傳了張舉起台灣獨立旗幟的相片。「你喔？」

我回傳了張我的手。

「沒想到你是女的。」她回。那天開始，我們聊起自己的眞實人生，她給我幾次要覆議的議題，問我的意見，講起工作，她不時問我要怎麼投資。我總說少去幾次專場跟音樂祭就能買台積電零股了。對我而言，生活沒什麼好享受的，就幫家族賺錢，自己一個人好就好。

有一搭沒一搭地聊，妮塔偶爾充滿希望，偶爾有亡國感，我總要提醒她只是被網路沖洗到慌而已，想想現實生活，還有傳瑋呀，還有愛情呀。

「政治就是現實。會痛的那種。」她說。

「那他還會跟你求婚嗎？」我問。

「你想要結婚嗎？靠杯，你不會吼臭宅女。」她說。

「不要用問題回答問題，都是你的問題。」我回。這一年，她恐慌中國人取得身分證的年限從六年到四年，焦慮以後父母沒得用健保，更怕以後跟傳瑋若要生小孩（妮塔很愛孩子，臉書偶有幾張朋友孩子的照片，下面的政治男都問說要跟我生嗎？）生病沒有地方看。她恐慌她在抖音看到的那些，路過幼稚園聽到的抖音歌都讓她心煩。那些在立法院被刪除的預算、走不順如同泥濘的法案、不合常理的法案卻被強迫通過。她知道民主不是自己爲主，她也知道每個人都是自私的，多數人的自私變成了規則，那是政治。

她多希望政治是以她認爲的「對」爲主。

她害怕的是沒有自己。

「國家、言論、思想，沒有自己。」妮塔配上一張黑圖，下面跑出一堆人說怎麼了。還有幾個寫加入民衆黨、不要戰爭只要和平那類話。

傅瑋在那下方留言，「沒有和平，只有戰爭。」

我早就看到那則留言，妮塔還傳了截圖給我。

「你不幫我多做回覆嗎？」她問。

「你那張黑圖不就是討拍嗎？」我回。發張黑圖講些模稜兩可的話，就是討拍。

我們吵架，我只想問你爲什麼不是去跟傅瑋吵。

「我愛他呀。」她說。

「但我不能改變他。再長再有道理都難以說服，直到一起死，但死前他仍會覺得都是我們害的。我們毀了這個世界。」我回。

「你要我怎樣？」她說，我能聽到她的聲音。

「感情問題一律分手，不是嗎？」我回。

他們仍去了大港。傅瑋發了文：「沒有滅火器，好像少了點什麼。」下面妮塔用了現實自己的帳號：「好險有我對吧？」

感情問題一律分手。

我在下方問了：「妮要去罷免嗎？」

妮塔沒回。

我 Threads 的頭貼是史努比躺在狗屋，沒人認得出來。就算認出來了，我會極力否認。

妮塔傳了罷免表格給我看，她連身分證與本名、地址都沒有遮。我沒問傳瑋有沒有填。

「我有努力了。甚至配著〈晚安台灣〉邊填單給傳瑋看。」她說。

已讀。

「他沒有寫。說好累明天再說。明天是不是也不能說了。」她說。

「他說：『寶貝，政治歸政治，滅火器歸滅火器。我歸你，你歸我。』」她說。

「你覺得他說的是眞的嗎？」她問。

我的訊息傳出又收回。

我細細寫好名字、戶籍後出門。

妮塔上傳了張罷免進度圖，寫了還差好遠，但不氣餒，能多說些什麼就能說服些什麼。眞的吧，去試試看呀。

我曾在傳瑋的留言下留言。

我在這則妮塔的圖下標註了傳瑋，只不過，已被封鎖。

是傳瑋被妮塔封鎖？還是傳瑋封鎖了我？

現實中，傅瑋不可能與我有交集。

妮塔與傅瑋會有幸福嗎？在泥濘裡頭，滿是草的大腿間，彼此都不是眞實的，那又如何，因爲這是自由，選擇自己的，那是民主。

你那區還差多少？我問。

我沒說出口的是：要一起去交件嗎？

她沒回，只按一個小小的讚。

不用約了，我自己去就好。

——二〇二五年四月廿一日

林楷倫，魚販，作家。

你要好好照顧身體

黑吐司想

1

「你要好好照顧身體，把有用之軀奉獻給國家。」母親的叮囑猶在耳畔，但人已不在。

六點整的鬧鐘響起，已醒來片刻的頌祺緩緩睜眼，迎接新的一天。簡單梳洗後，頌祺走進廚房，動手料理早餐與午餐便當。全麥吐司上，水煮蛋與酪梨切片整齊鋪滿，撒上適量的鹽與胡椒，再稍微奢侈地劃上幾道蜂蜜。

思忖片刻，頌祺決定就著水槽三兩口解決三明治，省下多洗一個碗盤的水與時間。

至於午餐，頌祺從冰箱取出昨天剩下的糙米飯，連同冷凍三色豆與切塊花椰菜用微波爐加熱，再拌入切丁豆腐、醬油與香油。望著在自己刻意弄得賣相形同廚餘的「菜飯」，頌祺輕嘆口氣，將午餐刮進泛黃的塑膠餐盒，與餐具一同打包。

整理好流理台，距離出門上班還有十五分鐘。換裝完畢的頌祺將便當與工作背包放在門邊，走到僅有一組雙人座沙發、一張茶几與幾個矮櫃的狹小客廳，對著牆上巨大的「領導」肖像單膝跪下，虔誠地低頭默禱。

——至少，在他身後的針孔攝影機捕捉到的畫面是如此。

藉著身軀的遮擋，頌祺微側過頭，望向右前方矮櫃上陳列的照片。從正常角度看去，歪斜的相框擺放隨意，似乎不太受主人珍視。但也唯有這個角度，頌祺才能在每日的「早課」中看見它。

傳統銀鹽沖洗的照片飽經歲月侵蝕，泛起一層肉眼可見的黃暈，人臉細節亦已模糊，但這並不妨礙頌祺腦海中鮮明的記憶。

*

那天，在醫院上班的母親難得請了天假，開車載著即將小學畢業的頌祺到海邊。當然，完全不會游泳的頌祺沒能碰到海水，卻在沙灘上堆了數小時的沙堡，打了一場僅存於想像中的搶灘大戰。

或許是被明媚的陽光軟化，母親那天出乎意料地溫柔，還買了平時嚴令禁止的冰淇淋給他。雖只是路邊小販從保冷箱取出的廉價化工製品，甚至連是否真含有牛奶都存疑，但那仍是頌祺記憶中最甜美的滋味。

趁他忙著舔舐指尖殘留的甜意時，母親拿出傳統底片相機，請小販幫忙拍下這張合照。照片裡，稚氣未脫的少年無心看鏡頭，抱著他的女子卻直視前方，對著鏡頭外的人露出和藹卻又扭曲得彷彿哭泣的笑容。

入夜熄燈後，與母親同擠在單人床上的頌祺罕見地失眠，腦中滿是白日的沙灘與冰品。他不敢驚擾明天還得上班的母親，只能將手湊到眼前，試圖在黑暗中重演那場未完的史詩戰役。

忽然，原本背對他的母親翻過身，將不安分的頌祺輕擁入懷。

以爲自己闖禍的頌祺嚇得僵直，不敢稍動，但母親並未生氣，只是在他耳畔低語：「早點睡吧。」

「記得，你要照顧好身體，把有用之軀奉獻給國家。」

那句當時聽來沒頭沒腦的話，卻成了頌祺對母親最後的記憶。

一週後，頌祺剛滿十二歲那天，過勞的母親在工作崗位上腦溢血猝逝。等在學校的頌祺接到通知時，按照醫院標準流程處理完畢，母親只剩下一只長木匣，以及一張制式的死亡證明書。

母親從不離身的銀色婚戒，禮儀社人員說是隨遺體一同火化了。

隔天清晨，警察便上門敲門，聲稱因母親工作涉及機密資料，須代表醫院入內勘查，以排除洩密可能。名爲檢查，實則那群人搬空了所有與母親相關的物品，連衣櫃裡的衣物鞋履都未放過。

不幸中的大幸是，他們沒有沒收母親幾年前已付清貸款的房子，讓頌祺不至流落街頭。而這張當時尚在沖印店而倖免於難的照片，竟成了母親存在過的唯一物證。

從記憶中回神，發現時間差不多了，頌祺舉起右手，擺出向「領導」宣誓的姿態，同時低聲對母親說：「我去上班了。」

「你放心，我會好好照顧身體的。」

2

換上工作服後，頌祺跟隨隊伍來到工廠門口的空地，在督工指揮下，與身旁一群年紀相仿的少年們齊聲朗誦領導語錄。

背誦毫無難度，畢竟這是小學畢業考試必須滿分的教材；困難的是得迎著烈日忍住不瞇眼，同時擺出精神飽滿的模樣。所幸天氣實在酷熱，即便是打著陽傘的督工也耐不住，很快便叫停朗誦，點名幾個偷懶的少年去辦公室領罰後，隨即宣布解散。

「欸，你注意到沒？又是嚮華他們被叫去督工室挨罵。」走往工作崗位的途中，排在頌祺右側的思德用手肘輕撞他，低聲問道。

「當然，我眼睛沒瞎。」頌祺微側身，防備思德可能對腹側的攻擊。

「嘖嘖嘖，不知道這次他們又得消失多久。上次最高紀錄可是撐到午休結束才回來。」

「羨慕他們不用工作？那你怎麼不自己去跟督工商量？」頌祺一面偷瞄前方帶隊的小組長，一面沒好氣地回道。

「哈哈，我難道不知道自己身上根本沒半點肉？說說罷了。」思德乾笑。

「你們兩個，小聲點！想害我們一起被扣錢嗎？」走在前頭的利弘回過頭，狠狠瞪了兩人一眼。

相較於此處多數僅有小學學歷的少年，念到國中才輟學的他個頭較高，在工廠裡也頗有分量。頌祺與思德只能互覷一眼，悻悻然閉嘴。

「嚣張什麼。要不是我家……我說不定都上高中了！」不用細聽，頌祺也知道思德嘴裡肯定嘟囔著類似的話語。

這是實話。會在這間工廠工作的，多是家中遭逢變故，完成小學義務教育後便無力升學的「失足」少年。頌祺不明白失去母親的自己究竟哪裡「失足」，但這至少是一份能溫飽的工作。況且，不像思德得擠進十二人一間的宿舍，有家可歸的頌祺對生活自然少了些抱怨。

*

正式上工前，是每週例行的身體檢查。衛生局派來的護理師守在廠房門口，指示少年們捲起左袖，讓他們各抽一管血後才准進入。每見此景，頌祺總覺得有些滑稽，在工廠流水線作業的他們，此刻竟諷刺地成了他人流水線上的「工作項目」。

「你，左手快沒地方扎針了。下次記得捲右邊袖子！」替頌祺抽完血的護理師單手撕下一段透氣膠帶，幫他按住針孔上的酒精棉球。

沒來得及回應，頌祺便被後方人潮推擠著向前，進入瀰漫機油氣味的廠房。

早上四小時的輪班很快過去。起初頌祺不太習慣在生產線上組裝零件的枯燥，但近來已漸趨熟練，甚至能分神與同事交談。據社福單位介紹，這類工作雖無聊卻相對安全，還能確保每日有一定活動量。

「這肯定比在學校課桌前坐一整天健康，還有錢賺！」當年領頌祺來報到的社工，曾拍著他肩膀說：「國家很看重你們這些幼苗的健康，你可千萬別辜負這份心意。」

「記得，得把身體養好了，將來才有機會爲國家奉獻！」

＊

鈴聲自破舊的廣播喇叭傳出，宣告頌祺與同產線的人可以準備換班，開始二十分鐘的午休。在管理人員的喝斥聲中，包括思德在內的住宿舍人員半跑半走地衝向餐廳，爭搶第一批打菜。只有寥寥數名像頌祺這樣住外面的少年，悠哉地走進更衣間，享用自備的午餐。

更衣室裡的廣播喇叭一如既往地調到政府電台，播報員正以浮誇到不免讓人覺得虛僞的抑揚頓挫，對全國人民宣達重要新聞。

「同志們，朋友們！讓我們共同慶祝偉大光榮的領導，即將迎來一百個光輝春秋的歷史性時刻！一百年的光輝歲月，是引領我們國家走向輝煌的偉大見證。領導的健康長壽，是我國人民的最大福祉，是國家穩定發展的根本保障！」

「爲了慶祝這歷史性的一刻，各地區負責同志滿懷赤誠之心，積極籌備，力求以最高熱情、最深敬意，獻上最誠摯的祝福與代表人民心意的賀禮，匯聚成全國人民對領袖的無限熱愛與擁戴！」

「讓我們爲了國家、爲了黨，更加緊密地團結前行，爲更加輝煌燦爛的明天而努力奮鬥！」

平常習慣把它當耳邊風的頌祺停下腳步，側耳細聽了一會。複雜的情緒隨著猛然加劇心跳湧上腦門，是企盼中混雜著一點害怕、還有腎上腺素催生的興奮感。他努力控制住表情，同時環顧四周確保沒人注意到自己的異樣。

更衣室還是那個更衣室，大家只顧著自己的肚子，根本沒空理會別人在做什麼。從不遠處傳來的哀嚎判斷，頌祺知道肯定又有人沒學乖，便當菜色太誘人而被偷吃了。

頌祺鬆了口氣，卻也莫名覺得有些悲哀。爲別人，也爲自己。

拉開置物櫃的門，便當袋明顯被人翻開過，但裡面的餐盒卻安然無恙。掀開盒蓋，那冷卻後更顯得像嘔吐物的一片白黃綠，是頌祺屢試不爽的保護色。至於味道？些許醬油調味根本壓不住冷凍蔬菜與豆腐的生澀，但這已是頌祺在有限預算內，能做出最健康且略帶味道的餐點了。

「吃餿水的，要不要來點？」

便當吃至一半，沉浸在思緒中的頌祺感覺有人靠近。抬頭，正見一名個頭嬌小、臉上滿布細小疤痕的少年朝他招手。兩人輪班時打過幾次照面，卻從未正式交換過姓名。頌祺只知對方是「壞孩子」群體的一員，以私下違反規定爲樂，也是督工最頭痛的那群人。

疤臉少年手中晃著一個約莫巴掌大、質地透明的夾鏈袋，裡面裝著半滿的無色液體。人還未到跟前，刺鼻的酒味已飄散過來。

「叫你呢，吃餿水的。」疤臉少年對頌祺抖了抖夾鏈袋，推銷道：「這可是勁道最足的九十度烈酒，好像叫什麼生命之泉之類的。只要在水壺裡倒一點，保證你整個下午上班都不無聊。」

頌祺搖頭。

不死心的疤臉少年還想再說，卻被幾公尺外同伴的聲音制止：「別白費力氣了。他是一頭被養廢的豬，哪可能吃飼料以外的東西。」

疤臉少年悻悻然啐了一口。他盯著頌祺看了半晌，忽然冷笑：「不識相的蠢貨，活該當豬被人宰……」

頌祺聳聳肩，對疤臉少年的話不以爲意。人各有志，他不期望別人理解自己，正如他不會去評斷那些壞孩子偷抽菸、喝酒的動機。反正，人終究要爲自己的行爲負責。

但不得不說，被疤臉少年這麼一攪和，本就難以下嚥的便當更添了幾分澀味。

3

下午的班次進行得很順利——至少對頌祺而言是如此。

輪班才剛開始不久，便聽見生產線上游傳來爆炸聲與尖叫。

一陣混亂後，失去意識的疤臉少年被人抬離現場，雙手鮮血淋漓，本就猙獰的面容又添了幾道開放性傷口。

「這次是把金屬零件丟進機器裡，把齒輪炸了！聽說一口氣炸傷五個人，好像得住院休養幾天。」趁著上廁所打探到八卦的思德，興沖沖地回來分享。儘管他掩飾得很好，但靠近的頌祺仍從他呼出的氣息中聞到似曾相識的酒氣。

「看來是眞的挺嚴重。昌磊那傢伙也眞敢，不知道這次還能不能保住十根手指。」一名與「壞孩子」走得較近的少年搖頭，語氣裡聽不出是嘲諷還是欽佩的成分居多：「說不定這次眞讓他得逞了。他們管那叫什麼？工……啊，對，工殤退休。」

「放心吧，哪有那麼容易。上個把自己弄殘的傢伙也沒眞退休，只是被調去醫院上班了。」另一名在此處待了好幾年、面容明顯比同伴憔悴不少的少年推了推眼鏡，就事論事。

「你在這裡幹不下去，就得去下一個地方工作。哪怕我們只剩一顆會講話的頭，國家也能找到讓我們發揮價值的地方。」

「我們能做的，就是乖乖把有用之軀奉獻給國家。」

頌祺難得想說些什麼，最終還是選擇了沉默。

很快，督工便帶著人來巡視。一方面是確保生產線未因突發狀況受影響，另一方面也隱含著加強監督的警告意味。

透過眼角餘光，頌祺注意到兩張陌生的面孔，嵌在與周遭環境格格不入的高級西裝上。相較於忙著逞凶立威的督工，這兩位神色冷漠的訪客只是默默觀察著廠內每一位少年，偶爾在手上的平板電腦點劃幾下。或許是頌祺多心，但他感覺督工似乎刻意與身後的兩人保持距離，彷彿那兩人身上帶著無形的刺，扎得前者腳步不斷加快。

其中一人朝頌祺所在的方向望來，在視線交會時，動作頓了頓。頌祺微笑。

未料到他會是此反應的陌生人蹙起眉頭，轉頭與同伴簡短交談幾句後，眉頭鎖得更深。

「頌祺你看什麼呢？」好奇的思德湊過頭來，但遠處的兩人已移開視線，只餘一片空景。

心情莫名輕快起來的頌祺咧嘴一笑，將思德嚇得倒退半步。「沒什麼，只是在想下班後要買什麼菜。」想了想，頌祺如實回答。

他確實餓了，而且是許久未曾感受到的飢餓。

＊

晚上八點，輸送帶準時停止運轉，宣告長達十二小時的工作結束。平時總會刻意放慢動作、避免在門口人擠人的頌祺，今天卻格外積極，連工作服都來不及摺好便一股腦塞進置物櫃。抓著存有三年工作積蓄的提款卡，頌祺努力按捺內心的激動，走進回家路上必經的超市，大肆採購。

從小就常隨母親來此採買的熟悉貨架，今天看來卻格外誘人。

用微微顫抖的手，頌祺在購物籃裡放入多年未嚐的肉與白米，以及因缺乏營養價值而被捨棄的蔥薑蒜等辛香料。他在生鮮蔬果區徘徊許久，一咬牙，拿了顆最大最圓的艷紅蘋果，以及一盒有塑膠外殼保護的葡萄。

自我放縱的終點站是冷凍食品區。頌祺來回走了好幾趟，卻沒能找到記憶中在海邊吃到的同款甜筒。眼看超市即將打烊，頌祺只能隨手抓了一支外觀最相似的高價品，匆匆提著籃子去結帳。

「哎喲，今天買這麼豐盛，該不會是中彩券了吧？如果是在我們這裡買的，記得要分姊姊一點喔！」負責結帳的阿姨看到與往常大相逕庭的奢侈品項，忍不住調侃幾句。

「那有什麼問題。」頌祺笑著回應，指著籃內的甜筒說：「這個是我用自己的錢買的，如果妳之後見到我媽，千萬別跟她說喔！」

收銀阿姨眨眨眼，心領神會地壓低聲音：「你放心，這就是我跟你之間的祕密，絕對不會讓你媽知道的。」

「唉，不過我也好久沒看到你媽了。在醫院的工作就這麼忙嗎？」

聽到收銀阿姨的碎念，頌祺短促地換了口氣，再神色自若地撒了謊：「應該是因爲排班的關係吧？我媽現在是早上比較有空，可能剛好跟妳上班的時間錯開了。」

「或許吧。」收銀阿姨不疑有他，幫頌祺將物品裝袋。在頌祺離開前，還不忘叮囑：「記得幫我跟你媽打個招呼。回家小心啊！」

頌祺頭也沒回，只是朝身後揮了揮手。

4

事實證明，有再好的食材，缺乏相應的廚藝也是枉然。在與電磁爐搏鬥一小時後，滿身狼狽的頌祺得到一盤賣相極慘，卻散發著誘人蔥蒜醬香的「烤」肉。

端著肉盤與剛煮好的白飯，頌祺在母親的照片前坐下。帶著眷戀，頌祺用力深吸一口氣，將瀰漫在空氣中的食物香氣盡可能納入肺腑。

「媽，看來我果然沒從妳身上學到半點廚藝呢。」

感慨完畢，頌祺開始用餐。他閉上雙眼，用心咀嚼每一小塊肉，讓肉香與鮮甜反覆沖刷味蕾，享受味覺刺激引發的腦內酥麻感。直到齒舌再也榨不出半點滋味，頌祺才依依不捨地將化爲肉糜的殘渣吐進盤子角落，用舌上的餘韻配著扒一口飯。

這頓飯吃了很久，久到頌祺得起身用微波爐將飯菜重新加熱，確保所有食物都是在最美味的溫度下被品嚐。

與重油重鹹的肉相比，飯後水果便少了許多顧慮。只是想到那令人肉痛的價格，頌祺決定蘋果連皮吃，葡萄也不吐皮不吐籽，務求將所有能吃的部份都塞入腹中。

「我吃飽了。」雙掌合十，頌祺模仿母親過去常做的姿態，對餐具微微鞠躬。

想了想，頌祺將嚼爛的肉糜刮入垃圾桶，碗筷則隨手擱在水槽裡。過了這麼多年戰戰兢兢的獨居生活，頌祺首次感受到無事一身輕的解放，連腳步都變得輕盈。

洗淨雙手並擦乾後，他走進臥房。一張床，一組衣櫃，一張現已堆滿雜物的梳妝台，這便是房內所有的傢俱。原本牆上還有一些海報與裝飾品，全都在警察來「勘查」時被清走了。

也好，頌祺本就不懂母親爲何特別鍾愛那些把臉畫得像鬼一樣的樂團，尤其某個戴豬頭面具的，偶爾夜裡瞥見那猙獰面目總會嚇得他睡意全消。

頌祺下意識地哼起歌。他不解歌詞的含意——那是一種他不會說、也未曾聽聞的語言——但在母親的耳濡目染下，他能像音樂盒般將每個音節準確地哼唱出來。

在歌聲的牽引下，頌祺蹲在床邊，利用床墊的高度作爲掩護，拆下梳妝椅的椅腳。他將卡榫如軟木塞般拔出，倒出藏於椅腳內層的油紙捲。不動聲色地將椅腳裝回原位後，頌祺只聽得見自己心跳越發猛烈的擂鼓聲。他做了幾次深呼吸，才緊握著油紙捲向外走去。

這是母親離世滿一週年那天，頌祺睡前偶然踢到椅子才發現的祕密。儘管上面有些小學未教的冷僻字，但從能讀懂的片段中，頌祺理解了許多「大人的事」。

關於母親爲何特地帶自己去海邊，關於這個家的「眼睛」，以及關於大人們對自己的「安排」。

「媽媽，我有聽你的話，好好照顧身體喔。」頌祺的低語迴盪在不大的公寓裡，顯得格外寂寥。

拿到重要的指引後，下一步便是取得必須的工具。

家裡不像工廠休息室有彩色電視可看，唯一能接收外界訊息的電器只有一台收音機。偶爾覺得過於安靜時，頌祺會將收音機調到沒有電台的頻率，用微弱的白噪音填補空間。

先照常打開白噪音，確定收音機還有電後，頌祺迅速瀏覽過藏在掌心的紙條內容。他翻過收音機，撬開電池槽蓋，露出裡面兩枚並排的三號電池。

雖然在心中演練過無數次，但實際操作時，頌祺的雙手還是不自主地滲出汗水。爲了不讓身後的針孔攝影機拍到手中的字條，頌祺只能抓著身前的衣襬擦拭手汗，再繼續動作。他取出上方那枚電池，確認收音機仍在運作後鬆了口氣。

按照指示將電池掉頭裝回去，雜亂無序的白噪音中頓時疊加進一串持續的高頻單音，提示頌祺，收音機裡積塵多年的獨立發信模組已被啓動。

用左手拇指抵住收音機側邊的電源開關，頌祺依照字條指示，一下、一下，以特定頻率扣動開關，朝未知的某人某地發送「識別暗號」。

下、上、上、上。

下、下、上、下。

上、上、下、下。

一秒過去，兩秒過去，時間彷彿被無限拉長，等待讓頌祺心焦難耐。萬一這終究只是一場空呢？自己這麼多年的努力，豈非白費？

正當頌祺胡思亂想之際，一道略爲破碎的男聲穿出刺耳的白噪音：「你是美……我是說，零號的兒子？」

下、上。知道對方聽不見自己說話，頌祺繼續用開關與之交流。

因電台訊號干擾而顯得異常沙啞的男聲突然發出一串難以辨識的話語，像是在與遠處他人交談，又像用手捂住嘴說話般含糊不清。

片刻後，男人才恢復正常音量：「既然你主動聯繫我們，代表你已經知道所有需要知道的事情，還有我們現在這段對話的意義？」

下、上。

「你……知道會發生什麼事？」

下、上。

「……你知道，你可以假裝沒有這回事嗎？」男子略作停頓，似乎在斟酌措辭：「在零號……之後，我們幾乎放棄了。我們有盡可能關注你，但不敢期待你能理解這麼……殘酷的決定。」

「就算你拒絕，我們也不會逼你。」

對著聽不見自己說話的收音機，頌祺笑了。

最初，他曾想過自暴自棄。事實上，他無法完全理解字條上講述的種種複雜情緒，尤其是那份近乎要讓油紙自燃的濃烈恨意，對年僅十五歲的頌祺而言十分陌生。但他願意相信那個開了一個多小時車，只為在沒有監視器的海邊給自己買一支冰淇淋的母親。

沒有猶豫，頌祺用開關給予了肯定的回覆。

「……雖然這樣講很矯情，但請讓我代表整個國家，感謝你的奉獻。」對方長吁一口氣。不知是否錯覺，頌祺覺得男人的聲音有些哽咽。

「等等我們就會把你需要的東西送過去，你只要照上面的指示操作就好。」

「……如果能睡，就早點睡吧。謝謝你，還有，對不起。」

頌祺多等了幾秒，確定男人結束通話後才將收音機恢復原狀。他的心臟依舊跳得飛快，雙手顫抖到拆電池時險些將下面那顆也一併拔落。或許是心虛，頌祺將白噪音的音量又調大了些。儘管字條提過，家中只有監視，沒有監聽系統。

*

大約發了十五分鐘的呆，頌祺聽到家門外有動靜。將門拉開一道細縫，門外空無一人，只有一個牛皮紙信封孤伶伶地躺在地上。

迅速左右察看走廊，確認無人窺視，頌祺才用鞋拔將信件勾進門內，盡可能輕地關上門。沒有任何遲疑，頌祺面朝門板將信封夾在褲腰帶與肚皮之間，故作鎮定地走到廚房拉開冰箱門，藉著冰箱門的掩護檢查信封內容。

一支外型酷似自動筆、但直徑更粗的圓柱狀塑膠製品，一小包即拆即用的酒精棉片，還有一張對摺的筆記本紙頁。攤開紙條，倉促的筆跡明顯是臨時寫就，讓頌祺不禁好奇對方是否就住在附近，甚至可能是某位自己偶爾會在上下班途中照面的鄰居。

字條上的指示很簡略，但將步驟都交代得相當清楚。拔開注射筆的蓋子，露出底下的短針。用酒精棉片給大腿外側皮膚消毒。以垂直角度將針頭刺入大腿，然後緩緩將另一端的活塞往下推。

看著針頭下的皮膚因液體注入而微微隆起，雖然不知那是什麼，但頌祺忽然有種莫名的滿足感，彷彿這管藥劑連帶填補了心裡某處的空洞。

站起身走了幾步，頌祺沒有感到任何不適，注射處的疼痛也漸漸消散。對於該如何處置兩張不應被外人看見的紙條以及注射筆，頌祺左思右想，還是覺得塞回梳妝椅腳的暗格最爲保險。既然他自己也是偶然發現這個祕密，那麼在他離開之後，這些東西應該也能保持相當的安全。

舒了口氣，收妥物品的頌祺照常進行晚上的例行公事。洗澡、刷牙，再到客廳假意對著偉大領導肖像跪拜，進行「晚課」，藉機跟母親的照片說說話。

明明平日也會分享生活中發生的瑣事，但今天不知爲何，似乎有說不完的話。從兩人相伴的回憶一路談到今天工廠裡的插曲，還有他始終無法理解，明明有許多方法可以當個不顧身體健康的壞孩子，爲何昌磊和思德他們偏要選擇最臭最噁心的菸酒。

講到這裡，頌祺才想起那支被遺忘在冷凍庫裡的甜筒。

「媽，以後有機會，妳一定要再買更多的冰淇淋給我喔。」

爲了趕在睡前吃完而大口啃咬著甜筒的頌祺，吃著吃著，忽然在口中嚐到一絲鹹味。

5

隔天清晨，天尚未全亮，幾乎沒睡的頌祺依舊閉眼躺在床上，以免引人懷疑。待敲門聲終於響起，爲了演足全套，他還特意多等了幾秒才掀開被子坐起身，睡眼惺忪地前去應門。

「劉頌祺？」

「我是。」看見三名全副武裝的警察，頌祺心頭懸著的大石終於落地，卻仍裝出驚惶的模樣。

「恭喜你入選爲偉大領導祝壽的省代表團，將前往首都爲偉大領導獻上省長準備的賀禮。」爲首的警察面無表情地說。他將印滿黑字的紅紙遞給比自己矮上不只一個頭的頌祺，繼續棒讀：「這可是莫大的榮耀，是只指派給最優秀年輕人的重責大任。希望你能心懷感激地爲黨以及國家奉獻。」

「是，我準備好了！」無需刻意假裝，頌祺激動地行了個軍禮：「我已經準備好奉獻我的一切了！」

話音未落，警察手中的電擊器便已戳上他的身體。劇痛、失控的痙攣，接著是無盡的黑暗與墜落，將少年拽入不省人事的深淵。

*

再次醒來時，頌祺已被皮帶五花大綁在一張病床的金屬框上。手臂與口鼻插滿各式塑膠管線，連接在形貌駭人的儀器上。異物侵入感瞬間湧入腦海，讓他亟欲尖叫，但被膠帶封住的嘴巴與塡滿氣管的塑膠軟管只容許一絲微弱的嗚咽洩出。

「主任，763 恢復意識了。」陌生的女聲自床尾傳來，接著在頌祺受限的視野邊緣，五名身穿醫師白袍、面孔被口罩遮去大半的男女走近。他們迅速檢查各儀器上的讀數，稍微調整那掛得如串鞭炮般的點滴架，並檢視頌祺身上所有管線接口的狀態。

整個過程中，沒有人朝「頌祺」看過一眼，彷彿他們正在擺弄的並非活生生的人，而是一組毫無自主性的積木。

「763 是預定哪個器官？腎？嘖嘖，但你看這些數值，小傢伙保養得不錯啊。好久沒見到這麼健康的崽子了。」

顯然是醫護人員中領頭的中年男子，在聽完手下匯報後，毫不掩飾地笑了起來：「這樣吧，你跟你，去聯絡幾個認識的下游——記得別傳訊息，直接打電話。就說……這邊有個急件，讓他們準備好接手的客戶。」

被點名的兩名醫護互看一眼，不敢多言，只能點頭應允。

「啊，對了。跟他們說，因為是急件所以要多抽一成五，當然也少不了你們的份。」中年醫師拍了拍頌祺的臉頰，眼中滿是貪婪的光芒：「你要知足啊，知道嗎？國家會感謝你的奉獻的。」

眼看上司已將話說到這個份上，兩名共犯也只能擠出喜出望外的笑容，諂媚地跟在中年醫師身後離開。三人一走，頌祺的視野裡便只剩下兩位並未隨之起舞，反而眼露關切的醫護人員。

一名女醫師走到床邊，輕輕握住頌祺插滿輸液管的右手。一句話也沒說，但從對方掌心傳來的暖意，讓頌祺瞬間明白——她們就是自己在等待的「同胞」。

另一名女護理師站到頌祺的左手邊。與先前近乎侵犯式的「檢查」不同，此刻兩位醫護的動作皆是爲了舒緩頌祺的不適。調整皮帶鬆緊、確保頌祺身體的血液循環順暢，還幫忙搓熱因長時間缺血而冰冷僵硬的四肢。

頌祺恐慌不安的心跳逐漸平復，多年來強忍的委屈也在此刻潰堤。淚珠不由自主地自他眼角滑落，很快便濡濕了貼滿雙頰與口鼻的透氣膠帶。

一隻手拂上頌祺的右臉，輕柔地爲他拭去水痕。在護理師的掌心下，頌祺能感受到那極力抑制的微顫。不捨、憐惜，這是頌祺在淚眼模糊中勉強能辨識的情感。

你認識我嗎？頌祺很好奇，卻問不出口。

在離開前，一直欲言又止的護理師終究忍不住湊到頌祺耳邊，輕聲說：「這不該是你們要承擔的命運，但國家……唉。感謝你爲國家的犧牲。」

從護理師微妙的語氣變化中，頌祺似乎領悟到了什麼。

國家？

國家。

「你要好好照顧身體，把有用之軀奉獻給國家。」耳畔再次響起母親那夜的低語。

啊，原來如此。難怪我總覺得這句話怎麼聽怎麼彆扭。

在生命迎來倒數的此刻，頌祺卻只想大笑。

6

六月十四日，全國上下的公家機關都降下了半旗。偉大領導在其百歲大壽前三天，因急性敗血症引發的休克與多重器官衰竭失去意識，在長達四十八小時的搶救後宣告不治。

黨中央並未公布確切病因，但在檯面下，有耳語流傳某個離岸省份的首長突然遭到逮捕，其名下所有房產均被查封。據聞軍方在該首長的一處度假別墅密室中，搜出了鉅額現金以及其與反動勢力勾結的直接證據。再聯想到該首長爲偉大領導準備的祝壽賀禮——十三名千挑萬選、身體健康且無不良習慣的少年少女——有些結論便如一加一等於二般顯而易見。

在偉大領導訃聞的巨大陰影下，幾則版面近乎微不足道的新聞悄然從公眾視野中溜走。數名國營企業高管，以及幾位知名演藝人員，巧合地同時感染了與偉大領導症狀相似的敗血症。年長者大多未能挺過，僅有幾位幸運兒是住進加護病房。

原本被「偉大領導」這根定海神針鎮壓住的牛鬼蛇神終於掙脫束縛。一時間，興風作浪者、趁火打劫者、圖窮匕見者，全都蠢蠢欲動，準備爭搶金字塔頂端乍現的權力真空。

「笑死。」

在由內反鎖的醫院休息室裡，芯榆與伴侶庭俐相互依偎在沙發上，無視窗外如同颱風過境般的騷動。

「你覺得他們什麼時候會發現我們在這裡？」換下護理師制服、將長髮披散下來的庭俐啜飲著馬克杯裡的熱巧克力，皺著鼻頭問。

「應該快了。那個老害再怎麼腦袋進水，也會記得我們是最後接觸頌祺的人。就算不知道我們動了什麼手腳，也會想辦法把罪責推到我們頭上。」芯榆撥開庭俐因靜電而黏附到臉頰的自然捲髮絲，豪飲一口右手玻璃杯中的梅酒，滿不在乎地說。

「那你覺得，頌祺見到美玲了嗎？」想起再次與同事兒子相遇的場景，庭俐的聲音裡又帶上了那種可憐中透著點可愛的鼻音。

「肯定的。幹壞事的人是我們啊，他哪可能會下地獄。」芯榆咧嘴，安慰淚腺發達的伴侶。思緒跳去稍微遠一點的地方，又喝了口酒的芯榆噗哧一笑：「不過現在最開心的，大概是承彥吧。他在國家實驗室裡瞎搞那麼多年的東西終於派上用場了，還是這種足以載入史冊的驚世鉅作。」

「可惜沒辦法親手把這一針扎在那該死的老害身上，只能用這種犧牲打的策略。」仍感到忿忿不平的庭俐用力對空揮了揮拳，卻又馬上無力地縮了回來：「寶貝，你說頌祺他……真的不恨我們嗎？」

「我希望他恨，這樣或許會讓我心裡好過一點。」芯榆苦笑。畢竟，頌祺家門口的牛皮紙信封，是她親手放下的。

頌祺用注射筆打入體內的，是裝載著人造病毒的奈米載體。其表層經過特殊設計的配體，能夠與腎絲球基底膜的細胞結合，如同塑性炸藥般「附著」在頌祺腎臟過濾系統的大門上。只要不被觸發，便完全無害，連血液檢測與超音波都無法察覺任何異常。

這些載體被設定爲僅在接觸到尿素氮與三酸甘油酯濃度偏高的血液時——例如，某位預定接受頌祺腎臟移植的老不死——才會溶解，釋放出內藏的致命病毒。

結果……就是新聞報導的那樣，引發類似急性敗血症的休克與多重器官衰竭。就算領導再偉大、有再多備用器官給他移植，也抵擋不了這種特洛伊木馬式的攻擊。也幸虧頌祺將身體照顧得極爲健康，爲奈米載體提供極其穩定的環境，否則哪怕只有萬分之一的載體提前溶解，都足以讓整個暗殺計劃功虧一簣。

那樣的話，還不如從一開始就讓少年像他那些同伴一樣糟蹋身體，至少能逃過被「採摘」的命運。

這是一場無人能保證勝算的豪賭，但不如此，又能怎樣呢？她們都聽過家中長輩酒後泣不成聲的醉語，或見過撕心裂肺的夢囈，但那終究是發生在自己出生前的憾事。面對自懂事起便已是客觀現實的絕望，她們只能採取最極端的反抗。

至於那些沒被腎絲球捕捉到、逸散到其他臟器的病毒載體，是附帶的意外之喜。以爲自己撿了現成的便宜器官？當然是誰中獎誰倒楣，活該。

「你還好嗎？怎麼突然不說話了。」走神的芯榆感覺到臉上有陣暖意，才注意到庭俐正輕拂自己，面露關心。

「沒……」正要隨口帶過的芯榆，搖頭說：「都什麼時候了，還說沒事也太沒意思。」

「我只是在感慨，當醫生這麼多年，卻好像都在幹一些違反醫德的事。」

庭俐張張嘴，卻也不知道該說什麼安慰芯榆。

回想起來，有關頌祺的一切都是天時地利人和，且是最殘酷的那種。十五年前頌祺出生，時任總醫師的美玲便發現還沒睜眼的兒子被自動排進「領導」的匹配名單。雖然前面還有一堆替補零件等著「開發」，但有哪位母親會想讓孩子承擔那萬一的風險？

也是在這種時候，大家再次體認到「反抗軍」這個乍聽很熱血的身分，在絕對的暴政面前有多無力。不是沒有想過用殘害頌祺身體的方式影響順位，但美玲總是下不了手，就這樣一拖再拖。

轉捩點，是頌祺四歲的時候。

對反抗軍活動毫不知情的美玲老公，卻因爲雞毛蒜皮的小爭執被人舉報，莫名其妙成了「反動分子」，從此消失在母子倆的生命中。那天狀若癲狂的美玲，在他們面前說出了這個「特洛伊木馬」計畫。

美玲瘋了。這是其他所有人的共識，但沒人表達反對，因爲大家都瘋了。

那天之後，美玲反其道而行，讓被養得健康到近乎無瑕的頌祺不斷提升順位，直至進入「最優先」的內定名單。

最好、最健康的器官，一定得留給偉大的領導——這份「榮耀」既是詛咒，也是日常生活的保障。頭上隨著吊著一把鍘刀很可怕，但至少，不用再擔心頌祺在外面受個傷就被聞到血味的鯊魚分屍了。

唯一沒算到的，是美玲的猝逝。出於對好友的尊重，反抗軍並沒有在她離開後就停止籌備；但同樣的，面對好友留下的血脈，他們不願主動去做些什麼。就只是遠遠地看著頌祺，以及他那始終居高不下、荒謬得讓人想哭的被捐贈順位。

然後，便是幾天前突然響起的，專屬於美玲的無線電暗號。

沒人希望轉動的齒輪們終究是咬到一起，推著延宕許久的命運往眾生輾來。

*

「親愛的，你覺得未來的人會記得我們嗎？會知道我們做了什麼、又爲世界帶來了怎樣的改變嗎？」

芯榆從褲子口袋裡摸出巴掌大、貼身收藏許久的藥盒，將兩粒膠囊分了一粒給伴侶。

「如果沒人能夠記得我們，或我們所做的事，那不就代表這個世界根本沒有改變嗎？」庭俐一針見血。

兩人相視一笑，碰了碰杯子，就著飲品將膠囊吞下。

「祝你身體健康。」芯榆輕輕戳了庭俐小巧的鼻子，輕聲說。

「你好狡猾！那我要祝寶貝你萬事如意、心想事成。」庭俐輕輕捶了愛人一拳，像小貓一樣捲起身體，依偎在芯榆懷裡。

幾分鐘後急促的敲門聲響起，但休息室內，已然悄無聲息。

——二〇二五年四月廿一日

異吐司想，漂泊英國唸博班的雜食心理學家，蔑視「專業歸專業，政治歸政治」的鬼話，相信有人的地方就有心理學，政治亦然。經營有臉書專頁「異吐司想 ToastyThoughts」。

可惜我不是你們這區的

謝宜安

小蓮整個四月都沒有好好睡覺了。

不是因爲工作，但確實與工作有關。小蓮是接案的自由工作者，因爲這份工作的性質，她可以自己調配時間。以往她最黃金的工作時段，是下午一點到晚上八點這七小時，不過最近，她把工作時段移到了深夜，因爲下午到晚餐的這個時段，要拿來打電話。

小蓮在罷免志工團裡，屬於「造冊組」。陸戰志工把罷免連署書收集好後，交到造冊組手中。第二階段需要兩萬多份連署書，還需避開第一階段的連署者，造冊是繁瑣的大工程。最近，由於連署已經來到最後階段，正是造冊組最忙的時候。這階段有一個相當重要的工作：聯絡連署者進行補正。

民衆塡寫交來的連署書，難免會有錯誤或疏漏。但是這樣一來，不就白白有一張連署書不能用了嗎？一張張無效連署書累積起來，也是很大的損失。罷免團隊早就想到這件事，因此請民衆交連署書時，一併附上聯絡資訊。在連署書送出之前，罷團內部會先檢查過一次，找出需要重塡的連署書，聯絡民衆進行補正。這樣一來，原本未符合標準的連署書，就可以恢復成有效連署書——做這個工作，讓小蓮覺得十分安心。小蓮自認爲滿會揪錯的，她可以迅速找出哪幾張連署書需要補正。整理出來之後，她們再以電話、手機簡訊、Email 的形式聯絡該位連署者。

晚上打電話。小蓮的工作時段大幅往後延，因此往往工作到三、四點才睡。雖然有點睡眠不足，然而小蓮腦中都是罷免的事，累歸累，至少感覺踏實。

有一張連署書，讓小蓮很在意。

那張連署書的姓名寫著「吳淵林」，出生年月日、地址都填了，也有簽名。但身分證字號那欄，是空的。

怎麼會沒有填身分證字號呢？那是第一個欄位，應該是最不可能漏的。

從出生年月日推斷，生於民國十四年的吳淵林，已經一百歲了。但是連署書的字跡工整細小，或許是家人幫他填寫的吧？可能是家人在填寫過程中，漏掉身分證字號了。

一百歲的人，想必已經白髮蒼蒼，行動也相當不方便，也許連提筆都不容易了。想到這樣的人，也簽了罷免連署書，不禁讓小蓮內心十分激動。

這是老人家珍貴的心意。這張連署書，一定要救回來。

需要聯絡吳淵林與他的家人，請他們補上身分證字號。幸好，吳淵林有留下聯絡資訊。因爲怕單一方式聯絡不到人，因此聯絡資訊的表格，往往請連署者提供電話與 Email。吳淵林這張只有電話，畢竟是一百歲的長者，沒有 Email 可以理解。但是他留的電話號碼，看起來很奇怪，只有四個數字——又遺漏了嗎？

不過小蓮在整理連署書時也看過，有些人地址相當簡單，只是「某某村之幾」，連路名也沒有，但那也是實際存在的地址。因此這串簡短的號碼，或許也有可能是真的電話吧？

小蓮打了一下那支電話，無法撥出。想想這也是正常的。

*

沒有Email、電話不通。這張連署書還有救嗎？但是現在，拉一張連署書多難啊。一開始的時候，連署書還像雪片般飛來，往往一次收到就是一大疊。但是隨著時間的推移，收連署書的數量減緩了下來。更不用說這段時間，罷免團隊不斷遇到有民眾嗆聲、甚至惡意推擠志工……這些事情的發生，一度讓團隊內部士氣相當低迷。但是即便如此，小蓮也知道，就算遭遇言語或肢體攻擊，志工們也沒有任何一秒鐘的猶豫與退縮。罷團內部上下一心，無論遭遇什麼挫折，都要多拉到一份連署書。

連署書總共需要兩萬多份，現在只差最後一千份了。

小蓮不打算放棄。每一份連署書都是民眾的心意，也都是陸戰志工辛辛苦苦堅持下來的成果。把手中這張連署書救回來，就是小蓮在這個崗位，能做的事。

*

不只電話號碼，連地址也是錯的。

吳淵林這張連署書，寫的地址格式，小蓮並不熟悉。小蓮上網Google這串地址，發現是他們這區改制之前的地址寫法。區名、里名、路名都和現在不同。爲什麼會這樣呢——該不會這名百歲的吳先生，是按照自己以前的記憶，寫下這段地址？這樣才可能說得通。小蓮仔細端詳這張連署書，把連署書往上舉，對著光，日光燈穿過連署書的白紙，凸顯了紙上的黑色墨字。小蓮見到的，依然是清晰的字跡。吳先生的字跡很整齊、漂亮，讓人難以相信，這是一名百歲長者所寫的字。

小蓮又打了一次電話。

一樣，打不通。

雖然地址已經改換，但小蓮大概知道吳先生住在哪一區。只可惜那區她不熟，沒辦法憑著舊地名，找到現在對應的地址。不過她知道罷團志工裡的劉姐，就住在那一區。小蓮寫了一張紙條拿去給劉姐。

「劉姐，這地址，你能找到現在在哪嗎？」小蓮問。

劉姐看了一下紙條上寫的地址和姓名。

「我回去問問我阿爸，他或許會知道什麼。」劉姐說。

*

因爲造冊前的補正工作繁忙，小蓮也沒有空再去追吳先生這張連署書。只是有時候，看著連署者的出生年月日，她會想到，很少再看到像吳先生這樣年長的連署者了。

小蓮又撥了一次電話。電話另一頭，傳來熟悉的冰冷聲音：「您撥的電話號碼是空號，請查明後再撥，謝謝。」

＊

因爲小蓮把自己的工作時段移到深夜的關係，和發包廠商討論的時間也因此變得有些尷尬。這天小蓮收到回覆意見，要改一處地方。由於交稿時間比較接近，小蓮想直接用電話確認細節。對方是她長年認識的合作夥伴，也是朋友，小蓮知道朋友是比她更晚睡的夜貓子。現在十二點？朋友肯定是還沒睡的。小蓮馬上撥了電話過去。

「你好。」接電話的，是一名說台語的男子。

咦？怎麼不是朋友接的電話？小蓮把手機拿開，習慣性地確認，卻發現手機上顯示她撥出的號碼，不是朋友的手機，而是吳先生那串，只有四個數字的電話。

一定是因爲小蓮反覆打這個號碼電話，所以剛剛要撥朋友的電話時，不小心按到了錯誤的通話紀錄。

可是，小蓮打了好幾次都沒有通的那個號碼，居然現在接通了？

「もしもし，你是啥人？」電話另一頭的男子繼續問。

天啊，她居然在半夜十二點，打電話打擾人家。這眞是太不好意思了。不過小蓮也不想放棄這個機會，她小心翼翼地用台語說：「我是〇〇〇罷免團體的志工，我叫小蓮，我想欲找吳淵林吳先生。」

「我就是吳淵林。找我啥物底代？」電話另一頭說。

不不不，怎麼會這樣？電話另一頭傳來的，分明就是年輕男子的聲音。對方應該在二十歲到四十歲之間，怎麼聽，都不像是個百歲老人的聲音。

不過吳淵林的資訊都有這麼多疏漏了，或許他的出生年月日也寫錯了吧？

無論如何，請吳先生來補正最重要。

「恁進前有寫過罷免〇〇〇的連署書，對不對？」

「無毋著，我有寫。」

「多謝恁。不過連署書頂懸，有幾個所在愛請恁閣寫一擺。愛勞煩恁去阮實體的連署站。請問恁平常時住佇佗位？附近有啥物？我共恁講最近的連署站。」

小蓮的台語不輪轉，這串平常她講習慣的話，翻成台語後，她講得很慢。幸好之前也有只說台語的長輩，小蓮練習過一兩次。

電話另一頭的吳先生暫時沒有回答。小蓮有點緊張，是她的台語說得不好，因此吳先生聽不懂嗎？還是因爲以百歲長者來說，要出門有些辛苦？

「恁若是不方便，我也會使帶連署書去找恁……」

「南港橋。」

「啥物？」

「我平常時佇咧南港橋。」電話另一頭，吳先生緩緩地說。

小蓮原本想問，吳先生地址靠近哪裡，她比較好提供附近的罷免站點。沒想到吳先生卻不住在他們這區。不過也常見到這樣的狀況，很多人戶籍地和居住地都不一樣。但是吳先生既然住南港，那裡就不會有他們的連署站了。又不好意思麻煩港湖除鏽的團隊，小蓮打算親自跑一趟。

「南港橋嘛無要緊，我過去不遠。按呢，我共恁約一個時間。」

小蓮請吳先生告訴她居住地，她可以上門拜訪。但吳先生只說，約南港橋。並且吳先生說，他晚上七點以後才有空。

假使是百歲長者，晚上七點了，還要出門來到橋邊，小蓮怎麼想都覺得很辛苦。不過既然吳先生這麼說了，小蓮也當然願意配合。

小蓮跟吳先生約明天晚上七點，在南港橋。

*

隔天白天，小蓮去連署站整理連署書。劉姐走過來找她。

「我問到了！」

劉姐從小蓮背後拍拍她的背。

「什麼？」

「那個一百歲的吳淵林吳先生，我問到了。」劉姐高興地說。

「正巧，我也聯絡到……」

「我阿爸聽到這名字時很驚訝，他說吳家以前是住附近沒錯，不過早就不在了。以前發生了事情後，他們家過得很辛苦，後來搬走了。現在那一間房子應該沒有住人了。」劉姐說。

「咦……？」小蓮搞不清楚，現在是怎麼回事。

但是，就算是沒有住人的房子，應該也能當戶籍地吧？小蓮不死心地想。

「那個吳淵林啊，我爸說，他好像聽說過這樣一個人。不過根據他的印象，那個人，發生過一些事後，應該不在了……」劉姐繼續說。

「怎麼會……？」

「現在不是很多造假嗎？這張連署書，會不會是有人故意造假啊？你看看國民黨，他們不是因爲抄死人名單連署，所以現在被告僞造文書嗎？萬一有人拿死者連署書來給我們，然後說我們僞造文書，這樣該怎麼辦啊？」劉姐話說得緊張，小蓮也跟著不安起來。

因爲劉姐的懷疑，小蓮原本想說「我聯絡上吳先生了」的那句話，也只好吞了回去。

「但是，如果要拿造假的連署書給我們，再告我們僞造文書，不可能不填身分證字號吧？這麼明顯的錯誤，我們一定會發現的啊。」

「我不知道，但我是覺得很可疑啦……」劉姐聳聳肩。

＊

小蓮心裡是這樣想的：就算有一半機率，這張連署書是造假的，那也有一半機率，這張連署書是眞的。至少她打給吳先生的時候，吳先生確實是說他有塡寫連署書的。劉姐的爸說關於吳先生的事，都很模糊，因此也許是劉姐的爸記錯了，也說不定。劉姐看上去大約五十歲吧，劉姐的爸怕也八十歲了，會記錯很正常。

小蓮依照和吳先生的約定，帶著連署書，在七點來到南港橋頭。

小蓮在心中練習，等等怎麼教吳先生塡連署書。她甚至和劉姐旁敲側擊，吳先生塡的住址，現在該寫成什麼樣子。身分證字號，應該叫吳先生拿證件出來就知道了。她記得電話裡應該有提醒吳先生，記得帶身分證。

小蓮六點五十左右到，等了十五分鐘。這段時間，南港橋上有些行人走過，不過都沒有看到一名白髮蒼蒼的老人。過了一會，一名男子在小蓮面前停了下來，他看上去約三十歲左右。

「請問，你敢是小蓮？」男子說。

男子的聲音，就是前一晚電話裡，自稱是吳淵林的聲音。

「我是。恁是……吳先生？」

吳先生靦腆一笑。吳先生穿著一件白色襯衫，很素淨，看上去人也誠實。小蓮很難想像，這會是一個送假連署書過來，可能害他們罷團背上偽造文書罪名的人。那個出生年，果然只是寫錯了吧？

「吳先生，愛麻煩恁寫這張連署書。」小蓮早就準備好墊板和筆，直接交給吳先生。吳先生把墊板放在橋上，一個字一個字地寫著。他的字跡，確實是小蓮在原本連署書上看到的，細小工整的字跡。

但依然一樣，吳先生跳過了身分證字號的欄位，出生年寫民國十四年，地址寫的也是舊地址。

「吳先生，歹勢……身分證字號袂當空白喔。」小蓮小心翼翼地說。

「那是什麼？」吳先生問。

「吳先生，恁敢有紮身分證？恁的身分證頂懸，會有一串英文佮數字，那就是恁的身分證字號……」

「我無身分證。」吳先生說。

「咦……？怎麼可能？」小蓮有些著急，她翻出自己的身分證，指著上頭的身分證字號：「這一串，每一個人都會有這個數字，這是我的身分證字號。」

吳先生卻只是認真地端詳了小蓮的身分證。

「按呢啊……這馬有這款物件，叫身分證……我彼咧時陣閣無咧。」

「吳先生，恁看起來年歲佮我差不多，恁應該也有啊……」

小蓮苦笑說，吳先生卻搖搖頭。

「看起來是袂使啊。我這張按呢，是不是袂當用啊？歹勢，小蓮小姐，閣乎你多走一逝。」

吳先生露出沮喪的表情。小蓮不甘心就這樣放棄，指著連署書說：「不然這邊先空著。那吳先生，恁幫我佮這個舊地址改成新的，還有寫恁正確的出生年。最重要的是，這邊幫我簽名……這是我的電話，恁轉去找看覓，恁的身分證放佇佗位，若是找到了，再打電話佮我說身分證字號，我幫你寫……」

小蓮說了一串，吳先生卻只是淒涼地笑了。

「無要緊，我了解。也是無法度啊。我嘛是想欲鬥相共。害恁無彩工。眞正是歹勢啊……」吳先生臉上滿是道歉。

「吳先生，這是啥物意思……？」小蓮不懂。

「你就當作，我不是恁這區的，所以無法度寫連署書吧。」

吳先生伸出手，似乎想拍拍小蓮的肩，但又因爲意識到小蓮是女性，這麼做不太方便，因此退了一步，向小蓮彎腰點頭。

「你們一定愛成功。雖然我無法度用這個方法鬥相共。不過我會用別的方法鬥相共……」

吳先生客氣地笑了，接著轉身離開。他的身影消失在南港橋的夜色裡，留下抱著格式錯誤的連署書、依然不明白發生什麼事的小蓮。

*

隔了幾天，小蓮又去連署站整理連署書。劉姐今天也在，她神祕兮兮走過來。

「我問到了。」劉姐說。

小蓮想起吳先生的事，心中殘留著「就算這麼努力，依然補不回這一張連署書」的挫折感。因此只是淡淡的聽著劉姐說，沒有應聲。劉姐看小蓮沒有問，自己說下去。

「聽說是二二八。」

「什麼？」

劉姐壓低了聲音。「二二八，我爸說的。他們那個年代不喜歡談這些事，所以他之前說到吳家的時候，才都只說吳家遭遇了一些事，沒有講明。但其實就是二二八，他昨晚終於願意跟我說了。」劉姐轉換了一下聲音，開始推敲：「我原本覺得背後可能是國民黨，現在看起來不太像……他們想忘掉二二八都來不及了，怎麼可能會知道這麼清楚？」

劉姐繼續說著，小蓮卻已經沒有在聽。

小蓮拿出手機，輸入「吳淵林 二二八」。結果很快顯示了，二二八時，南港橋下有八位罹難者。那時屍體出現得很突然，早上就有人看到田裡有八具屍體。有些家屬有來認，確認這是他們失蹤的親人。其中一具屍體，被辨識爲吳淵林。

二二八網站列出了一些吳淵林的資訊，出生年就是民國十四年。

還有一張吳淵林的照片，照片上的模樣，看起來就跟小蓮看到的吳先生一模一樣。

原來這就是爲什麼，吳先生會沒有身分證字號，寫的地址是舊地址，電話號碼也是舊的四碼嗎？

小蓮一想到這些，感到全身起雞皮疙瘩。

小蓮之前待陸戰組時，遇過各式各樣的連署人，有帶著小孩的媽媽、下班後匆匆過來的上班族、一邊填寫一邊不停咒罵國民黨的中年男子，還有怯生生詢問自己沒投過票、是否能連署罷免的大學生……但小蓮是第一次，遇到罹難者來連署。

那樣的吳先生，眞的是鬼魂嗎？

在南港橋的夜色裡走來的吳先生，網站上說近八十年前的清晨，他和其他七人一起，被發現陳屍在南港橋下……但是吳先生的襯衫是那樣素淨，不像沾染了一點血的痕跡。

小蓮決定再打一通電話。

*

一樣是半夜十二點，一樣是那串四個數字的電話號碼。

小蓮想起曾經聽說，在半夜十二點時，打十二個七，會通往地獄。小蓮小時候應該曾經打過這類電話，不過十二個七才剛按完，她就嚇得掛斷電話。

沒想到那個傳說是真的，只是要打的號碼不是十二個七，而是以前的電話號碼。

接近半夜時，小蓮先撥了三個數字，等到十二點，再按下最後一個數字。

打通了。這次鈴聲響得有點久。

「もしもし，你是啥人？」電話那頭一樣是吳先生的聲音。

「我是小蓮。吳先生，我……」小蓮猶豫著要怎麼說。「我真多謝你，我……」小蓮想說出口，但一時之間，她也不知道該怎麼開口。很遺憾最後沒辦法接受吳先生的好意，但她也想說，她明白吳先生的狀況。

「我毋知影……恁的代誌……我毋知愛安怎講，我只是想欲講，真多謝……」

小蓮埋怨自己，怎麼說來說去都是那一句呢？這不是她想說的話啊。

小蓮想把話說明白，卻在不知不覺間，感覺到淚意不爭氣地湧了上來。她努力忍住，還是還是抽了一張衛生紙，吸了鼻子。

另一頭，吳先生陷入沉默。

「過去都過去了。」吳先生淡淡地說。

吳先生的語氣，彷彿真的已經看開了。吳先生是最有資格說些什麼的人，但他沒有。他只是淡淡地，想要簽下那一張連署書。小蓮又想起吳先生素白的襯衫。

「其實我原本想說，若是抽查，我閣有才調會當閃過。沒想到怹檢查得比政府還嚴。有怹這款的心，我相信，一定無問題。應該是說……咱會乎伊無問題。」

小蓮隔著話筒，感受這不可思議的時刻。雖然小蓮最終沒有收到這張連署書，但收到了比連署書更珍貴的東西。雖然吳先生看不到，但小蓮還是用力地，點了點頭。

「嗯！一定無問題。」

——二〇二五年四月三十日

謝宜安，著有小說《可愛的仇人》《蛇郎君：蠔鏡窗的新娘》，非虛構《必修！臺灣校園鬼故事考》《特搜！臺灣都市傳說》，合著《臺灣都市傳說百科》。

沒人知道阿公的房間裡住著一隻黑貓

李明修

借了筆，簽了罷免連署書，但我想不起貓瞳孔的模樣。於是我向志工道歉，拿回連署書，把那名字撕碎。

*

沒人知道阿公的房間裡住著一隻黑貓，因爲牠從不曾自房間出來，但我知道，牠躲在阿公的衣櫃上、矮桌下、電視機的後面、吊扇與天花板的夾縫，牠不讓人看見自己的身姿，卻會從黑暗中睜開瞳孔，我知道自己正被牠盯著。

最初看到，是小學寒暑假被寄放在阿公家時。阿公不喜歡開燈，所以白天時家裡也暗暗的，只有幾束自然光能穿過爲數不多的對外窗照入室內，但磨石子地板因此非常的涼爽，我常常躺在上面就這樣睡過一整個下午。

大概太常睡在地板上了，阿公覺得再這樣下去會感冒，就把我叫去房間睡。但阿公的房間是榻榻米鋪成的，棉被也又大又厚，睡到一半我就嫌熱。眼睛一睜開，吊扇上就有一對眼睛對上了我，然後迅速地竄走。那竄走的黑影動作極輕極輕，吊扇幾乎沒有晃動。

但我還是嚇了一跳，跟阿公說房間裡有隻貓。阿公卻面無表情地說那裡什麼都沒有，似乎也懶得多聽我描述。

他確實不是那種溫和慈祥的老人。印象裡的外公腦殼特別大，手腳卻細長枯瘦，除了房間，他大多時刻就待在客廳的藤椅上，整個人蹲踞在椅子裡，用一種頗有距離的模樣看著在客廳裡玩的一衆孫子輩們。有時我們覺得阿公的模樣很像外星人，就算找他說話，也只會說出一些小孩子的我們根本聽不懂的外星話。加上他實在太常抽菸了，抽菸的時候就更有理由不說話，於是大多時刻他就像是一座沉默的奇形雕像。

那樣一個衰敗枯瘦的老人也有充滿活力的時刻，只是他的活力都用在從藤椅上站起來對電視機大吼大叫，而我完全不知道爲什麼，只是看見一旁走過的大伯與姑姑們又怕又嫌棄的眼神，讓我覺得阿公大概是瘋了。

阿公確實瘋了，他的瘋分成兩半。對外面的人來說，阿公瘋的那一面在於畫符請神，符上的字歪歪斜斜，形體飛散，不可判讀，眞正是鬼畫符。但瘋子比常人更接近神明，越瘋就越好，於是三不五時會有人來找阿公請神降旨，祈求年年歲歲的平安豐收。

但對家人來說，阿公去畫符是他少數能爲家裡貢獻一點收入的時刻，那其實是無比理性與合理的行爲。家人眼裡阿公瘋的一面，在於他要不不說話，要不就只能吐出沒人能聽懂的外星話，最後只能對著電視機吐髒話。

不過阿公的外星話到底是講什麼？其他兄弟姊妹不是覺得可怕就是覺得吵，但聽久了我倒是開始好奇，後來發現阿公的瘋其實也有規律可循。他固定在看電視與報紙的時候發瘋，而發瘋時，電視上與報紙上總是出現很像的人。黑服或西裝，油頭與短髮，雖然明明都是不同的人臉，但大概有這樣的人出現時，阿公就會精準而毫無猶豫地暴跳起來。

我想那就是解開外星話的關鍵密碼，問伯伯與姑姑們電視裡的人是誰？他們大多時候都皺著眉頭說「哪知道」、「小孩子管那麼多」，少數時候就嘆口氣，然後把上述的話重複一遍。

於是我跑去問了房裡的黑貓。

黑貓肯定知道，因爲我曾看過阿公在房內抽菸時，也點了一支放在衣櫃前，口中還喃喃地念著些什麼。

貓果然在衣櫃裡，一樣只有眼睛反射著光，身體則完全隱沒在黑暗中。因爲害怕牠突然竄出來咬我，我恭敬地帶著從櫃子裡偷拿出來的鮪魚罐頭擺在衣櫃前，恭敬地用著揉合了咪咪叫跟人言，我想像中的「貓語」問牠：阿公到底在講什麼？瘋什麼？

貓的瞳孔在我眼前震動收縮旋轉閃爍，卻連一聲咪咪叫都沒發出來。

「你在這幹麼？」阿公的聲音從背後傳來。我跳起來：「沒幹麼。」想了一想：「跟貓說話。」

阿公皺起著眉「嗯」一聲。然後把我拎回客廳，拿出他替人畫符時用的水筆：「去寫字。」

「寫什麼？我又沒有作業。」

「隨便。」

然後關上房門。

我端端正正地寫了幾個字，馬上就覺得無聊，乾脆在紙的邊邊用更小更小的字體密密麻麻地寫上好幾個「幹」，幹與幹疊在一起，成爲一團黑黑不知道是什麼的汙漬。我好得意，放下了筆跑出阿公家去找其他閒著沒事的小朋友打球，而門口的紅色舊鐵門被我甩上時，久未上油的軸心發出吱呀吱呀的聲音，在身後緩緩地擺盪幾次，終於閉上。

後來也就不太有想起這個問題的時刻，小時候要塞進去腦袋裡的東西太多了，什麼事都無法停留在腦中太久。而長越大，我就越少回去阿公家。後來終於到了要去讀大學的時候，我跟他報告要離開老家去外地讀書，很稀有地，阿公皺了皺眉。過一陣子後我從大學放假回來，他少見地主動叫我回去一趟，一見面只問：「要不要考回來？」

哪有這麼快啊——我笑著敷衍了過去，即便其實也沒多麼適應外地的生活。然而，看著在這幾年間逐漸變得連站起來對電視破口大罵的次數都少了的阿公，我就不是很想答應他任何事情。

大概是大二，或大三那年？總之在我茫茫渺渺地度日，然後逐漸錯失考回去的時間點的時候，阿公過世了。

清晨接電話是很討厭的經驗，什麼都還不太能想，身體倒是機械式知道怎麼跳起來、怎麼買最近的一班車。回鄉三小時的車程都在半夢半醒，而一回到家，鐵門已大開，清出一大片空間擺冰櫃擺桌椅擺茶具擺金銀紙，親戚們正聚在一起，看到我就喊：這個有讀大學的，奠文給他寫。

我匆匆看了冰櫃內的阿公一眼就被拖去寫奠文，他們從櫃子裡掏出幾支筆，我想起阿公畫符的筆也放在那，硬是要了那支筆來寫。幾個親戚看了開始大呼小叫「喔他想阿公啦」、「唉這麼會想」。我覺得尷尬，差點要把筆放回去，但那筆貼伏著我掌心，又讓人覺得不太想放下。

沒問題的，我很會寫作文，也不用寫太複雜……我想，很快就能寫完。事實上我的手確實動得很快，就像以前考作文時那樣，我總是筆尖碰到稿紙後，就像是 ChatGPT 那樣自動扯出長長一串文字，七拼八湊但唬人耳目，也就是這麼回事了。

寫著寫著，回過神來，伯伯跟姑姑們卻都神色驚慌地看著我。我低頭，筆下的字都是鬼畫符，像阿公曾寫的那樣。

但我收斂不住，手仍在動著，而字的形體通通不斷破散、崩解，禁止被人閱讀也無意被人理解。眼角裡有黑貓的身軀從阿公的房間走出來，身上的黑毛在空氣裡搖曳，然後化作飛灰緩緩散去又復凝聚成團，像是周圍有個隱形的牢籠。但在那樣散去的片刻裡我竟然也看懂了，那全都是一個個扭曲的字，像是日期、像是人名、像是地名，也像是罪名。層層疊疊纏繞起來形成那個比漆黑更漆黑的身軀。

那東西根本不是貓。那團黑黑的東西張開了口，像要說話。我手上的筆也無法停下來，我不斷地寫，黑字落在白紙上，但每一個字都彷彿憑著自己的意識扭曲延展拉長破碎成更小的碎片，字正不斷逃離著，逃離自每一個試圖解讀的目光。它們正往那黑黑的東西身上奔逃。我想喊停，喊阿公的名，求已躺在冰櫃裡的阿公來阻止這一切，就像他昔時爲人畫符，調災解厄那樣。

但我突然發現自己並不知道阿公的名字。

從小到大，從沒人跟我說過阿公的名字，阿公就是阿公，是外星人是瘋子是壞脾氣老人。他的語言他的字都不曾讓我們對他有多一絲一毫的理解。他的語言他的字都在拒絕、都在遠離，一切都被封閉在那文字組成，最終失去文字意義的漆黑身軀裡。

而那黑黑的東西張開了口，口中竟播放出我小時候以想像中的「貓語」對祂說話的聲音：「阿公伊到底是在痟啥物？」然後，黑色身軀裡橙黃的瞳孔與我對視著眨了眨，發出幾聲似貓非貓的叫聲，再切換成似鳥非鳥的鳴聲，最後逐漸出現人的聲音。

——孤魂野神，孤魂野神呐。

——今嘛你的身軀攏總好了，無傷無痕，無病無煞……

——拜請，拜請。

——親像少年時欲去打拚。

——達仔，三牲四果，就來鑒納（kàm-lap），一路平安。

我的手終於停下來了。

黑貓也消失了。

奠文的最前頭，那本該寫著阿公名字的地方，現在龍飛鳳舞地寫著讓人看不懂的三個字。我又退回那個無法看懂這些鬼畫符的狀態，可是我知道，那一定就是阿公的名字。大家皺著眉說這寫壞了，但我堅持說就是這樣子。我終於寫完了。

那是二〇一五年的事了。

二〇二五年，我拿著連署書。其實我知道死人是不能連署的，但我也知道，假若阿公還活著，他一定也會來連署。只是，他也一定沒有辦法用正楷簽下他的名字。

於是我回憶著那一日，貓的瞳孔，呼喚著祈禱著，一瞬就好，讓我寫出那天的字，寫出阿公的名字。那會是一份無效的連署書，然後我會焚燒它，讓字化灰，飄散，飄散到阿公生前唯一能溝通的，孤魂與野神的世界裡，告訴他，現在有很多很多人，都找到了自己眞正的名字，都簽著自己眞正的名字，都不用像你一樣用扭曲的筆跡，遮掩自己從哪裡來，又要到哪裡去。

——二〇二五年五月二日

李昀修，天上風箏在天上飛，地上人兒在地上靠北。

芭樂

東雨

么肆五拐。

毅捷坐在樹叢後，午後的艷陽透亮，他躲在陰影處，隔著小塊草地瞄向前方。社區活動中心的窗口，窗戶沒關，可以望見房間裡，三五人坐在桌前，一疊疊的紙張擺滿整個桌面。

房間裡的人忙碌、疲憊、睡眠不足，但他們鬥志昂揚。兩個多月來，撐過了街頭設站、敵方騷擾、網路肉搜、民眾的冷漠與怒罵，他們哭過、恨過，然後相視苦笑。他們繃著，像連署書上的一筆一劃那樣工整、嚴謹，避免任何摺痕與髒汙。

而這場戰鬥終於迎來曙光。從無人看好，到小有成績，甚至最後幾週，連一開始冷漠拒絕的里長都轉變態度，為他們協調場地開放空間。到昨天截止，早已突破目標數量，直逼安全門檻，他們加緊造冊準備送出。

累、欣慰，但先別哭。他們如此告訴自己。一張意念、一張期盼、一張守護、一張情義，每一張都如此珍貴。

一張Ａ４紙厚約〇．〇一〇四公分，而這裡若全疊起來，那將有四公尺多那麼高——三萬九千五百一十二張。

突然活動中心裡發出吵鬧聲，前門的方向。桌前整理文件的幾人同時抬頭，望向門口，午後的寧靜被打破。

「誰准你們用這裡的？里長？叫他出來！」

毅捷對了對錶，很準。

宏亮，逼人，隔這麼遠，退伍一年，他仍知道這是羅班的聲音。

過去在部隊，羅班也是用這聲音喊口令。但在私底下，羅班說話其實是沙啞、帶點黏稠的。他總習慣把開頭語助詞拉很長，例如稍早他把運動包塞進毅捷懷裡時：

「操——你媽，十萬的芭樂，拿好啊！」

退伍一年，退伍金花完的速度比想像中還快，這算是毅捷退伍後接到的第一份差事，想不到仍是過去軍中的人脈介紹的。明明彼此都退伍好久了，還可以再次碰頭、一起做事、排定路線和計劃、一起抬手對錶，簡直像留守時戰備演訓似的。

那時穿著軍服，辛苦，邱欽才一年就提早報退，回台中去混。而他做完四年才發現，沒錢才辛苦，而欠錢更辛苦。

他將厚實的運動包打開，掏出用毛巾包裹的紅標米酒瓶。

么肆五八。

國軍所使用的手榴彈爲MK2手榴彈，重約〇．六公斤，採用TNT作爲爆炸填充物，每顆造價約一千五百五十元。MK2彈體外殼採凹槽設計，由於此外型因而被暱稱爲「鳳梨」或「菠蘿」，在台灣則習慣被稱爲「芭樂」。

國軍手榴彈基本投擲訓練，毅捷總不合格，最好也只是剛好碰到及格標準。

基本投擲，簡單來說就是丟遠。士兵站在投擲線後，有一段助跑距離，前方則是一片十五度角的扇形區域，偏彈不合格，投過三十公尺合格，五十公尺滿百。

毅捷總是丟到二十八公尺左右，而那幾個念過體育班、待過棒球隊的弟兄，隨便丟都是五十公尺以上。那種透過助跑、蹬地、扭腰、轉體、挺胸、揮臂，將手榴彈甩出去的發力方式，毅捷總是學不會，連助跑都會摔到狗吃屎。

跟現在他樹叢後臥倒的姿勢有八七分像。

剛才遠處有行人不斷往這裡看，不確定是看到了什麼，或是也聽見了活動中心的吵鬧。他不敢起身，希望樹叢的隱蔽足夠。

「你就是跑，然後用力丟出去啊！」那時邱欽示範給他看，就像數學，不會就是不會。

「他媽——的勒！撿回來啊，再丟！丟到會爲止啊！」羅班是這樣教的，可以，這很國軍。

然而除了基本投，還有另一項野戰投擲。

野戰投擲又稱門窗投擲。士兵蹲在掩體後方，距離十五公尺處有一堵牆，從地面往上一・二公尺處設有一窗戶，窗戶長寬也是一・二公尺。士兵需蹲在掩體後，可選擇跪投或站立投擲，將手榴彈拋進窗口內。每人有兩發機會，第一發命中爲一百分，第二發才命中則爲七十分，兩發未中以零分計。

沒有人重視門窗投擲，所有的練習都在看誰丟得遠。畢竟扔進框框裡，看起來也不怎麼樣；但丟出五十公尺，就是帥、就是屌。而毅捷就是不帥不屌的那個，體能不合格被抓著陪練、打靶時常脫靶、背口令會結巴忘詞，只有一項他做得好。

毅捷的門窗投擲成績，永遠滿百，他從未失手過一次。

么肆五勾。

「賺死了賺死了，天選之人啊！在部隊丟一顆芭樂値一千多塊，你丟這顆値十萬！」當初羅班和邱欽找上他時，邱欽這麼對他說。

羅班說上頭已經定了，丟進去十萬，還有欠邱欽那邊的，一筆勾銷。

「一定要這樣嗎？」

當時毅捷遲疑了。但邱欽反應平淡，只是告訴他，不做也沒關係，會有別人做。

要丟人？

不，不傷人，往桌子丟就可以，羅班和邱欽會把裡頭的人引開，確保房間裡沒人。

會變成縱火？

沒那麼嚴重，活動中心裡都有滅火器，旁邊都有人在，不到兩分鐘就會把火滅了。

ＯＫ，沒什麼好擔心的。

此刻毅捷將身子壓得更低，抓著手裡的米酒瓶。他緊張，但不害怕，抬手掂了掂重量，莫約一公斤。雖然形狀和重量都比手榴彈稍大，但不要緊，他練習過。

瓶子裡裝的是汽油，瓶口封緊，露出一截破布當引信，非常土炮。看到的第一眼毅捷自己都想笑——這芭樂東西値十萬？

汽油彈有個優雅的別稱：莫洛托夫雞尾酒。

這別稱來自二戰時期，一九三九年十一月，蘇聯入侵芬蘭，冬季戰爭爆發。蘇聯外長莫洛托夫宣稱，蘇聯空投的不是炸彈，而是食物和補給品。芬蘭人則用自製的汽油彈反擊，攻擊蘇聯的裝甲車輛，並將汽油彈戲稱爲「回敬莫洛托夫的雞尾酒」。

自此之後，這款雞尾酒出現在世界各地，包含一九四八年的以色列，一九五六年匈牙利革命，甚至二〇一九年香港反送中運動，以及二〇二二年的俄烏戰爭。當然，毅捷並不知道。

遠處的行人走開了。

么五洞洞。

一定要這樣嗎？

毅捷按下賴打，碎布被迅速點燃。他將肩膀向後拉弓，肘腕放鬆，前臂甩出。

除了不會傷到人之外，毅捷沒有考慮更多細節。他單純、中立、不碰政治，就像大多數人一樣，有錢要賺，有事要做，很忙。做一個士兵也就是如此，不問理由、不問立場，只問達成條件和手段。因爲他只是計劃裡的一部分。

微微星火飄在他耳際，在空中畫出一道飛越草地的拋物線。或許出手歪了，或施力少了，也可能只是多心，晃動的幅度似乎與往常不同。

那是一顆芭樂。

在毅捷之外的另一部分，里長已經收受指示一整個月了。協調借場地、申請路權、里辦公室都幫忙設連署站，就是爲了在造冊時，讓他們用活動中心。勢必得如此，辦事可不是靠理念和熱情，而是靠人脈和金流。當然，里長會順便把窗戶打開。

瓶中液體搖晃的清脆聲響，像可樂又像生啤，卻帶著火苗。燃著火光的瓶口和深色的瓶身，紅黑交替旋轉，像輪盤。

那是令人心寒的雞尾酒。

羅班和邱欽會帶人來亂，叫裡面的人出來。只需兩三分鐘，在有人報警前，他們和里長會假裝起衝突、推擠、打在一起，讓衆人上前幫忙拉開。先動手就是不對？大吼罵人的是誰？那些都不重要，重要的是房間沒人了，只有滿桌的連署書。

飛至最高處，光滑瓶身反射陽光，躍動的光點閃閃發亮。有那麼一絲念頭，毅捷希望自己失手。那是十萬千鈔。

破碎的聲音響起，爆裂伴隨火勢衝出，他聽見紛亂的腳步聲、尖叫、還有大喊。跟計劃中的一樣，很快有人拿起滅火器。

當煙霧散去後，殘骸四散。有人歇斯底里大叫、有人哭了、有人傻住了，眞的沒有人受傷，只是碎了一地。那破碎的不是芭樂，不是雞尾酒，不是十萬千鈔，而是三萬九千五百一十二張，疊起來也沒有任何高度的廢紙。

——二〇二五年五月九日

東雨，生是台灣人，死是台灣鬼。怕苦、怕難、怕死，卻穿上虎斑迷彩，簽了四年海軍陸戰隊。

食物戰爭

「你咖哩飯咋這麼吃的？」坐在桌對面的嫣容盯著他桌上的餐盤，歪著頭，潤紅的唇瓣輕吐疑惑。

救命，他差點要被可愛死。

「這樣攪拌，米飯才能和咖哩醬汁徹底融合，那個香氣和甜味才會出來啊。」他起勁地一邊拌一邊解釋，見眼前的美貌女子輕蹙蛾眉，便放下自己手上的湯匙，微微起身，溫柔取過她手上的湯匙，幫忙將她的那盤咖哩飯拌勻。

「啊……」嫣容嬌呼一聲，他笑著把湯匙匙柄塞回她的手裡，再輕拍她冰涼柔軟的小手。「哎，沒事沒事，小事一樁啦，不用放在心上。」

他坐回自己的位置上，一邊舀起咖哩飯，塞進自己的嘴裡，一邊看著嫣容呆呆望著眼前餐盤的嬌憨模樣，忍不住笑了起來。「我跟妳說，我們那的人啊，對食物這件事可以說是每天都在打仗。」

「喔？」就知道食物的話題總是能勾起年輕女孩的興趣，就算她（目前）是他的主管也一樣。「願聞其詳？」

「譬如說呢，我們那裡有種泡麵，雖然品名叫作炸醬麵，但是有人吃乾的，有人吃湯的，光是這兩派就可以吵個半天，後來竟然還衍生出另一種加進花生巧克力棒的，有夠邪門！」

「花生巧克力棒加進炸醬麵裡？」嫣容噗哧一聲，急忙掩住嘴唇。「那還能吃嗎？」

「當然能，還很搭耶，但還是會有本格派的人完全不吃這套。就像是義大利人堅決反對披薩裡加鳳梨，我們那的人看到日本人把珍珠加進電鍋裡和飯一起煮，還是加進拉麵裡，全都快瘋了，每一個都說必須跟他們宣戰！」

「那是自然，日本鬼子是絕對和我們勢不兩立的。」嫣容興致盎然地望著他。「後來呢？怎麼沒宣戰？」

「當然是因爲我們內戰就打不完了啊……芋頭可不可以放到火鍋裡？豬血糕和麵線糊能不能加香菜？肉圓有炸的一派和蒸的一派，那也就罷了，還會有人跳進來說水晶餃不就跟肉圓一樣嗎？這也能吵起來，後來有人說水晶餃不就是包了餡的粉條嗎？這話又把另一群人氣得半死，說講這種話的人絕對是共諜……」

他突然發現自己說錯了話，停了下來，吞了口口水。

「共諜呀……」嫣容笑得明媚，像是完全沒感覺到他的尷尬，又或者是，她並不覺得那是需要尷尬的事。「還有嗎？繼續說呀，好有趣喔，我想多聽一些。」

嫣容推開桌上的餐盤，雙肘支在桌上，捧著雙頰望定了他，他整個人都振奮起來。

「還多著了！我跟妳說，我們吵得最凶的，絕對是肉粽。」

「肉粽？」嫣容蹙眉的模樣可愛極了。「你們的肉粽有很多種嗎？我們各地的粽子可多著了，也沒聽人爲這種事吵過架。」

「算上鹼粽、客家粽、原住民的阿拜、吉納福，也有人把竹葉包的和月桃葉包的當成不同類型，連有沒有加蛋黃，有沒有加花生，撒花生粉、沾甜辣醬還是醬油膏都當作不同派別的話，其實眞的不少，不過最主要爭吵的兩派還是南部粽和北部粽……」他興高采烈地對嫣容細數各種不同的粽類，當時在反抗軍裡還眞因此內訌過，當時負責空戰傳播的組長熱愛的南部粽，竟被陸戰游擊隊長當衆貶低，說那種水煮糯米糰根本是鼻涕，立刻就把空戰組長氣哭了，場面一度非常尷尬。

「這樣也氣哭？你們那組長太嬌了吧？」嫣容噘起嘴，不以爲然地哼了聲。

他沒附和，空戰組長是他所能想像最完美的夢中情人，聰明、果敢又充滿活力，當然啦，最主要的還是年輕又可愛，一頭性感撩人的波浪長髮在戰後還被他割了下來當紀念。

眞可惜，眞是太可惜了。他本以爲可以趁著空戰組長傷心的時候去溫言安慰幾句，順勢成爲她的男人，想不到他打算趁四下無人靠近她時，竟然眼睜睜看著游擊隊長捷足先登，不僅不顧男性形象地對空戰組長道了歉，還死不要臉地要空戰組長帶他去吃好吃的南部粽，讓他改觀。

無恥！低級！敢說南部粽是鼻涕就一輩子都不要吃啊，道什麼歉！混帳！

結局很好猜。他的夢中情人和游擊隊長交往了，當初聽說那些民主自由派的社運女都很好上，他才興沖沖去加入的，沒想到從老的到小的全都沒人想跟他多說幾句話，更別說肢體接觸了，簡直虧爆，還不如去當內應，至少賺得到時薪。

更不用說，由於內應有功，他們不費一兵一卒，光靠內應與認知戰便輕鬆拿下了這蕞爾小島，戰後他還扶搖直上，榮升軍醫部的副主任祕書，和嬌俏可人的主任祕書嫣容一起打點各地人體資料庫，處理全國各地的器捐專案，這可是了不得的重要工作。

「這麼說來，你那時堅持要把你的黨羽全用鐵絲穿掌串起來，說是綁肉粽，該不會就是爲了那個肉粽之仇吧？」嫣容恍然大悟地笑了起來。「你還眞有創意！」

他心虛地笑了笑，其實他才沒有什麼創意呢，那是中國國民黨在幾十年前就用過的老路數，要說創意，他遠遠不及。

但他才不會承認。

「這主意聰明吧？串起來多方便呀，一方面讓他們跑不了，一方面足以讓他們痛到失去求生意志，一方面還不會傷到重要器官，一根夠粗夠長的鐵絲就能滿足所有願望，簡直不要太方便。」

「就你聰明！」嫣容輕巧地點了一下他的額頭，笑著站起身。

這是他成爲嫣容的下屬以來，她第一次主動碰觸自己，這初次親密接觸簡直讓他頭暈目眩，一時忘了呼吸。

「不，嫣容，妳咖哩飯都還沒吃呢，怎麼就要走了？午餐後，我們不是還要忙嗎？游擊隊長的腦幹撞擊術預定是兩點開始，在那之後我們可要忙上好幾個小時分發器官，不趁這時多吃點，到時忙起來，妳要是沒時間吃東西，我可會心疼的……」

「確實是要忙一下，還不就你們那空戰組長，送進集中孕產中心後，竟然聯合裡面的維吾爾族人逃亡，還好那孕產中心的圍牆外什麼都沒有，他們逃了幾天後就被逮回來了，上面的人說這麼聰明的女人不能要，所以也把她送來我們這了。」

空戰組長被送過來了？天啊……他真的覺得自己沒辦法呼吸──這意思是，要賞給他嗎？可是、可是那女人再怎麼樣，在集中孕產中心也一定被玩壞了吧，那，他還想要嗎……

他有點難以辨識自己的心情，頭暈目眩的感覺越來越強烈，這難道就是與夢中情人咫尺天涯的感覺？

「其實啊，剛剛聽你講那故事，我覺得挺甜蜜的。」嫣容的臉頰透著紅暈，一臉嚮往愛情的小女人模樣。「我想，既然剛好兩個主角都在這裡，如果能讓他們的器官在同一個人的身體裡重逢，一起活下去，就像是把不同的餡料包成肉粽，跟他們的戀愛故事還能相互呼應，這不是太浪漫了嗎！我簡直迫不及待要趕緊交代下去了……」

嫣容起身，而他，起不了身。

「但，妳的咖哩飯……」

不僅起不了身，他的頸椎也無力支撐他的頭，砰地一聲，他的額頭重重撞擊桌面，接著歪倒，他已經無法轉動眼球，看不見嫣容，只看得見她剛才推開的那一盤，完全沒動的咖哩飯。

「噢，那盤對我來說已經不是咖哩飯了，我是咖哩絕對不能攪拌派的。」嫣容帶著笑意的聲音，輕輕柔柔鑽進他的耳裡，成爲他最後的天籟。

「凡是攪拌咖哩飯的人，都必須死。」

——二〇二五年五月十日

劉芷妤，台灣小說家，著有《樂土在上》、《女神自助餐》、《迷時回：無糖城市漫遊指南》等。

為什麼相信文學有力量

輯四——專題報導

「二〇二五主張罷免不適任立委，是我們的義務」——臺灣文學作家連署聲明

楊双子

當文化政策遭到戕害成為事實　罷免不適任立委就是義務

民國一一四年中央政府總預算於二〇二五年一月二十一日三讀通過，根據文化部新聞稿，「文化部一一四年主管預算原編列兩百九十億元，經初步計算共刪除十一億元、凍結三十四億元。」其中，文化部、文資局、影視局，乃至臺博館、史前館、國美館、臺文館、人權館、傳藝中心、工藝中心等藝文館舍皆遭凍結百分之三十的業務費。業務費作爲各單位實際運作的基礎經費，勢必導致行政實務層面的窒礙難行，牽一髮而動全身，終至所有相關人士自國家公務員、藝文創作者及至消費藝文活動與產品的一般民眾，同樣在藝文產業遭創之下蒙受損失。

回望立法院預算審查過程，我們目睹多項文化相關預算遭到海量提案凍結與刪減，而當各個民間團體集結發聲抗議聲浪足夠巨大之際，相關提案即迅速退縮爲撤案或大幅修改。此一反覆之行動，顯示這些對文化預算的凍刪提案絕非基於嚴謹審視，而是政治攻防的操作手段。文化相關政策的成效，本屬長期累積之成果，絕非一日之功，亟須遠見作爲根基的全盤規劃。正因如此，作爲台灣文學創作

者，我們深切關注此事對未來的嚴峻影響。

以台灣文學作家近年的國際成績舉例，二〇一八年，吳明益以《單車失竊記》入圍英國布克國際獎長名單；二〇二三年，陳思宏以《鬼地方》入選美國《圖書館雜誌》二〇二二年世界文學年度十大好書；二〇二四年，楊双子與其英文版譯者金翎以《臺灣漫遊錄》榮獲美國國家圖書獎；迄至二〇二五年，蕭瑋萱以《成為怪物以前》橫掃德國書市，連續三個月位列犯罪推理排行榜 Top10。近年台灣文學在國際舞台有此斬獲，讓世界看見台灣，達到文化外交的目的，大多直接受惠於文化部挹注外譯推廣政策，以及隨之而來的產業動能。

在野黨團針對文化部預算案的凍結與刪除，本該於二〇二四年完成討論協商，卻在拖沓多時後緊急於短期間內強硬提案通關，顯見未經深思熟慮。而此等粗暴浮濫凍刪預算的舉措，不但直接削弱文化政策的推動力與續航力，影響本土語言振復，損及整體文化環境的多元與進步空間，也等同扼殺台灣文學發展的可能性，對於當前台灣文學走向國際舞台的良好機遇更是一記重擊。時至今日，文化部預算遭到凍結與刪減已成事實。然而，明日之後的台灣文學創作者是否會遭遇更多難以預測的掣肘與戕害，卻是必須正視與面對的危機。此類問政品質可議的立法委員，不僅是台灣文學發展路上的絆腳石，更是隨時可能在政策面爆發無差別攻擊的自走砲。我們有意指出，即使在遭遇輿論浪潮時小有退讓，本屆立法委員仍然未改以預算箝制言論自由的本質，在眾多質疑聲中蠻橫通過本年度總預算案。我們不得不懷疑，未來幾年將會反覆上演雷同的戲碼，致使文化政策遭受難以回復的長遠傷害。據此而言，唯有積極倡議以罷免不適任的立法委員，才是解決問題的根本之道。

遭到蘇聯政府治罪流亡美國的俄裔美籍詩人布洛斯基（Joseph Brodsky），對於文學人的政治關懷有此名言：「文學有權干涉政治，直到政治停止干涉文學。」我們是台灣文學創作者，爲了遏阻台灣文學發展路上的潛在風險，在此公開表態聲明，我們支持罷免不適任的立法委員，直到不適任立委停止摧毀台灣文學。

——二〇二五年二月十日

【連署聲明共同領銜人】（根據姓名筆畫排序）

Apyang Imiq（作家，《我長在打開的樹洞》）、寺尾哲也（小說家，《子彈是餘生》）、朱宥勳（小說家，《以下證言將被全面否認》）、江婉琦（作家，《移工怎麼都在直播》）、何玟珒（作家，《那一天我們跟在雞屁股後面尋路》）、利格拉樂·阿烏（作家，《女族記事》）、吳曉樂（小說家，《那些少女沒有抵達》）、宋尚緯（詩人，《鎭痛》）、李金蓮（作家，《暗路》）、李奕樵（小說家，《遊戲自黑暗》）、林立青（作家，《做工的人》）、林佑軒（作家、譯者，《崩麗絲味》）、林楷倫（小說家，《僞魚販指南》）、林蔚昀（作家，《世界之鑰：帝國夾縫下的台灣與波蘭》）、臥斧（小說家，《FIX》）、邱常婷（小說家，《獸靈之詩》）、阿潑（作家，《日常的中斷》）、姜泰宇（敷米漿）（作家，《洗車人家》）、柏森（詩人，《原光》）、洪明道（小說家，《等路》）、徐振輔（作家，《馴羊記》）、馬世芳（作家、主持人，《地下鄉愁藍調》）、張東君（作家，《動物數隻數隻》）、張嘉祥（作家，《夜官巡場》）、曹馭博（詩人，《夜的大赦》）、陳思宏（小說家，《鬼地方》）、煮雪的人（詩人，《掙扎的貝類》）、黃崇凱（小說家，《文藝春秋》）、黃震南（藏書家，《臺灣史上最有梗的臺灣史》）、黃璽 **Temu Suyan**（詩人，《骨鯁集 *Khu ka Qaraw Qulih*》）、楊双子（小說家，《臺灣漫遊錄》）、劉芷妤（小說家，《樂土在上》）、蔡珠兒（作家，《紅燜廚娘》）、鄭琬融（詩人，《醒來，奶油般地》）、鄭順聰（作家，《台語好日子》）、薛西斯（小說家，《魚眼》）、謝金魚（作家，《崩壞國文》）、簡莉穎（劇作家）、寵物先生（小說家，《虛擬街頭漂流記》）、瀟湘神（小說家，《廢線彼端的人造神明》）

當文學寫下火與花——記「筆桿接力」文學行動

文／林欣誼

「台灣有難，我選擇站出來。」二〇二五年二月中，因苗栗第二選區罷免立委的領銜人臨時退出，高齡九十一歲的文學界重量級作家李喬挺身而出，宣布擔任領銜人一職。

年事已高的李喬在此關鍵時刻不僅止於出聲，更採取行動，擔負了社會與法律責任。他不畏老、無懼壓力，聲明稿中字字落地有聲：「我生於這塊土地，一輩子用文學去反抗人間的不平不義不合理，如今，我選擇以行動來書寫歷史，堅守我們的獨立精神，拒絕屈服。」

台灣文學史的此時此刻

二〇二五年初由公民團體發起的大罷免行動，其源可溯自二〇二四年五月間的「青鳥行動」。

當時，立法院在野黨團因推動「國會職權修法」及「花東交通三法」①與執政黨立委爆發衝突，立院審議期間，反對法案的民眾接連多天自發集結於立院外青島東路抗議（後來支持法案方也集結表達意見）。為免示威地點的「青島」兩字受社群媒體的屏蔽干擾，參與者用「青鳥」代稱，從此成為行動象徵。

同年十二月，在野黨立委又提出《選罷法》、《憲訴法》、《財劃法》等三法修正案②又引發爭議，「冬季青鳥」再度集結抗爭。延續至二〇二五年初，在野黨針對新一年度中央政府總預算案大幅刪減，影響全國施政，藝文界也對文化預算遭砍表達憂慮與抗議，逐漸凝聚成沛不能擋的浪潮，響應了遍地開花的大罷免行動。

二〇二五年一月二十一日立院三讀通過總預算案，其中文化部原編列二百九十億元，共被刪除十一億元、凍結三十四億元。包括影視音、出版、表演及視覺藝術等領域都廣受波及，各藝文館舍的業務費也被凍百分之三十，引發藝文界普遍不滿。

文化部長、也是資深作家與編劇李遠（筆名小野）在預算案三讀前夕疾呼，文化部的預算並非補助文化人，而是爲他們創造及改善環境，「文化人是國家中最獨立思考的一群人，當他們站出來時，表示國家將面臨危機。」

預算案通過後，前輩作家李喬於一月二十三日率先以親筆文發難，批評在野黨刪凍客家相關預算，「是文化刨根、掏空、戕害迫害全國文化的劊子手」，文末語句「反抗就是愛……對不適任的立委，罷！」更登高一呼，情意懇切，幾乎成日後文學界聲援罷免的重要口號。

二十一世紀初的台灣文學史，應當會記上這一幕。然而不只這一幕。

從千名連署到筆桿接力

接著，作家楊双子發起文學界連署，於二月十日公布二百零一人連署名單及聲明：「當文化政策遭到戕害成爲事實，罷免不適任立委就是義務。」一個多月後，她與朱宥勳等作家重啓第二波連署，至三月三十日短短十天內，共募集了一千零四十三位作家響應。

這份連署名單跨世代、跨族群、跨類別，他們以本人及著作爲名，簽下這份標誌時代的文件，也開啓了台灣文壇前所未有的大規模串連行動。

四月二日，四十位連署作家出面於立法院舉辦記者會，連同當天不克在場的上千人，傳達的是一股深遠而匯聚的力量。他們同時宣布「#筆桿接力罷免到底」書寫行動開跑，號召大家用多元不拘的體裁和語言，自由創作發表，見證眾人所同在的此刻。

從出生於日本時代的李喬以降，參與行動的作家涵蓋各時代與經驗——有親歷白色恐怖入獄的陳

---

①「國會職權修法」含《立法院職權行使法》、《刑法》修正案，於二〇二四年五月二十八日三讀通過，後行政院提出覆議未通過，與執政黨立院黨團、總統等同時聲請釋憲，十月憲法法庭判決認定法案部分合憲、部分違憲。「花東交通三法」含《花東快速公路建設特別條例》、《國道六號東延花蓮建設特別條例》、《環島高速鐵路建設特別條例》等三法草案，尚未三讀。

②全名為《公職人員選舉罷免法》、《憲法訴訟法》、《財政收支劃分法》，此三法修正案於十二月二十日三讀通過。

列，有著書同時種樹造林的吳晟，有著墨女性題材創作逾半世紀的李昂，長居過香港而對兩岸議題感受尤深的蔡珠兒，書寫自然及關注土地的吳明益，亦有致力台灣與波蘭文化交流的林蔚昀……這只是千分之一二的列舉。

不論詩文或小說，從ＢＬ、非虛構寫作到圖像漫畫、評論與翻譯，一千零四十三名作家的創作綻放著如繁花般的相異風格。共通的是，這次他們都選擇讓書寫，成爲一種政治表態。

楊双子引用蘇聯時代流亡美國的俄裔詩人布洛斯基（Joseph Brodsky）名言：「文學有權干涉政治，直到政治停止干涉文學。」但她也強調：「連署行動是積極表態，不參與連署並不等同相反立場……在最根本的地方，我認爲人們擁有不表態的自由與權力。」從文學出發，溫厚包容了人在現實中的各種難言處境。

「政治與文學」的關係，不論古今中外，都是橫亙在作家稿紙前的一道題。在筆桿和槍桿之間，要寫作還是要革命，從坐而言到起而行，似乎，這個界線並非永遠分明。

李喬一九三四年生於苗栗，以《寒夜三部曲》等作聞名，創作涵蓋小說、散文、詩、戲劇、評論等。他概括自己一生的思想爲「反抗哲學、土地認同、世界一體」，他說：「我不相信文學可以高於人間、與他人無關，文學是社會的活動之一，作家也是社會的一員，豈可以離開政治？」他早年便曾借沙特語，指出「台灣文學的根本精神是一種 engagement literature——參與的文學、行動的文學、責任的文學。」[3]可見，書寫作爲一種「反抗」，早已是寫入他體內的信念

成長於戒嚴，政治中的滷肉飯

李喬說，反抗是因爲愛；對五年級作家蔡珠兒而言，眼下的行動更是出於「急迫」。蔡珠兒著有《紅燜廚娘》、《種地書》等散文集，戮力於飲食文化書寫與推廣，她自述「本來抒情耽美，不問政治，但在這樣的關頭，如果不站出來，國家就末日了。」並笑稱對李喬出面毫不意外，「這就是他會做的，很帥的事！」

身爲中間世代，蔡珠兒也回顧自己在二〇一四年太陽花運動，受到年輕一代很大的感召。那是她與先生汪浩從香港搬回台灣前一年，「正因我有國外的生活經驗，經歷過香港的切膚之痛，更迫切感到台灣正在面臨歷史關頭。」但她說，與香港不同的是，台灣享有完全的民主，有更多選擇，也證明我們可以走出自己的一條路來。

去年的青鳥行動是更近的震撼，眼見台灣引以爲傲的民主成果，可能因立院即將通過的法案而毀於一旦，「我簡直目瞪口呆，從納悶到憤怒，從憤怒到產生行動力。」此時此刻，她深感以食物爲文化隱喻的寫作之業太緩不濟急了，因此連署之外，也積極參與宣講、加入集會遊行，「我決定靠自己的兩條腿走上街頭，哪怕只是空拍圖下一個奈米的小點，也是一份力量。」

---

③本段引述自李秉樞撰文、黃美娥專訪〈我思我辨我寫，在書寫反抗中活出生命意義：專訪李喬〉（Openbook 閱讀誌，二〇二五年三月二十五日。）

就世代的觀點，蔡珠兒成長於戒嚴時代，擔任解嚴報禁開放後的第一代文化記者，「但過了幾十年我才知道，戒嚴的捆壓與桎梏在這代人所留下的刻痕，就如同裹小腳般，不是一夕間可以掙脫的。」

她回想過去不論學校教育、女性行事都受到社會很大的模塑，「能在其中突圍成功的，就是文學。」然而在大中華思維下長成，她即使從事寫作，也因各種微妙的禁忌而有許多不知道、不敢說、不會說；後來雖歷經社會思想解放、感覺結構徹底改變，但她至今仍在琢磨新的敘事方法，以跨越舊時障礙，融入新的意識與視角。

「現在我回過頭再寫食物，已無法只是講述這道菜多好吃，因為如果台灣沒了，我們都要像香港人移民到世界各地去，這道菜好吃有什麼意義？我就是要留在這裡，而不要在其他地方回憶料理的鄉愁啊。」

這也是為何她強調，政治是無所不在的，但政治並非如上一代所想的骯髒、殘忍而血腥，「政治應該不是一種主題，而是一種文法，一種句型，一種思考。」她不禁說：「在我看來，沒有比一碗滷肉飯更政治的了。」

從太陽花到這次號召連署的主力七、八年級作家身上，蔡珠兒更欣喜看見新的台灣國族敘事正在形成。她大力讚許如楊双子、朱宥勳、李奕樵等年輕作家，「有強大的動能、活潑的想像、遼闊深刻的視野，他們對台灣的歷史與社會情況，有比我這代更清楚的認知架構，才能帶來這麼深刻的影響。」

你說的話，有政治的回音

作家串連是跨世代的，文學發聲也橫越了國界。七年級作家林蔚昀譯有波蘭作家舒茲（Bruno Schulz）、沙博爾夫斯基（Witold Szabłowski）、柯札克（Janusz Korczak）等人作品，著有散文《我媽媽的寄生蟲》、歷史研究《世界之鑰》等書，在作家連署的新聞刊登後，她也在第一時間補上英文新聞稿。

林蔚昀的先生谷柏威（Pawel Gu）來自波蘭，二〇一六年夫妻倆帶著孩子離開一起住了十一年的克拉科夫搬回台灣，在台、波舉辦過許多兩國文化交流活動。

從去年的國會擴權等法案到今年的刪凍預算，林蔚昀形容這個過程「很有既視感」，彷彿看到波蘭二〇一六年政治亂象的開端，「當年右派上台，開始癱瘓憲法法庭，他們反LGBTQ、反環保、反難民、反墮胎……因爲不想看到波蘭近年的慘況在台灣發生，我很快就加入連署了。」

她表示，台灣如此大規模的文學串連，即使在國外也很罕見，許多外國朋友都感不可思議，讓她對台灣作家的使命感與有榮焉。「但我不覺得作家特別了不起，民主是人民爭來的，作家要爲民主和人民服務，只要風花雪月而不碰政治的話，乾脆不要寫算了。」她直率地說：「可以選擇風花雪月，或選擇激進、或奇幻推理，也是民主政治才有的產物，威權統治下哪有自由寫作的可能，就像現在中國也禁ＢＬ創作了。」

正因現有的民主是奠基在前人的努力爭取之上，林蔚昀認爲身爲台灣寫作者，沒有「政治歸政治，文學歸文學」的權利。連署後，她也響應作家李靡靡發起的「二〇一讀書會」（後隨連署人數增加改爲一〇四三讀書會），與其他成員在社群上不定期發表閱讀連署作家作品的讀書心得，更把這現象寫成論文投稿由荷蘭學術機構主辦的國際研討會，力求讓國際看見台灣。

作家以創作表達政治，甚至成爲政治改革的實踐者，如捷克有劇作家成爲總統的哈維爾（Václav Havel）、智利有詩人外交官聶魯達（Pablo Neruda），再往前十九世紀，寫作《悲慘世界》的法國文豪雨果（Victor Hugo）亦投身政治並出任議員……更不用說，爲了對抗獨裁、貪腐和體制的不公，世界上有多少寫作者將目光投向弱勢人群與社會的暗處，成爲推動民主的隱形力量。

「你說的話，有政治的回音，
你的沉默，訴說著許多話語，
橫著看豎著看都是政治性的。
甚至當你走入森林，
你也踏著政治的步伐，
走在政治的地面上。」——辛波絲卡〈時代的孩子〉

以文學反思政治的作家中，林蔚昀最深刻有感的莫過於波蘭著名詩人辛波絲卡（Wislawa Szymorska），並譯有其《黑色的歌》等詩集。她表示，辛波絲卡「用隱喻、委婉的方式寫政治」，在港台引起廣大迴響，如〈時代的孩子〉、〈結束與開始〉常在抗爭運動中被引用作爲政治表達的有力語句。

她認爲，辛波絲卡的「政治詩」並非具有強烈的意識形態表述，也非高倡政治主張，而是在描繪這個每一位人民都會深受影響的世界，「她的詩放下自我與觀點，讓現實說話，讓那些有著相似命運的讀者與詩產生共鳴。」

行動中的文學

將眼光放回比鄰，雖然背景與成因不同，但巧合的是與台灣同時，距離不遠的韓國文學界也正以行動來書寫歷史。

二〇二四年十二月時任韓國總統的尹錫悅因「一夜戒嚴」[4]令國際譁然，國會繼而通過尹錫悅彈劾案，引發支持和反對民衆持續示威抗爭，社會對立動盪。二〇二五年三月二十五日，包括諾貝爾文學獎新科得主韓江、鄭寶拉、Suzy Lee 等四百一十四名韓國作家發表聯合聲明，呼籲憲法法庭立即裁決彈劾尹錫悅，並各以一句話響應。韓江寫道：「我相信生命、自由與和平的價值，永遠不容妥協。

罷免，是維護普世價值的行動。」此外，韓國作家協會也召集二千四百八十七位文學界人士連署，共同發聲挺罷免。[5]

政治跨越時地，關乎生活，文學何嘗不是？許多人比喻，大罷免是一場沒有煙硝的戰爭，那麼，作家們「筆桿接力」所寫下的文章，或可被視爲子彈擊發幻化成滿空綻放的煙花，抵抗著眼前的惶惶與惘惘威脅。

就讓文學的火與花，一盞一盞地接下去吧，從日到夜，從天穹到滄海，讓往後的人們能夠循跡辨識出，這些星星點點，曾經是這樣亮起來的。[6]

④二〇二四年十二月三日晚間韓國總統尹錫悅突宣布戒嚴，國會隨即於凌晨開會行使同意權表決，全票通過反對緊急戒嚴，尹錫悅於清晨四點四十分解除戒嚴令，前後歷時僅約六小時。

⑤二〇二五年四月四日憲法法庭裁定彈劾成立，尹錫悅遭立即解職。

⑥此刻不只作家連署響應，影視圈也因相關預算遭刪而群起發聲，串連行動。二〇二五年一月初，因國民黨立委陳玉珍提案全數刪除文化部補助公視的二十三億預算，紀錄片導演楊力州在臉書發文怒稱此舉將受到「反撲」，號召影視工作者投入公民罷團的影片支援，迅速湧入千人迴響。民進黨教育及文化委員會立委召開記者會，呼籲「捍衛台灣影視命脈」，王小棣、陳世杰等多位導演也出面聲援。影視界這波大規模集體公益拍片行動，以「TAIWAN ACTION 影片計劃」為名，於兩個月後的三月十三日上架第一支短片，至本書付梓日七月二十三日已累計發表十九部作品。同時，陳玉珍在網路引用他人語，以「丟掉那隻要飯的碗」譏諷領政府補助的創作者，更點燃廣大文化人的怒火。電影導演協會理事長、導演陳玉勳等二十人於一月二十一日發布〈給年輕影視工作者的公開信〉，鼓舞下一代別在意「要飯說」、「再窮都還有創作自由」，即使身處辛苦的行業，但這是一個值得驕傲的工作。自此至二、三月，文學界也從作家發聲、串連連署等，發展成集體書寫與行動，相互呼應。

等待行動觸發更多行動——專訪小說家楊双子

文／陳怡靜

楊双子始終記得一件事。二〇一四年的十一月，她和雙胞胎妹妹楊若暉與小她們九歲的表妹，在台中街頭為「全面罷免」割闌尾計畫擔任志工。當時她不知道，妹妹的生命將在半年後走到盡頭。後來，妹妹楊若暉離世，楊若慈以兩人共用的筆名「楊双子」繼續書寫，延續妹妹的百合研究、也持續自己的文學創作。

時間忽忽過去，超過十年了，楊双子還記得彼時街頭的情景。「那時有便衣刑警在側，可能見她面露病態而心生憐憫，從旁問她身體健康是否妥當，也表露他的疑問：都生病了為什麼要站在街頭？有什麼好處嗎？——現在想想，無論是二〇一四年還是二〇二五年，站在街頭上的罷免志工，會遭遇的疑問都是雷同的。」

對啊，為什麼？有什麼好處嗎？楊双子失笑，怎麼會有什麼好處呢？去年《臺灣漫遊錄》獲得美國國家圖書獎翻譯文學大獎後，她像個陀螺團團轉，幾乎沒有一天休息。年初又發起「臺灣文學作家連署聲明」，支持罷免不適任立委，包含她、陳思宏、朱宥勳、馬世芳等四十名共同領銜人，首波連署有二百零一名作者參加。

楊双子記得被觸發行動的時刻。起初是獨立書店、獨立出版等領域倡議，「我就覺得，作家也需要自己來做。」楊双子開始寫連署主文，然後想：「我們需要多少人？」楊双子有小小的健身夥伴群組，那是她身邊核心的支持系統，大家督促彼此寫作與運動，也在裡頭討論生活與工作。那裡也是她第一個串連起來的地方。

第一波二百零一盞星火就是這樣燃起的。

楊双子的童年過得並不快樂。十四歲時，阿媽過世、父親離家出走，留下表叔說會照顧他們姐妹。但表叔吸毒、賭博，「記得有一次，我跟我妹三天只睡了三小時，或許是二手毒害，讓我們的中樞神經也過於亢奮。」甚至有一次，表叔開車載她們出遠門，路上吵起架來，兩個孩子被扔在公路上，那是沒有智慧型手機和 Google Map 的時代，兩個孩子不知所措、嘗試沿著原路回家，從天亮走到天黑，走了一整天。

她和妹妹楊若暉相依為命地長大，十五歲就開始工作，在街頭發過面紙、派過海報，做過兩年多的麵包，沒有一天忘記記帳。起初，寫作是她們逃避現實的方法。「因為世間太苦，我要有一個可以逃遁的點，而且要是唾手可得的方法。就像看書，打開書就進去、合上書就出來。」她在寫作和閱讀裡遁逃到另一個世界，如機器人般進行做麵包的重複動作時，她在腦子裡建構角色、架構世界。

二〇〇八年野草莓運動發生時，她二十四歲，還沒考上中興大學台文所，她記得自己去中興大學現場靜坐，聽學長姊上台短講，也鼓勵大家短講。楊双子也開始學習、試著組織語言，試著站在大家面前講一些跟主題有關的內容。楊双子清楚記得，當時有學長姊說「我們需要會論述的人」，那是她第一次聽到「論述」這個詞。

那是她們第一次社會運動啓蒙，她意識到世界正在往奇怪的方向發展。「以前我不是不知道社會運動會流血衝突，但那是歷史上的東西、在我出生以前，在課本上或是以前的報導裡。」但她們看見了，「爲什麼我們的警察會阻止人拿國旗，甚至引發流血衝突？」那是她生命中第一次發生能見的現實，「我就覺得自己需要了解一下發生什麼事吧？」

近幾個月，楊双子四處宣講。有任職小學教師的罷免志工跟她說，自己會成爲志工，是因爲楊双子的一場分享。在那場對小學生的分享裡，楊双子談起自己爲什麼書寫一九三〇年代的台灣。因爲即使看不見具體的戰爭炮火，角色好似如常在生活裡，但如今的我們會知道，彼時即將進入戰爭或已經在戰爭裡。楊双子當時如是說：「其實，五十年後來看現在這個當下，我們也在戰爭。」

那名小學老師原本不以爲然，但在那之後，她開始關注身邊發生與正在改變的事，一點一點微小的發現，讓她意識到正是如此。於是，對方決定成爲罷免志工，甚至遠離自己的選區，加入志工人數少的艱苦選區，而那個選區也是楊双子的老家選區。楊双子用「大驚嚇」形容自己聽見這個故事時的激動，那正是她始終相信也期待的，「行動會觸發行動」。

楊双子很清楚，這是歷史上沒有過的行動，人數不是重點，有一群人出來才重要，還有心意相通、待發芽的種子。「我以前讀歷史的，我知道檯面上第一批人很重要。這麼說很殘酷，但從歷史上來看，如果檯面上的人被清掉的時候，誰來把火種傳下去？或許就是那些最初沒辦法站出來的人。」

「我一直都說，我沒有絕望啊。我們還有很多事情要做，我們還有很多事情可以做，這是歷史和文學告訴我的。你永遠會知道過去還有更多艱難的時刻，然後文學會告訴我們，在那些時刻，人們內心到底是怎麼面對那些苦難的。歷史是事件、文學談內心，一但我們了解了，就會覺得我們現在不難，還沒有到絕望的時候。」

二〇一四年十一月，她和楊若暉那年剛滿三十歲，站在台中街頭上，身邊是二十一歲的表妹。表妹幼時是她們照顧的，換尿布餵奶、陪著讀字卡，兩個孩子帶著一個孩子長大。在龐大複雜的家族裡，她們看不見一個堪稱模範的成年人。「或許，我是想讓她知道，有大人在關心這個世界。我不需要成爲什麼成功的人，我只想要成爲一個不至於讓她失望的大人。」

還記得在那個街頭上，妹妹楊若暉如何回答警察的問題嗎？楊双子不記得了，但她記得妹妹生前的座右銘：「即使明天是世界末日，今日仍要種下我的葡萄。」十年了，楊双子也還在種葡萄，靜靜等待行動觸發更多行動。

當文學成為武器——專訪小說家朱宥勳

文／陳怡靜

二〇二五年的一月到七月，朱宥勳非常忙碌，他埋桌趕工新書書稿，同時進行大罷免倡議行動，一路從台灣文學作家連署到發起筆桿接力，得空時四處宣講，只要罷團有需要，他就去義講。地面上打陸戰，網路上打空戰，都說他是「文學戰神」，他沒說出來的是，但打從公開宣講後，他會隨身攜帶一支防身用的鋼製戰術筆。

對朱宥勳來說，文學作家眞正的武器是文字。

四月初，一〇四三名作家連署發出「臺灣文學作家連署聲明」，同步啓動「筆桿接力罷免到底」跨文類創作行動，新詩、小說、散文等形式不拘，唯一條件是在社群上公開發表作品，並以「#筆桿接力罷免到底」爲標籤串連。不到三週時間，社群湧出三百多篇創作，其中一則新詩〈麻雀雖小〉的觸及率甚至高達一百八十萬次。

朱宥勳是串連發起人之一，也是響應作家，他以〈寫功課〉爲題創作短篇小說。故事描述一位母親是罷團志工，孩子不解母親爲何無法再日日照拂他功課，在那個小小的家裡，孩子、丈夫又各自發生什麼事？在〈寫功課〉裡，女性是街頭上堅定也堅強的存在，是亦會以「王子可以哭，公主也可以拿劍」爲孩子說故事的母親。

拿劍的公主，也像是大罷免倡議行動裡的女性形象。連月爲罷團宣講，朱宥勳最早接觸的是文山新店與雙和區，「是那種你一過去，就會感覺到主力都是媽媽們，有許多女人。很多領銜人、聯絡人或志工，都是媽媽，也有阿媽。」朱宥勳觀察，男女性別比約莫落在三比七，而女性志工比例高的罷團，也是遭遇暴力攻擊相對較多的區域。

除了女性，罷團的主要形象還包括太陽花世代。三一八學運至今超過十年，朱宥勳當時剛研究所畢業，日日在立法院外晃來晃去，他的兩個弟弟也在其中。另位行動發起人楊双子彼時也還在台中求學。十年前，年輕的他們在不同的地方、用自己的方式參與太陽花，「當時我們都還小，但十年了，我們得做點事，這是一個很重要的意念。」

那個做點事，包括留下些什麼。朱宥勳有點無奈地笑，「你記得三一八學運最初是爲了服貿嗎？跟出版業有緊密相關的，但後來我們幾乎沒有留下什麼。」

他指的是文學。三一八時留下大量的影像創作，但文學作品相對缺席。大學讀社科、研究所專注台文的朱宥勳觀察，與他同輩的作者深受現代主義影響，總想著要與現實保持距離，「沉澱以後再來想，沉澱了十年，就眞的沉了。」三一八學運後十年才逐漸出現文學作品，好比許恩恩的《變成的人》、林于玄和陳湘妤的《傷兵不在街頭》。

現在朱宥勳理解了，「沉澱有沉澱的好處，但當下有當下的意義。」在「筆桿接力罷免到底」串連行動裡，他們製作了網路目錄方便收文與搜尋，每一筆資料都加上時間戳記，再標記上創作類別。他們想留下的，還包括當下的環境與面貌，從時間脈絡裡累積出作品的時代性。就像朱宥勳創作〈寫功課〉時，他想留下的是當代女性的面貌。

隨著時間推進，寫作方向開始變化，「當下」確實產生意義，「第一週在講寫字要端正①，第二週開始談器官。」收文的中後期，愈來愈多文章開始回顧家庭背景與與成長過程，好比黃麗群的〈我在想我還能說什麼〉、黃崇凱的〈媽媽的生日〉，他們談省籍也不談省籍，在名爲台灣的國家裡，那條已然不再清晰也不需要清晰的那條分界線。

過去十年，現代主義消退、現實主義抬頭，朱宥勳笑說，「三一八的時候，我寫不出〈寫功課〉，可能會很多意象式、意識流的、魔幻寫實的……讀者看不懂在寫什麼。」但十年後不是了，書寫現實不再是畫地自限，而是成爲一種武器，「那個原初當下的生動紀錄，在這種分秒必爭的社會運動場合，文學才是最直接的表達形式」。

十年，很多人改變了，也有很多事改變了。

採訪接近尾聲，朱宥勳問我：「你有留意到這次文學連署的標題用什麼開嗎？」我搖頭，還眞的沒有。我幾乎以爲他要戰我了，但沒有，此刻的朱宥勳眼神溫柔：「台灣文學作家。不是華文文學、也不可能是中國文學，甚至不是台灣作家，就是『台灣文學』，這四個字，這對我們是有極大意義的。在十年前，要用這四個字是相對困難的。」

朱宥勳在解嚴後一年出生，高中生時曾參與過野草莓運動，那是他第一次也是最後一次和母親因爲政治立場吵架。「應該是陳雲林來的那天，我很氣，怎麼可以因爲他來，就要求唱片行拉下鐵門、不讓人在街上發聲……」母親擔憂他的安全，但回應方式很微妙：「人家遠來是客，我們不可以這樣。」朱宥勳忍不住問：「如果被抓的或被警察壓制的是我，你也覺得沒關係嗎？」母親沉默半晌，「所以我才不希望你這樣想。」

那是二〇〇八年的事了，是他最早接近民主與政治的時刻。接下的十多年裡，他讀賴和、李喬、龍瑛宗……如今的他也有想保護的東西了，「台灣文學最珍貴的一件事，就是那種天不怕、地不怕的勇氣。失去言論自由或創作自由，不是最可怕的，最可怕的是不敢。」而那個「敢」需要言論自由、需要環境支持，「我們想保護的是下一代，只有要不要的問題，沒有敢不敢的問題。」

①因罷免連署書有嚴格要求，字跡必須端正且資訊細節格式都要正確。

姓名即政治——訪原青作家嚴毅昇

文／尹俞歡

嚴毅昇有兩個名字，一個是漢名，另一個是阿美族名 Cidal。我問該用哪個名字稱呼他？他像是被問了一百次這樣的問題，幾乎是反射性的回答：「這兩個名字都是我，沒辦法切割。」

今年三十二歲的嚴毅昇，一開始其實並不叫嚴毅昇。他出生新北樹林，父親是鐵工，母親在家帶大三個小孩，出生時原本從父姓楊，國中時老師告知改原住民姓可減免學費，母親帶他改隨母姓，他才意識到自己原來有阿美族血統，「我很少原住民同學，在家我爸講台語，我媽也是講華語台語，小時候都講台語比較多，沒有很意識到自己的原住民身分。」

文化斷裂早從母親一代開始。城鄉發展差距讓偏鄉資源稀缺，母親國小未畢業即離開台東長濱家鄉、赴台北打工求生，在都市生活的時間遠久於部落。高中時，老師問嚴毅昇有沒有族名，母親取他漢名「昇」字義為他命名 Cidal，在阿美族語意指太陽，也象徵母親，卻不盡然遵循阿美族的親子連名制（承襲家族長輩名）傳統。

直到研究所時期接觸原民文學及運動，嚴毅昇才逐漸理解造成自己和母親與部落斷連的結構性原因，和原民權利受漢文化框架的狀態。而他的名字就是最明顯的例子：「我們明明是多族群社會，公務系統卻規定只能登記單一族裔，然後用這個規則綁定你未來生活使用的政策或法令，我只能是阿美族或是漢人，不能同時是兩種人。」二〇二二年大法官釋憲，終於認定《原住民身分法》裡規定必須從原住民身分的父親或母親姓氏、才能取得原住民身分一事違憲。如果生於今日，嚴毅昇不用再透過改姓「成爲」一名原住民。

對嚴毅昇來說，漢人及原住民身分像是一枚硬幣的兩面，無法切割，也不能單看。這樣的雙面性，也反映在他的寫作和社會關懷中。他從大學開始寫作，作品以新詩爲主、偶有社論，題材從原住民傳統領域返還到香港反送中都有，也曾投書爭取原母漢父（指不從母姓就沒有原住民身分）的原民權益。寫作之外，他長年投身社會運動，除了關注傳統領域返還，也參與太陽花運動、反課綱違調運動，也聲援反台化和同志遊行。「課綱也包括原住民的課綱，也有原住民是同志。」他認眞地解釋。

原住民的民代選制與區域、不分區立委不同，加上國民黨長年經營部落政治樁腳，許多人視原住民政治自外於社會，族人也多只關注原住民相關法案，「但一般人的政治，眞的跟原住民無關嗎？」嚴毅昇以自己過去在社運現場的觀察爲例，外籍移工遭遇的歧視跟勞動糾紛，與早年原住民進入都市工作時的經歷驚人地相似，「過去非原民習慣把視角放在自己族群身上，覺得其他族群的事跟自己無關，但其實都會互相影響。」

去年立委高金素梅修改《原民會組織法》，將各族族群委員改爲無給職，許多族群委員因此被停職，暫無職位，無人協助部落和原民會之間諸多的部落建設事務，「挺高金法案的大多數都是藍白的非原民立委，反而不是原民的立委，這強烈影響原民的權益。」嚴毅昇分析。

〈Kakacawan 的星期六回收日〉裡，嚴毅昇寫到長濱沿岸的陸域風機開發案，風機設置源自政府鼓勵綠能，但更大的問題是，建設公司不盡完善的地方溝通與知情同意程序，傷害居當地原住民，爭議卻被國民黨立委收割爲政治能量。「這篇文章我想寫給族人看，過去原住民在制度上被切開，但其實還是會互相影響；也想寫給一般人看，希望社會大衆不要因爲政策沒有寫到原住民，就忘記原住民也是社會的一部分。」

文章署名處，他同時放上了自己的漢名和族名，之所以這麼做，既是標識雙重身分，也是邀請不同族裔閱讀，「台灣是多族群社會，要跨族群思考，不然我們永遠無法相互理解。」他語氣靦腆，眼神卻熱切眞摯。

歷史應該存在生活當中——專訪歷史作家謝金魚

文／鍾岳明

爲什麼我們要大罷免？

謝金魚不用十分鐘就把這一年多來藍白立委在國會擴權、違憲立法、濫砍預算等種種事蹟，梳理得清清楚楚，她認爲：「權力是需要節制的，那群不知節制、也沒素養去節制的人一旦掌握國會，就變得非常可怕。這些劇本是一套一套的，每個荒腔走板的法案背後，其實都可以串聯起來。」

歷史研究背景的謝金魚，說話有股底氣：「這跟歷史學素養有關啦，我們看一個東西之後，會想它背後還有什麼東西，這件事絕不會是單一事件。」她說以前的國民黨立委至少有基本底線，會想一下怎麼處理比較好看，但這次他們完全不演了，「當他們決定引進這麼多（中國的）人力資源來，他們到底要做什麼？顯然是爲了未來（中國）統治之所需嘛！」

大罷免氣氛下，文學圈出現許多小說和散文都在討論，如果台灣被中國被入侵後會是什麼樣子，謝金魚決定反過來想：「如果沒有這些廢物立委，台灣可以達到什麼樣的成就？」

她的散文〈我在想，當你讀到這封信時，你身在何處？〉，假想二〇二五年大罷免大成功，台灣人不僅避免了兩岸戰爭，也順利成爲國家的主人，「當你從那思路去想，這日子過得蠻美好的，而且不會很困難。」她說話宛如連珠炮：「我作爲一個新手媽媽，這篇文章除了寫給我的孩子，也希望他長大後，不要經歷跟我們一樣的事情。所以我們能不能就一勞永逸，把問題在我們這代就解決？我們可以完全跟中國沒關係，就是最好的關係，大家互不干涉。」

面對中國的侵略敵意，謝金魚把話說得決絕；然而，她鑽研的正是中國唐代史，從小也在大中國框架下成長。她出生在台中眷村附近，常跟著阿公阿媽看歌仔戲①，聽《四郎探母》，讀《三字經》，阿公甚至會跟她說：「我們是東晉謝玄的後代。」但長大後她認爲：「我是一個非常現實的現實主義者，如果歷史被用在追尋這些過去的虛無縹緲；對我們身處的地方反而不是很清楚，那才是最可悲的事情。」

對政治最早的印象源於幼兒園時，有回她陪爸爸回老家投票，看到有人拿一疊鈔票來家裡，「我問阿媽你在幹麼？阿媽說有人買票啦，只要投票給他，就有錢拿。」爸爸也告訴他，有次親眼目睹好友參選，他媽媽領了兩袋錢叫兒子去買票，兒子抱著錢捨不得送人，媽媽就罵他一頓：「錢撒下去，就能賺更多回來啦。」

黨國文化的陰霾讓謝金魚對政治懵懂，人生頭兩次總統選票都投給馬英九，她直呼「好傻，好丟臉！」直到馬英九第二任的黑箱服貿要開放出版業，才讓已經開始寫言情小說的她意識到不太對勁。

但眞正的政治啓蒙還是太陽花運動，「大家輪班去青島東路，很平和地坐著，結果我在影片看到研究中國上古史的權威黃銘崇，非常溫文儒雅、也不熱衷政治的人，他只是背著背包，頂著盾牌，阻擋警察不要走太快，結果警察就把他拖到盾牌後狂揍，打成像一隻狗。」她驚覺這國家瘋了，也意識到「當權力不知道節制時，所有人都可能是受害者。」

太陽花運動後，她共同創辦「故事」網站，思考「眞正的台灣歷史」，也因出版《崩壞國文》到台灣各地演講，才實際認識台灣的風俗民情。三年前，她舉家搬到歷史古都台南，有次看到路邊阿伯晒內褲的衣桿，就放在某個歷史古蹟的門牆上，她忽然意識到歷史與現在的強烈連繫，「我那時發現，歷史不應該只放在課本上，不應該只放在博物館裡，它應該更明確地在生活當中，就像你吃的蛋糕，切下去一層一層的，是被融合在一起的。」

訪談尾聲，她不忘呼籲大家出門投罷免票，因爲這不僅是讓台灣正常化風險最小、成本最低的行動，而且，我們也正在寫下屬於台灣人的歷史。

①歌仔戲雖然源自台灣宜蘭，但受早期漢人開墾影響，劇目大多是《四郎探母》、《穆桂英帥》、《秦香蓮》等中國古代歷史或傳奇故事。

我是運動裡的放大器——專訪詩人羅毓嘉

文／鍾岳明

「寫〈羅智強〉那天我在幹麼？好像在喝酒！」羅毓嘉坐在我面前自問自答。酒酣耳熱之際，他從文壇聯想到政壇，擬仿瘂弦的詩作〈赫魯雪夫〉，寫了一首嘲諷羅智強的〈羅智強〉，詩裡是這麼寫著：「但上了年紀的選民們／都知道——羅智強其實是個好人」。

那你對羅智強的觀察是什麼？「他就是個草包啊，你從來不知道他幹過什麼，是一個存在感很強烈，但能力很薄弱的人。」羅毓嘉說到興頭上常常不用換氣：「他選過台北市議員，宣布參選桃園市長、台北市長，還說要出來選總統，就是一個滿小丑型的人物，所以我覺得〈赫魯雪夫〉那個韻律很適合獻給他。」

羅毓嘉也把自己的時間獻給了不適任的政客。「去年十二月罷團開始收連署，我有些住國外的朋友趁聖誕節回來，紛紛簽了第一階段連署，我就覺得自己也該做點什麼吧。」他啜了口啤酒繼續說：「作爲一個文學人，如果不跟社會發生關聯，那你的文學還有什麼意思？」

他認爲，身分與政治是緊密相連的，因此政治啓蒙就從國三那年就開始。「那時我的死黨請我幫他寫情書，追班上另一個女生，有一天我就突然打翻醋罈子，我說你不要再來找我講這件事了，我不想聽！哈哈哈，很戲劇化對不對？」他當下還不知道自己怎麼了，但一個女性好友直接戳中他的心事，「你就是喜歡他啊！」他回去想了兩、三天才發現，對，我是男同志。

他笑稱考上建中後，那屆同志特別多、也特別奔放，讓他徹底放飛做自己。「自從發現自己是男同志，你再去回想生活中的一切，比如看到一些男明星會覺得很開心，經過街上的內褲看板會多看幾眼，當這個想法被放進知識框架後，一切都說得通了。」他對政治壓迫的感受是從性別開始的，一路從高中 **BBS** 的同志板，和人筆戰到 **PTT** 的 **gay** 板，他漸漸成為網路名人，也從那時開始參與公共議題討論。

「我為什麼開始寫作？因為觀察力比較敏銳，對事物比較容易有感覺，容易產生共振。並不是我去寫什麼，說什麼，而是這世界上正發生的事情，讓我覺得必須說些什麼。」高中羅毓嘉見證陳水扁現象級的崛起，二〇〇〇年甚至到中山足球場參加阿扁的總統競選造勢晚會；然而，「這八年我也見證自己曾喜歡的政治明星殞落的過程，所以二〇〇八年（總統大選）其實我是投給馬英九的，大家都有一段不堪的過去。」

二〇一〇年他出社會當財經記者，「我是從經濟政策開始對國民黨產生問號，我覺得很奇怪，它只有跟中國綁在一起，為什麼很多廠商也去越南、泰國設廠？中國那時的人工是很便宜，但講白了，也不値錢，你不要把雞蛋都放在同一個籃子裡嘛。」從研究所時期開始研讀白色恐怖歷史，二〇〇九年馬政府的 **22K** 政策、以賴士葆為首的教會反同志遊行，二〇一四年的反兩岸服貿協議，到二〇一五年的馬習會，「這些事你知道越多，就越不可能喜歡國民黨，後來出社會發現，這些人就是你不想一起工作的同事，他們都很雷啊，爭功搶第一，要做事都閃很遠。」尤其二〇一四年爆發的太陽花運動，成爲他變「台灣派」的轉捩點。

羅毓嘉的政治覺醒不是一覺醒來的魔法，而是一步一步和他所關心的世界持續互動，他打了個比方：「其實就像談戀愛嘛，經營一段關係，你不可能只有單方面付出，一定是你付出些什麼，對方也回饋了什麼，這段關係才會變得緊密，這就是我們和台灣的關係。」

文學也始終離不開政治，羅毓嘉說：「我比較少原創一個概念，當我遇到認同的理念時，就會想辦法把它放大，讓更多人對那議題有感，這就是文學的力量。」因此他持續關注政治、參與運動，他說：「我之所以寫詩、寫散文，某種程度也是因爲自己的個性，我不是最 pioneer 的人，但我擅長與人形成共振，所以在大罷免和各種運動裡，我的角色比較像是那個放大器。」

語畢，我們一邊喝啤酒，一邊演練他隔日要去街上宣講的內容。

誰說小說沒有用——訪ＢＬ小說家李靡靡

文／尹俞歡

李靡靡在〈職業操守〉裡所寫的羅曼史源自一段親身經歷，不過現實版本遠不及小說那樣浪漫：她在台北市某罷免團體當志工，一日和其他志工到市場拉連署書，有人上門找碴叫罵，她報警，對方離開後警察到場，反質疑他們沒有設攤許可，不應在市場裡停留。「確實我們是不該停下來沒錯……但那時我忍不住想，如果讓兩個故事主角在這樣不太恰當的場合下偶遇，應該會很有張力。」她忍不住微笑。

今年四十九歲的李靡靡是一名ＢＬ小說作家，也是一名文字翻譯工作者。她的寫作主打幻想路線，故事場景多架構於未來或中世紀，「我最喜歡一些不接地氣的東西。」她自述之所以喜歡虛構，是因爲記憶力不好，「我很常記錯事情，如果弄錯，會影響到別人。」有類似的經驗嗎?「想不起來了。」好奇她爲何她對人生片刻記憶模糊，講到小說情節卻總能完整引述?「因爲是眞心在喜愛那些故事吧。」

她透過文學及寫作逃避現實，原因是現實經常不盡如人意。大學時，她目標成爲哲學教授，碩士畢業卻沒申請上博士班；二〇〇五年研究所教授洪裕宏邀她到「二十一世紀憲改聯盟」當行政助理，最終憲改推動失敗，組織解散，她果決改做接案翻譯，沒打算走上政治之路；接案工作之餘，她嘗試寫小說，爲了研究角色開始學表演，認眞進修五、六年，一度動念想當演員，又自認天分不足而放棄。而即使是從事多年的翻譯工作，她也自認無一可取。「我就是很常搞不清楚狀況。」她爲自己下了這樣的註解。

挫敗除了是沒有一條路堅持到底，也是客觀條件與現實成就的落差。李靡靡在台北市出生長大，小學到大學都在大安區內就讀，是標準的「天龍國」民，「和很多人比起來，我什麼都有，但到了中年，卻發現自己沒有像小時候想的那麼棒。」

放棄演員之路後，李靡靡抱著「現在也沒有別的事好做了」的決心開始寫小說，雖然不是第一次寫作，卻發現自己好像和過去不太一樣了。「寫小說的時候，我比做任何事都還覺得踏實，覺得這是一件我可以穩定做下去的事。我很確定寫出來的東西是我想要的樣子，可以好好傳達我想要說的事。」她語氣平靜而堅定。

二〇二一年，她完成第一部長篇小說《傷風敗俗純愛史》，正式商業出道，至今已出版六本小說，雖然依舊自認是魯蛇（「我一年頂多出一本，其他ＢＬ小說家都二十幾歲就開始寫，至少出了十本以上」），但是是樂在其中的那種。「我不夠成功阿，工作上不夠厲害，寫小說也不到諾貝爾獎等級，五年後大概就沒人看了吧。不過每次寫作跟寫完的時候，我都會自信心爆棚，覺得自己寫的故事眞可愛。有時候重讀自己的小說，也滿開心的，好像重溫那個時候幻想的快樂。」

雖然沉溺幻想是爲忘卻現實，李靡靡自己的作品和鍾愛的小說裡，仍不乏對普世價值的追求。她舉自己喜愛的中國ＢＬ小說家 **Priest** 爲例，《殘次品》背景設在遠未來，講述支持民主自由、擁抱多元差異的一群人，在強大軍事領袖跟政治領袖的帶領下，抵抗高度控制的集體獨裁政府。對她來說，這象徵中國創作者也知民主自由的價值。然而二〇一六年香港雨傘運動後，中國政府收緊言論，奇幻世界裡的自由也被管控，不少ＢＬ小說作品改以純情校園戀愛、或當代中國城鄉爲背景，**Preist** 也不再發表帶有民主價值意味的作品。李靡靡因此對於這兩年立法院刪減國防預算、出訪北京十分警戒，「雖然現在的言論自由沒有受限，但像他們（指立委）這樣一天天靠過去，我很怕有一天我們就會成爲中國的一部分，再也沒有表達自己的自由。」

因爲這樣，今年初她很快地參與作家聲援大罷免行動的連署，冒牌者症候群卻又立刻發作：「我不是寫純文學，在ＢＬ領域又不是很紅，看到連署名單，覺得我是誰啊、爲什麼在這裡？」因爲擔心自己的知名度不夠、無法號召更多人響應罷免，她決定實質參與，從鎮日面對螢幕的宅女，變成罷免團體的街邊連署志工，擺攤站到雙腳水腫，被反對者咆哮怒罵，卻也因此有了新的創作靈感，「覺得現實很鳥的時候，故事是唯一的出路。」她微笑。

如水流動——專訪律師作家秀弘

文／尹俞歡

秀弘是作家，也是一名律師。他像超人、蝙蝠俠一樣過著雙面人生，白天陪客戶跑派出所，晚上跑地檢署，寫作則在等待開庭的空檔、或喧囂結束的凌晨進行，客戶大多不知他的另一個身分。「我都跟同事朋友說，作家才是我的本業。」他不好意思地笑。

比起律師，秀弘確實更像一名執著的寫作者。今年三十五歲的他，律師經歷四年，小說寫作經歷則超過二十五年。他的第一部作品完成於小學五年級，在一篇週記裡寫了一則冒險故事，「我不知道寫什麼，就寫小說。」他的父親是公務員，母親是國文家教班老師，從小帶他讀書認字養成文字語感，閱讀和寫作成爲他重要的寄託和逃避現實的空間，「國高中同學都在準備考試，我就偷偷在課本下墊筆記本寫小說。」

儘管熱愛寫作，他也意識到以寫作維生的艱難，加上每年文學獎鎩羽經驗，於是在家人的建議下唸了法律系，卻對法律工作沒什麼興趣，畢業後邊以家教身分教課邊寫小說，直到年屆三十想和女友結婚成家，才考了律師資格。「我也想過要以寫作維生，會比較快樂，但很現實的是會連自己都養不活。」

但寫作一直是他無法放棄的夢。二〇二一年他翻出過往所有作品，修改調整後寄往出版社的投稿信箱。一間出版社回覆他稿件過稿，他比考上律師還興奮，通知了通訊錄裡所有能通知的人，「我可是等了二十年才有這個機會啊。」書確定出版後，他自行規劃每日臉書粉專宣傳排程，找繪師設計書封、自己安排周邊商品，積極向親友同學推銷，書賣得比預期好，於是有了第二本、第三本。

秀弘的創作以奇幻、推理、科幻小說為主，書封多是二次元人物，但輕鬆的包裝下其實說的是嚴肅的主題。例如《純粹理論：狂猖丞樹的滑坡實證》，主角為了替遭殺害的妹妹報仇，追捕並囚禁仇人的妹妹，自己卻也成爲了犯罪者，藉此討論加害者何以成爲加害者。類似的概念源於他的法律背景，近距離窺見加害者與被害者的背景和狀態，讓他理解犯罪的成因並非僅是一人意念，而是更多社會性因素使然。他以詐騙案件爲例，媒體與偵查機關檢討車手犯罪，卻鮮少進一步探究誘使車手犯罪背後的毒癮、物質崇拜及同儕壓力等更深入的問題，「我希望用小說呈現社會的複雜性，而不是兩極化的是與非。」

他沉浸寫作和律師工作，形容自己過往對政治冷漠，過去參與反媒體壟斷和太陽花學運，多只是在網路上發表文字聲援，很少到場，「我期待穩定，不喜歡衝突跟混亂。」尤其太陽花學運後，原本期待的新政治沒有出現，政局再次回歸藍綠對抗，「我其實滿失望，覺得當時的社運能量被利用了，所以更有意識地遠離政治。」

直到前年十二月，他的女兒出生，同一時期，立法院通過《憲法訴訟法》修正案，後續刪減總預算，秀弘的作品雖未受國家補助，卻難以接受文字工作被立委形容得一文不值。「修正《憲訴法》，就是要癱瘓憲法法庭，沒有國家會用國會毀掉司法……我希望女兒可以有一個跟我一樣好的環境長大。」他於是加入筆桿接力罷免行動，晚上十一點女兒入睡後，他連夜寫作至凌晨四點，四月八日發表了一篇架構於未來的白色恐怖短篇，「這是我身為法律人跟作家的底線靈魂……我就是把『我』在過去這段時間所感受到的情緒寫出來。」

大罷免行動展開後，許多人視罷免為另一次藍綠鬥爭，問秀弘是否擔心捲入動盪、或又一次對政治失望？「對我來說，立法院已經徹底失控了，我希望人民的聲音可以被聽見……以前我以為穩定是好的，但我現在意識到，國家要走哪條路，是需要碰撞的，從這樣來看，可以容許國家一時的不穩定，但要像水一樣不斷流動，才會強大。」他堅定地說：「撕扯是必要的。只要我們都認同自己是台灣人，這個國家絕沒有想像中那麼脆弱。」

我們要先有「以後」——專訪小說家劉芷妤

文／鍾岳明

明明就是自由工作者，劉芷妤的時間卻沒那麼自由。

她在苦惱，如果把時間全部投入當大罷免志工也不是不行，但她還是要花時間接案工作，才能賺錢養活自己；如果在家工作，又會焦慮到無法寫作，所以乾脆走上街頭，讓自己安心。

犧牲自由去當志工，都是爲了台灣「以後」的自由。

劉芷妤謙虛說：「目前大概一週排班兩、三天，我不敢說自己付出多少，總是有人比你付出更多。」起初，當地罷免志工團希望她發揮文字所長，把志工在街頭遇到民眾的小故事，記錄下來寫成貼文。後來，她不但在路邊舉牌舉旗，偶爾也加入宣講行列，「我很討厭面對鏡頭，也不喜歡用老師姿態對別人講話，我眞的很抗拒，但偏偏作家身分又不得不做。」

第二階段連署時，她在南港展覽館當志工，遇到一對剛從美國回來的老夫婦，老太太簽完連署後，拿出一片中間鏤空的鋁鐵片，讓視力不好的老先生在方格內簽名，「因爲連署規定非常嚴格，老先生還是簽了五、六次才成功。」那是她第一天値班，就目睹了讓她感動的故事。

劉芷妤爲「筆桿接力」寫下短篇小說〈食物戰爭〉，也和志工們有關。「我們罷團（罷免志工團）

感情很好，最大紛爭是在群組吵南北粽，我這輩子沒遇過那麼多討厭南部粽的人。」出生在高雄的她笑笑說：「我太生氣了，可以罵我，但不能罵南部粽，還說那是鼻涕，氣死我了。我就想到台灣人都能 get 到這個點，是真實發生在我們身邊的事。」小說從台灣人的食物內戰開展，劇情翻轉再翻轉，預想了中共侵略統治台灣後的情況，結局令人不寒而慄。

然而，劉芷妤自承從小在黨國教育洗腦下，認定自己是「堂堂正正的中國人」。她大學唸的是傳統中文系，「也是被困在大中國框架底下，當時流行眷村文學，雖然我喜歡寫作，但不知道自己要寫什麼，渾渾噩噩過了四年。」直到研究所，她交了一位熱衷政治的男友，才從「倒扁」開始接觸政治論述。她笑稱自己的政治啓蒙，就是從那段「黑歷史」開始的。

「眞正發覺不對勁是在參與『反核』之後，當時有擁核派的名人說歐洲停用核能的國家因爲缺電必須向鄰國買電，還提出數據佐證，我因爲想寫反核小說去查資料，就發現這很厲害，厲害得很可怕，雖然講的都對，但只要隱藏部分事實，剪裁微調過後，就可以包裝成他們想要民衆相信的方向。」這件事帶給她極大震撼，也徹底體認「政治話術」的詭祕。

是了，對劉芷妤來說，說話和寫字都是一種責任。「我寫作不是爲了寫出有文學性、有文學價值的東西，我不預設它會得獎，在殿堂上發光；而是我對這時代有話要說，這是我寫作的初衷。」因此，《女神自助餐》和《樂土在上》都是她就算不賺錢、也必然要出版的書。

她寫《女神自助餐》，是先察覺到性別權力上的傾斜，「我寫完繼續想，要怎麼解決它？」她發現性別和其他問題環環相扣，包括移工、語言、文化、政策，到資源如何分配等，「一直想下去就不得了了，那是整個世界的事情，所以只好寫一個反烏托邦的故事，用一個社會結構去寫我想說的東西，就變得這麼龐大。」因此在她心裡，描寫台灣近未來烏托邦的《樂土在上》，其實是《女神自助餐》的續集。

從生活點滴到微觀政治，身邊細流終將匯入政治結構的巨河裡。她認為我們現在留下的文字和訪談都很重要，是民主史料的累積；「但是，」自嘲愛哭的人終究是哽咽了：「我們要先有『以後』。這件事的急迫性，不是你坐在家裡筆桿接力可以做到的，非常需要更多人覺得重要，必須走出去。」

她說自己會盡全力推動大罷免，直到罷免通過才能鬆口氣。但是，她深吸一口氣說：「我們的地緣關係是不可能永遠鬆口氣的，要把累積下來的一點民主，或性別平等，或文化厚度，再堆積更厚一點，那才可能再抵禦得更久一點。」

國家圖書館出版品預行編目資料

為什麼相信文學有力量？——筆桿接力．創作發聲45選／筆桿接力作者群著．-- 初版．-- 臺北市：蓋亞文化有限公司，2025.07
面；　公分．--（島語文學；17）
ISBN 978-626-384-227-4(平裝)

863.3　　114009999

島語文學　017

為什麼相信文學有力量　筆桿接力　創作發聲45選

作　　者　筆桿接力作者群——
Anonymous、Cidal 嚴毅昇、C南、KURUMA、Lipara 蓮蓮、王離、石牧民、朱宥勳、吳子雲、宋尚緯、巫時、李昀修、李屏瑤、李靡靡、秀弘、東雨、林子維、林依儒、林楷倫、柏森、洪崇德、風獅爺、秦客、崎雲、曹馭博、異吐司想、傅筱婷、游詠慈、馮孟婕、黃天豪、黃崇凱、黃鈺婷／小鴨、黃麗群、楊双子、楚影、鳳梨刀、劉芷妤、鄭聿、戴翊峰、謝宜安、謝金魚、謝瑜眞、雙杺、瀟湘神、羅毓嘉、黨傳翔
封面設計　永眞急制
責任編輯　孫中文
總 編 輯　沈育如
發 行 人　陳常智
出 版 社　蓋亞文化有限公司
地址：103017 台北市大同區承德路二段75巷35號1樓
電話：02-2558-5438　傳眞：02-2558-5439
電子信箱：gaea@gaeabooks.com.tw
投稿信箱：editor@gaeabooks.com.tw
郵撥帳號 19769541　戶名：蓋亞文化有限公司
法律顧問　宇達經貿法律事務所
總 經 銷　聯合發行股份有限公司
地址：231028 新北市新店區寶橋路235巷6弄6號2樓
電話：02-2917-8022　傳眞：02-2915-6275
初版一刷　2025年07月
定　　價　新台幣420元
Published and printed in Taiwan

GAEA
ISBN 978-626-384-227-4

Gaea

GAEA